Best Time

白 马 时 光

复仇之旅

sadie

〔加拿大〕考特妮·萨默斯 著 肖心怡 译

百花洲文艺出版社
BAIHUAZHOU LITERATURE AND ART PRESS

图书在版编目（CIP）数据

复仇之旅 / （加）考特妮·萨默斯著；肖心怡译 .
— 南昌：百花洲文艺出版社，2020.4
ISBN 978-7-5500-3557-7

Ⅰ.①复… Ⅱ.①考…②肖… Ⅲ.①长篇小说—加
拿大—现代 Ⅳ.① I711.45

中国版本图书馆 CIP 数据核字（2019）第 264920 号

江西省版权局著作权合同登记号：14-2019-0306
SADIE by Courtney Summers
Copyright © 2018 by Courtney Summers
Published by arrangement with Taryn Fagerness Agency
through Bardon-Chinese Media Agency
Simplified Chinese translation copyright © (2020) by Beijing White Horse Time Culture
Development Co., Ltd.
ALL RIGHTS RESERVED

复仇之旅　FUCHOU ZHI LÜ

〔加拿大〕考特妮·萨默斯 著　肖心怡 译

出 品 人	李国靖
特约监制	王　瑜
责任编辑	袁　蓉
特约策划	王　婷　吕　微
特约编辑	李　肖
封面设计	林　丽
版式设计	赵梦菲
封面绘图	刘　禹
版权支持	程　麒
出版发行	百花洲文艺出版社
社　　址	南昌市红谷滩世贸路 898 号博能中心 I 期 A 座 20 楼　邮编 330038
经　　销	全国新华书店
印　　刷	河北鹏润印刷有限公司
开　　本	880mm×1230mm　　1/32
印　　张	9.25
字　　数	260 千字
版　　次	2020 年 4 月第 1 版第 1 次印刷
书　　号	ISBN 978-7-5500-3557-7
定　　价	42.00 元

赣版权登字：05-2019-363
版权所有，侵权必究
发行电话　0791-86895108　　　　　网　址　http://www.bhzwy.com
图书若有印装错误，影响阅读，可向承印厂联系调换。

献给我的外婆和奶奶——玛丽安·拉瓦莉和露西·萨默斯，

感谢她们坚定不移的爱和支持。

如果她死去，真相也会随她而去。

丹尼·吉尔克里斯特:

纽约今天是个好天气，阳光灿烂，万里无云。我在中央公园吃了顿非常美味的午餐———家中东烤肉摊上的鸡肉沙瓦玛。上周《纽约城藏得最深的秘密》那一集结束后，数不清的听众向我们推荐了这一家。谢谢你们的推荐，它真好吃，我晚餐说不定也打算吃它了。这里是WNRK纽约，我是丹尼·吉尔克里斯特，你现在正在收听的是《城中漫步》（*Always Out There*）。

今天我们要来点新东西———一个大制作。我们要通过平常播放《城中漫步》的时间，隆重推出我们最新制作的系列播客：《女孩们》。如果你想收听更多，你可以直接在我们的网站上下载全部的八集——没错，整整一季直接下载。我们很确定你会听不够。

这档节目由我们一位非常资深的制作人——韦斯特·麦克雷制作和主持。《女孩们》探讨的是，当一起极其残忍的罪案揭示了一个非常让人不安的神秘事件后，最终会带来怎样的结果。这是一个关于家庭的故事，关于姐妹的故事，关于数不清的住在美国小镇生命的故事，这也关系到我们为了保护所爱的人能做出什么样的事情……而当我们保护不了他们的时候又将付出多么昂贵的代价。

这个故事的开头，和很多故事一样，讲的是一个死去的女孩。

《女孩们》

第一集

（《女孩们》主题曲）

韦斯特·麦克雷:

欢迎来到科罗拉多州的冷泉镇，这里的人口数量是八百。

在网上用图片搜索功能搜一搜，你就能看到它的主街。作为这个小小世界的心脏，它可以称得上毫无活力，街上几乎一半的建筑抑或空置着，抑或干脆被封了起来。能在镇上的杂货店、加油站和沿街小铺找到份工作的要算是这里的幸运儿，其他人为了自己和家人的生计，都只好去邻镇，甚至更远的镇上找活儿干。孩子上学也是一样，离这里最近的学校在帕克代尔，距镇上有四十分钟车程，除冷泉镇外，还有另外三个镇的孩子也去那儿上学。

这条主街延伸向远处，能看到大片大片的破败房屋，就好像是《大富翁》里的房产被它的经理人遗弃了一般。继续向前，迎接你的则是原始的荒野——一条条纵横交错的土路横亘在出镇的高速公路之间，若要顺着这些土路开下去，要么就是死路一条，要么就是些断壁残垣的房子，或者是更加破败的拖车公园。到了暑期，会有辆大巴来给孩子们送餐，每天至少两顿免费的补助餐，一直送到学校开学。

如果你和我一样一直生活在城市，这里的宁静会让你惊叹。环绕着冷泉镇的土地和天空是那么美丽和辽阔，一眼望不到尽头。日落的景象壮丽动人：金、橙、粉、紫这些明艳色彩在天空中融合交错，那是一幅完全未受城市中摩天大楼破坏的自然画卷。这样纯粹而广阔的空间让人体味到自己的渺小，甚至有了些许神圣的意味。你很难想象这里的生活会给你带来受困于牢笼的感觉。

但绝大部分生活在这里的人正有着如此感受。

冷泉镇居民（女）：

你住在冷泉镇是因为你出生在这里，而如果你出生在这里，你恐怕一辈子也出不去了。

韦斯特·麦克雷：

这话也不全对，成功离开的例子还是有的，比如，曾经有过那么一些人读完大学后在遥远的城市里找到了份高薪工作。但这顶多算是例外，而不是这里的常态。冷泉镇的生活让人想要逃离，如果生而拥有选择权的幸运，我们都将如是选择。

在这里，所有人都为了生存和照顾家人努力地工作，甚至完全没有时间留给什么鸡零狗碎的丑事、流言和私仇——要知道，这些可是全国人民想象中小镇生活的标配。当然了，丑事、流言和私仇在镇上也并不是不存在，只是这里的居民们实在没有精力关注这些罢了。

直到发生了这么一件事。

在距小镇三英里外的地方，有一所只有一间教室的校舍。它建于世纪之交，毁于一场大火。校舍的屋顶塌陷了，外墙都被烧成了焦炭。它旁边有一个苹果园，这果园也渐渐荒废，一点一点被四周肆意生长的树苗和野花侵吞了地盘。

这地方让你微微感受到一种浪漫，一种让你从纷扰俗世中解脱的氛围。这里是你独自整理思绪的最佳场所。至少曾经是这样。

梅·贝丝·福斯特——在这个系列中，你会逐渐了解她——亲自带我去了那里。

这是我要求去看的。她是个胖胖的白人女性，六十八岁，花白头发，有一种自家祖母般的气质。她的声音让你觉得熟悉，从内到外给你以温暖。梅·贝丝·福斯特是闪光河地产房车营地的经理，在冷泉镇住了一辈子。她说的话大家都听得进去，在通常情况下，人们会默认她说的都是事实。

梅·贝丝·福斯特：

大概就在……这里。

这里就是他们发现尸体的地方。

911接线员（电话里）：

911调度中心。你有什么紧急情况？

韦斯特·麦克雷：

十月三日，四十七岁的老卡尔·厄尔正在前往科菲尔德一家工厂上班的路上，工厂距冷泉镇有一小时的车程。刚出发没多久，他就注意到清晨的地平线上弥漫着黑烟。

卡尔·厄尔：

那一天的开始就和平常一样，至少我觉得是这样的。我记得我起了床，吃了早饭，出门前吻了我的妻子，因为每天早上我都是这么做的。但说实话，看到那烟雾之前和之后发生的一切，我都根本不记得了……好吧。

我希望我能忘了它。

卡尔·厄尔（电话里）：

嗯，我叫卡尔·厄尔，我想报告一起火灾。

米尔纳路边有一所废弃的校舍，现在着火了。位置在离冷泉镇约五公里处。我开车经过的时候发现的。现在我在路边停了车打的电话。情况看起来很糟糕。

911接线员（电话里）：

好的，卡尔，我们这就派人过去。

附近还有其他人吗？你能看到有人需要帮助吗？

卡尔·厄尔（电话里）：

我的可见范围内只有我。但也许是我离得不够近吧……或许我可以靠近一点看看——

911接线员（电话里）：

先生——卡尔——请离大火远一点。我需要你帮我确保这一点，好吗？

卡尔·厄尔（电话里）：

噢，好的，不——我没打算——

卡尔·厄尔：

尽管内心深处我还挺想当一次英雄的，但当时我还是照他说的做了。到现在我也不知道是什么原因让我留了下来，因为我的工作实在是耽误不起。但我那么做了，我一直留在那儿，直到警察和消防员赶来。我就在那儿看着他们行动，直到火势得到控制，这时候我注意到……就在校舍的那一边，我看到——呃，我是……我是第一个看到她的人。

韦斯特·麦克雷：

麦蒂·萨瑟恩的尸体是在火光中的校舍和苹果园之间被发现的，就在大家视线之外的地方。三天前她被报告失踪，而现在，她就在这里，被找到了。

她死了。

我决定不在这档节目中讲述在苹果园中发现的那些可怕细节。尽管

"谋杀"、"罪案"这些词可能吸引了你的注意力，但这其中的暴力和残忍却并不是为了娱乐你们而存在的——所以请不要问我们。案件的细节都能非常容易地在网上找到。在我看来，你只需要知道两件事：

第一，她的死因是头部钝器外伤；

第二，——

梅·贝丝·福斯特：

她只有十三岁。

卡尔·厄尔：

自从发生了这件事，我再也没睡过一个好觉。

韦斯特·麦克雷：

麦蒂还有一个十九岁的姐姐萨迪、代理祖母梅·贝丝，以及她的妈妈克莱尔。但克莱尔已经很久不出现了。

我第一次听说萨瑟恩的谋杀案是在阿伯纳西郊外的一个加油站，那里离冷泉镇大约三十分钟车程。我和我的制作小组正在东部平原取材，我们刚刚结束一段《城中漫步》的采访，内容是介绍美国的各个小镇。你懂的，就是那种正在慢慢衰落的小镇。

我们希望小镇的居民们告诉我们这些地方在岁月经年中都失去了什么，并不是因为我们认为还能让它们恢复往日的辉煌，只希望你们能知道它们的存在。我们想在它们消失之前，让更多的人听到它们的声音。

乔·哈洛伦：

不管怎么说，这都很好——有人还是在乎的。

韦斯特·麦克雷：

这是乔·哈洛伦，我们采访的阿伯纳西居民之一。当我站在加油站排队，听着在我前面的那个人一五一十地和工作人员讲述发生在萨瑟恩家孩子身上的事时，我并没有想到这句话。这可怕的事情并没让我产生留下来的念头。我和我的组员已经取到了我们需要的素材，准备回家了。没错，这件事很糟糕，但我们生活的世界从来就不缺糟糕的事。你不可能为每一件这样的事都做停留。

但一年后，我坐在我纽约的办公室里。那是十月，十月三日，麦蒂去世整整一年的日子。

我总忍不住从电脑屏幕上移开眼睛，看向窗户，我可以从那里看到帝国大厦。我喜欢我在WNRK的工作，也喜欢我在大城市里的生活，但也许，某部分的我——一年前让我毫不犹豫地从麦蒂的故事中走开的那部分的我——早就该有一次大重组了。

这个重组是以一个电话的形式到来的。

梅·贝丝·福斯特（电话里）：

请问是韦斯特·麦克雷吗？

韦斯特·麦克雷（电话里）：

我是。请问有什么能帮你的？

梅·贝丝·福斯特（电话里）：

我是梅·贝丝·福斯特。乔·哈洛伦告诉我，你会在乎的。

韦斯特·麦克雷：

麦蒂·萨瑟恩被杀的案子并没有任何进展，连一个嫌疑人也没有，调查陷入了停滞。但那似乎并不是梅·贝丝联系我的原因。

梅·贝丝·福斯特（电话里）：

我需要你的帮助。

韦斯特·麦克雷：

三个月前，也就是七月中旬，她接到科罗拉多州法菲尔德市警察局的一个电话。那是一个离冷泉镇很远很远的地方。那里的警方在路边发现了一辆2007年的黑色雪佛兰，车里有一个绿色背包，装的全是今年六月失踪的麦蒂的姐姐萨迪·亨特的东西。萨迪本人依然不见踪影，哪里都找不到她。经过一番粗略调查，当地警方宣布，萨迪逃跑了。在用尽了所有可能的办法之后，梅·贝丝·福斯特找到了我。我是她最后的希望。她想，或许我能把萨迪活着带回家，带回她身边。因为萨迪必须还活着，因为——

梅·贝丝·福斯特（电话里）：

我不想看到再死一个女孩了。

萨 迪

我是在广告网站上找到这辆车的。

车的型号不重要，至少我是这么认为的。但如果你想知道更多信息的话，它是一辆四四方方的车，午夜黑色，是你把它放在其他颜色旁边，它就会马上消失的那种颜色。车的后座足够大，可以在上面睡觉。它出现在一个写得十分仓促的广告里。Craiglist网站简直就是这些仓促写下广告的海洋，但这一条通篇充斥着拼写错误，暗示了一种特殊的绝望："拜托开个价吧，拜托帮我解决这个问题。"它的意思是："我现在需要钱。"也就是说，有人碰上麻烦了，或者是吃不上饭了，或者是毒瘾犯了。这意味着我在讨价还价时很有优势。所以，除了抓住这个机会，我还能怎么办呢？

在小镇外面的偏僻路上和人见面，拿现金去买一辆我自己开价买下的车，这样的事情有多危险，我甚至都没有去想。但那不过是因为，一旦我拿到这辆车，我将要做的事情比这更危险。

"你可能会死。"我说。我只是想看看，这句话从我嘴里吐出来的分量，是否能让我的内心对这样的现实有所触动。

它并没有。

我可能会死。我从地板上抓起我的绿色帆布背包，往肩上一甩，又用拇指擦了擦下唇。梅·贝丝昨晚给了我一些蓝莓，我今早醒来把它们当早餐吃了。我不确定它们是不是把我的嘴唇染了色，但我本身就已经够难给人留下好的第一印象了。

房车上的纱门已经锈坏了，那噪声能传出老远。但我们周围反正什么都没有，这也就不是什么太大的问题了。如果你需要把视觉化一点的描述，想象一个比郊区还荒凉的地方，再想象我，从出生起就住在一个比那儿还要荒凉的地方，住在一辆从给我蓝莓吃的梅·贝丝那儿租来的房车里。我只需要说这么一句就够了：我住在一个只适合离开的地方，而且我不会让自己回头。不管我想不想回头都没关系，但，还是不要回头比较好。

我跨上自行车，骑着出了城，在柳条河那座绿色的桥上停了一会儿。我低头凝视着河水，感受它汹涌的水流给我带来的眩晕。我翻了翻自己的包，把衣服、一瓶水、几包薯片和钱包推到一边，在缠作一团的内衣中找到了我的手机。那不过是一块便宜的塑料，甚至连个触摸屏都没有。我把手机扔进河里，重新跨上车，骑到了远离高速公路的梅得勒路，去见发布那条Craiglist广告的女人。她叫贝奇，是"奇"不是"琪"——她写邮件时会特意加上这一句，是"奇"不是"琪"，好像我自己没法从文字中看出来似的。她站在那辆四四方方的午夜黑汽车旁，一只手搭在引擎盖上，一只手放在自己的孕肚上。她身后还停着另一辆车，稍微新一点。一个男人坐在驾驶座，手臂伸出来，搭在开着的车窗上。他看起来很紧张，可见到我突然就放松了下来。这可真侮辱人——我也是很危险的。

我真想大声喊出来：你可别低估别人，我可是有刀的。

这是真的。我后面的口袋里有一把弹簧刀，是我妈的男友之一——基斯留下的。那是很久以前的事了。他是所有人中声音最好听的那一个——那么轻柔，轻柔到甚至有些不真实——但他可不是个好人。

"莱拉？"贝奇问我。是我跟她说的我叫莱拉，这是我的中间名。它比我的真实名字更好读一点。贝奇的声音让我很惊讶——听起来像是擦伤了的膝盖似的，我敢打赌她是个老烟鬼。我点点头，从口袋里拿出因塞满了现金而鼓鼓的信封，递了过去。一共是八百块。我最开始开的价钱是五百，被她讨价还价到了八百，但我知道这还是很划算的，这些钱几乎也就够车身的维修费用而已。贝奇说我至少能开个一年不用保养它。"你的声音比邮件里感觉年轻多了。"

我耸耸肩，把胳膊伸得更远了些。我真想说：快接下这钱吧，贝奇，趁我还没问你需要钱做什么。毕竟那辆车里的男人看起来毒瘾已经发作了，根本坐不住。我太了解那样的表情，不管是在哪里，在谁身上，我在黑暗中都能一眼看出来。

贝奇摸摸自己隆起的肚子，凑得更近了些。

"你妈妈知道你来这里吗？"她问。我耸了耸肩，这似乎让她很满意。但突然间她又不满意了起来，她皱起眉，上上下下打量着我："不，她不知道。为什么她会让你一个人出来跑这么远，来买辆车？"

这不是一个我能摇头、点头或耸肩来回答的问题。我舔舔嘴唇，坚强地准备战斗。我有一把刀，我真想这么告诉扼住我的咽喉而让我无法好好说话的那双手。

"我妈她去……去……去——"

我越结巴，她的脸就越红，越不知道该往哪儿看，不敢看我，不敢看我的眼睛。我的喉咙发紧，那么紧，我都要窒息了。唯一能让我解脱的办法就是不再尝试把所有的字母连在一起。不管我在贝奇面前怎么努力，它们都不会连在一起。只有孤身一人的时候我说话才能流利。

"去世了。"喉咙终于放松了。我吸了口气。

"天哪。"贝奇说。我知道，那不是因为我刚告诉她的事情有多悲伤，而是因为这句子从我口中说出来是如此支离破碎。她往后退了一点，因为这毛病可是会传染的，而且你知道，如果她被传染了，那可是百分之百会传给她肚里那孩子的。"你可以——我是说，你能开车吗？"

这是问我是不是很蠢的一种更含蓄的方式。这话从一个连"请"都不会拼的女人嘴里说出来，并没有变得那么让人恼火。我把信封塞回自己的口袋，以表示自己的态度。麦蒂曾经说过，比起口吃，固执才是我最糟糕的品质，但这两者是相互依存的。到现在也是。我可以假装贝奇的无知让我不愿为她这辆二手车掏腰包，我能承受这后果。她尴尬地笑了笑，说："瞧我都说了些什么？你当然能……"紧接着又更没说服力地重复了一遍，"你当然能。"

"我能。"我说。不是从我嘴里吐出来的每一个字都是结巴的。正常的声音让贝奇放了心，她不再浪费我的时间，发动了汽车的引擎给我看，告诉我后备厢的弹簧坏了，开玩笑说她会随车附送他们用来撑开后备厢盖的那根棍子，不额外收钱。

交易的全过程我都用"嗯""噢"之类的词应付了过去。终于，我坐在我的新车引擎盖上，看着他们倒车离开，左转上了高速。我用手指转动着车钥匙，清晨的热浪慢慢笼罩了我，虫子们觉得我冒犯了它们的领地，把我苍白的、长满雀斑的皮肤当成了一顿大餐。道路那干燥的尘土味让我的鼻孔直发痒，这告诉我已做好了出发的准备。我从引擎盖上滑下来，把单车推到灌木丛里，看着它就那么默默地倒向一边。

梅·贝丝有时会给我蓝莓，但她也收集过期的车牌。她在她那辆加宽房车后面的小棚子里，自豪地展示了各种颜色的、美国各个州的车牌，有时还有不同国家的。梅·贝丝有好多车牌，我不认为她会注意到少了两个。车辆登记贴纸则来自老华纳太太，和我隔着三辆房车的邻居。她太过虚弱，已经不能开车，也就不再需要它们了。

我往车牌上抹了点泥，然后把脏手在短裤上擦了擦，绕到驾驶座，上了车。座位很软，位置很低，在我两腿之间的位置还有一个被香烟烧过的痕迹。我插上钥匙，点着了火，引擎轰隆隆地响了起来。我一脚踩上油门，汽车在崎岖的道路上开动起来。我沿着贝奇离开的那条路一直开到了高速公路上，然后开向与她相反的方向。

我舔舔嘴唇，蓝莓的味道早已消失，却并未远去，我还能回味起它们那皱巴巴的甜蜜味道，想念它们。梅·贝丝敲我的门发现我不在了的时候一定会很失望，但我不认为她会有多惊讶。在我们最后一次说话的时候，她的双手紧紧捧着我的脸，对我说："不管你那该死的蠢脑袋里在想些啥，都赶紧别想了。"可那些想法并不在我的脑中，它们在我的心里。而同样也是她曾经对我说过："如果你想要追寻些什么，就去吧。"

即使那是一团糟。

《女孩们》

第一集

(《女孩们》主题曲)

韦斯特·麦克雷：

女孩失踪是常有的事。

我老板丹尼·吉尔克里斯特一直在说我开自己播客的事儿。当我告诉他梅·贝丝的那个来电，还有麦蒂和萨迪的事时，他敦促我调查一下这个案子。他认为，我正好就在麦蒂遇害的地方，这简直是命中注定。而我对他说出的第一句话正是这一句：

"女孩失踪是常有的事。"

焦躁不安的少女，粗心鲁莽的少女。少女们总免不了戏剧化。萨迪经历了非常可怕的事情，而我毫不费力地就把它忘掉了，把她也忘掉了。我想要一个新鲜的、不一样的、激动人心的故事。一个少女失踪案能做到这一点吗？

这样的故事我们都听过。

丹尼马上提醒了我为什么我是他下属，而不是相反。

丹尼·吉尔克里斯特（电话里）：

你应该再深挖一下。在你做什么之前，不要预设你手上什么也没有。你的水平不止于此。往那边跑一趟，看看能找到什么。

韦斯特·麦克雷：

就在那一周，我动身去了冷泉镇。

梅·贝丝·福斯特：

这击垮了萨迪——麦蒂被杀的事。这事之后，她再也不是以前的她了。除此之外，警方一直没能找到犯下这可怕罪行的凶手也是她离开这里的原因之一，那是压垮她的最后一根稻草。

韦斯特·麦克雷：

是萨迪自己说的吗？

梅·贝丝·福斯特：

不，她不需要说出来。你看她的样子就知道了。

韦斯特·麦克雷（在录音棚）：

麦蒂·萨瑟恩的正义并未得到伸张。

冷泉镇的居民无法接受这样一个穷凶极恶、乱七八糟的罪案没能告破。电视节目给了他们远高于此的预期：毕竟在《犯罪现场调查》这样的美剧里，凶杀案都是一小时就能破的，而警方掌握的资料比他们这起苹果园案还要少呢。

负责此次调查的阿伯纳西警察局警探乔治·阿方索看上去就像一位已过盛年的电影明星。他是个一米八高的黑人，六十岁出头，留着灰白的短发。缺少线索让他感到失望，但鉴于案件的情况，这并没让他过于惊讶。

阿方索警探：

一开始我们并没意识到这是一起谋杀案。我们接到了火灾报警，不幸的是，犯罪现场的绝大部分证据都被消防部门在灭火的过程中毁掉了。

韦斯特·麦克雷：

警方找到的DNA物证还没有出结果，需要比对。到目前为止，案件还没有找到任何嫌疑人。

阿方索警探：

我们竭尽所能地填补了麦蒂从失踪到死亡之间的这段空白。我们一接到她失踪的报警，就发出了安珀警报①。我们在当地进行了搜查，还调查了麦蒂失踪前接触过的几个人，他们都被排除了嫌疑。我们只找到一个目击者，她声称麦蒂在失踪的那个晚上上了一辆小货车。那是最后一次有人见到活着的她。

韦斯特·麦克雷：

这个目击者叫诺拉·斯泰克特，她是冷泉镇唯一的杂货店——斯泰克特杂货店的老板。诺拉今年五十八岁，白人，红头发，三名子女都已成年，都在她家店里工作。

诺拉·斯泰克特：

那天晚上我是在正要打烊的时候看见她的。我刚把灯关掉，看到麦蒂·萨瑟恩在拐角处，上了一辆小货车。天太黑了，我看不清那是蓝色还是黑色的，但我觉得应该是黑色的。我也没看到车牌或者司机。我以前从没见过那辆车，之后也没再见过那辆车。不过我敢说如果我再看到它我一定能认出来。第二天，我听说闪光河那儿全是警察，我猜肯定是她死了。我就是知道。这很奇怪，不是吗？——我一听就知道这一点。（几声大笑）这让我浑身起鸡皮疙瘩。

韦斯特·麦克雷：

女孩们住在闪光河地产房车营地。营地不大，停着不超过十辆房车，

---

① 美国在发生儿童失踪案时，通过技术手段向社会大众发出的警戒通知。

有的状况不错，有的不太好。其中一个点缀着可爱的草坪小装饰物，旁边还有花坛；另一个旁边则放了个已经开始腐烂的沙发，被垃圾包围。这地方附近可没有什么闪着光的河，但你要是顺着高速公路出城的话，倒是可能见到一条。

我之前说过，这营地的管理者是梅·贝丝·福斯特，她也是这两个女孩的代理祖母。她带我去了女孩们住的地方———一辆加宽房车。它还保留着萨迪离开时的样子。梅·贝丝暂时还处在悲伤中，实在没法去整理它，尽管她需要租金来维持生计。

走进去之前，我对这个地方并没有什么明确的期待，但进去以后，我发现它很空、很干净。在过去的四年里，萨迪在这里独自抚养麦蒂，但是——她毕竟还是个十几岁的孩子。十几岁的孩子总让我联想到某种自然灾害，好比龙卷风从一个房间席卷到另一个房间，留下伤亡无数。

在她们称之为"家"的那个地方，我却并没见到这样的情形。厨房的水槽里还有杯子，客厅里旧电视机前的咖啡桌上也还有杯子。冰箱上的那本日历，自六月萨迪失踪后，就再也没有被翻动过。

她们卧室里的情形就更奇怪了。麦蒂的房间看起来就像是在等她回来。地板上摊着衣服，床也没有铺。床头柜上还有个空玻璃杯，内壁上有水渍。

梅·贝丝·福斯特：

萨迪不让任何人碰它。

韦斯特·麦克雷：

萨迪的房间和麦蒂的房间形成鲜明的对比——萨迪的房间看起来就像是知道她永远不会回来了似的。她的房间里，床铺得整整齐齐，但除此之外，所有家具上都是空空荡荡的，像是被搬空了。

韦斯特·麦克雷（对梅·贝丝说）：

这里什么都没有。

梅·贝丝·福斯特：

我在停车场后面的垃圾桶里发现了她所有的东西。也就是在那一天，我发现她走了。

韦斯特·麦克雷：

都有些什么东西呢？

梅·贝丝·福斯特：

她扔掉了她的书、影碟、衣服……所有东西。

这就相当于她把自己的生活就这样扔进垃圾桶里，一想到这儿我就感到很难过。所有让她称其为她的小物件，全都在垃圾桶里。我看到它们的时候，就开始哭了，因为她……这些东西对她都没有任何价值了。

韦斯特·麦克雷：

这一切有迹象吗？她有没有向你暗示过她打算离开？

梅·贝丝·福斯特：

她出走前的那一周变得特别安静，就像是在盘算着要做些蠢事。我和她说，不管她在想什么……都别想了。我对她说："别那么做。"但那时候，她什么都听不进去。

尽管如此，我从来没想过最后会这样……

我得告诉你，在这里我简直要死了。我只是……我真的不想待在这儿了。

韦斯特·麦克雷：

我们去了梅·贝丝住的房车里继续聊，那是一辆舒适的加宽型房车，在营地靠前面的位置。她让我坐在铺了塑料布的沙发上，我稍有点动作塑料布便吱吱响得厉害。我告诉她这不太适合采访，最后我们去了她的小厨房。她还给我倒了一杯冰茶，给我看她这么些年保存下来的女孩们的相册。

韦斯特·麦克雷：

这都是你保存下来的？

梅·贝丝·福斯特：

是的。

韦斯特·麦克雷：

看起来像是妈妈会做的事呢。

梅·贝丝·福斯特：

嗯，这是个妈妈应该做的事。

韦斯特·麦克雷：

麦蒂和萨迪的妈妈——克莱尔·萨瑟恩是个不受欢迎的话题。但我们没法避免谈到她，因为没有克莱尔，就不会有这两个姑娘。

梅·贝丝·福斯特：

不聊她的事最好。

韦斯特·麦克雷：

我还是很想听听呢，梅·贝丝。这会很有帮助，至少能让我更好地了解萨迪和麦蒂。

梅·贝丝·福斯特：

好吧。克莱尔就是个麻烦精，没有缘由。有些小孩生下来就……很坏。她十二岁就开始喝酒，十五岁开始吸大麻、可卡因，到十八岁的时候已经迷上了海洛因。她因为小偷小摸被逮捕过几次，都是轻罪。她整个人一团糟。她妈妈艾琳曾经在我这里租房子，那会儿我们就成了好朋友。我就是因为这个认识她们的。艾琳是这世界上最温柔的人。她本可以对克莱尔更强硬一点，但是，现在再想这个也没有用了。

韦斯特·麦克雷：

克莱尔十九岁时，艾琳死于乳腺癌。

梅·贝丝·福斯特：

艾琳死前，克莱尔怀孕了。艾琳很想活下来，为了她的外孙女活下来，可……可天不遂人愿。艾琳去世后三个月，萨迪诞生了。艾琳临终前，我答应过她好好照顾那个小女孩，所以我就这么做了，因为，嗯——你有孩子吗？

韦斯特·麦克雷：

有。我有一个女儿。

梅·贝丝·福斯特：

那你肯定明白的。

萨 迪

三天后，我染了头发。

我是在路上随便找了间公共厕所染的。脏兮兮的隔间散发着恶臭，和空气里的氨气味道混合在一起，让我作呕。这是我第一次染发，最终的成果却是脏兮兮的亚麻色，而不是包装盒上那女孩头上的金黄色。不过这也没什么关系，毕竟我染发只是为了看起来和以前不一样。

麦蒂若还在，肯定很讨厌我这样做——她肯定会用她细细的声音发牢骚："你从来不让我染头发。"我说她的声音细，倒不是那种像纸一样薄的感觉，也不是说她的声音弱，但它就是听起来总似乎不太沉稳。她笑的时候声音会很尖，让我耳朵直疼。但我这并不是抱怨，因为麦蒂笑的时候，你感觉就像在夜里坐飞机俯瞰一个陌生的城市，看着满城的灯光被点亮。至少我是这么想象的。虽然我还从来没有坐过飞机。

我不让她染头发也的确是事实。她从来不管我给她定下的规矩（要去朋友家的话先给我打个电话通知一声、不要私自给男孩发消息、放下手机先做作业之类的），却唯独遵守着这一条：不到十四岁不许染发。但她永远到不了十四岁了。

我想麦蒂从来不碰自己头发的真正原因，是她的金发和妈妈的一模一样，而她连想都不敢想，要是她失去仅剩的最后一点和妈妈有关的东西会怎么样。她们俩长得太像了，一样的发色，一样的蓝眼睛，一样的心形脸蛋，这简直让我发疯。麦蒂和我同母异父，所以我们长得不像。不过在一些罕见的情况下，当我们对某些事看法完全一致时，你会发现我俩的表情一模一样。在她和妈妈中间，我是奇怪的那一个。我长着乱蓬蓬的棕色卷发和浑浊的灰眼睛，梅·贝丝管这叫"麻雀脸"。麦蒂特别瘦，像是还没发育完，看起来有些笨拙，同时又有种特别的柔软感，和我比起来显得没那么愤世嫉俗。我是被激浪饮料养大的孩子，不太知道如何应对生活中美好的事物。我的身体足够锋利，锋利到可以切割玻璃。它实在是需要被打磨，但有时我并不在意。或许不是每个人的身体都是美丽的，但有些人的身体可以是一个美丽的伪装。我就比我的样子看起来要强壮。

惠特勒卡车休息站的牌子出现在眼前的时候，天已经黑了。

卡车休息站，对于生活在快进模式下的人来说，这已经是最接近暂停按钮的东西了。只不过他们按这按钮的次数不会太多，大部分时候只是把速度降到我们平常人的两倍而已。我以前在冷泉镇外的一个加油站打工，我老板马迪从来不让我一个人值夜班。他就是这么不信任来往的卡车司机。我不知道这算不算公平，但他就是这样看他们的。惠特勒比我工作的那家要大，但没那么干净。也可能对自己家乱糟糟的都习以为常了，久而久之也就觉得一切都在它们应当的位置上。这里的一切都不怎么样，加油站的霓虹灯很昏暗，像是它们选择慢慢亮出它们的光，而不是一下子就在黑暗中燃尽自己。

我往餐厅的方向走去，那栋建筑的楼顶上有一块招牌，上面写着潦草的"雷氏"。那招牌特别小，挂在那儿让一切都显得歪斜，这让人直头晕。窗户那儿还有一块破破烂烂的硬纸板，吹嘘着自己的招牌菜："加内特郡最好吃的苹果派！尝一块吧！"

我推开厚重的玻璃门，感觉回到了五十年代。雷氏餐馆完全就是我听说过的样子：红色乙烯基配上蓝绿色的装修风格，服务员穿着与之相配的裙子和围裙。角落里有一个真正的自动点唱机，播着鲍比·温顿（Bobby Vinton）的歌。我站在那里，在这怀旧的氛围中、这土豆和肉汁的香味中沉醉了一会儿，才走向后面的吧台。厨房和上餐台都在吧台后面。

我在一个高脚凳上坐下，手放在吧台那酷酷的胶木台面上。我的右边坐着一个女孩。女孩——女人吧。她正埋头苦吃着盘子里剩下的一半食物，手指在手机屏幕上快速移动着。她有一头棕色卷发，苍白的皮肤大片大片裸露着，让我看到都禁不住发抖。她穿黑色高跟鞋、超短裤和一件紧身薄背心。我猜她在停车场工作。"停车场蜥蜴"——这是人们对像她这样的女孩的称呼。我的眼神一路往上移，想好好看看她的脸。她长着一张比较显老的脸，摧残她皮肤的不是时间的流逝，而是风吹日晒。她眼角和嘴角的皱纹让我想起盔甲上的裂缝。

我把手肘撑在柜台上，低下头。现在能停下来休息了，长途驾驶的疲劳开始显现出来。我并不习惯坐在方向盘后面开车，所以现在累得要死，背上的肌肉都结成了一个一个小结。我集中精力想把全身每一处的疼痛都整合成一股，好让我能忽略它。

过了一会儿，一个男人从厨房里出来。他橄榄色的皮肤，剃着光头，文着两条彩色的漂亮花臂，是骷髅和鲜花的图案。他穿着件印着黑色"雷氏餐馆"字样的T恤，胸前绷得紧紧的，这足够显示他辛苦健身的成果。他在腰带上挂着的油腻毛巾上擦了擦手，看了我一眼。

"需要点什么？"

他的声音就像一把尖刀，会在你身上打磨自己，越磨越尖。这声音很吓人，我都不敢想象他吼起来会是什么样子。我还没开口问他是不是雷，却看到他胸前的名牌上写着"索尔"。他把耳朵转向我，让我重复刚刚说过的话，就好像我刚才说了些什么，只是他没听到而已。

通常，我的口吃是一种常态，我了解它胜过了解自己身体的其他部分。但我疲倦的时候，它就可能变得完全不可预测，就好像麦蒂四岁的时候开始在家附近四处捉迷藏，从来都是不告诉别人就开始藏了。我需要说话，但不想在任何一个不确定是否能给我需要的信息的人身上浪费机会，所以我只是清了清嗓子，拿过纸巾篮旁边一张过了塑的菜单，快速浏览起来，看看有没有什么便宜的东西。

我看了索尔一眼，指着我的喉咙和嘴表示抱歉，像是得了喉炎的样子。我在菜单上敲了敲，好让他明白我这是要点菜了。他的眼睛跟着我的手指，来到咖啡那一行。"咖啡……两美元。"我在那上面敲了敲。

很快，他朝我推过来一个杯子，说："先讲清楚，你可不能就点这么点儿东西就在这里坐一个晚上。趁热喝了或者再点些吃的。"

我任由蒸汽升腾环绕着我的脸，然后才开始喝。咖啡很烫，烫伤了我的舌头和喉咙，这比咖啡因更快地让我清醒了起来。它喝起来也够浓，我还是能指望它一会儿会有作用的。我放下杯子，发现上餐的窗口有个女人。她也和索尔一样穿着件印着黑色"雷氏餐馆"字样的T恤，她的样子让我想起梅·贝丝，只是她略微年轻些。她的头发染成了黑色，而梅·贝丝的已经完全花白了。他们都有着桃子般的脸颊和尖锐的五官，而她脖子下的一切则更圆润，线条也更模糊、柔软。在我小时候，没有别人抱我，只有梅·贝丝常把我搂在怀里，紧紧抱住——直到我长大了，不能再这样抱了——我热爱那种温柔。我任由回忆在我嘴角牵起一丝微笑，然后把这微笑送给了那女人。她也送了我一个微笑。

"你看我的样子好像我们认识似的。"她说。

除了头发以外，这是另一个她和梅·贝丝不一样的地方——她的声音。梅·贝丝的声音像是就要碎掉的方糖，她的声音则像苹果派。也可能并不是她的声音像苹果派，而是我闻到了苹果派的味道吧。离吧台几米远的地方有一个架子，上面就放着这餐厅的招牌苹果派，软乎乎的、糖浆般的水果片塞在烤得漂亮酥香的脆皮里，这让我口水直流。我知道我现在并不算很饿，但那焦糖肉桂的甜香味让我觉得自己饿得要命。我的肚子咕咕叫了起来。那女人皱起眉头，我看到她右胸前别着的名牌上写着"鲁比"。要我念出这么个名字来可不容易。

"别费劲了，小鲁，"索尔在上餐台后面说道，"她不会说话。"

鲁比转向我问："真的吗？"

"……"

我闭上眼。我卡在了那里，那瞬间简直像永远一样漫长——我的嘴巴张得老大，却什么声音也发不出来，至少是没能冲出我的身体。在我身体里，那些词句就在那里，只是让它们成形的挣扎让我僵住了，让我觉得自己像是脱了线。

“你……你长——”我挣扎着说出那个“长”字，挣扎着让自己找回状态。我睁开眼睛。我感觉到旁边那个女人在盯着我看。鲁比甚至连眼睛都没有眨，这让我很感激，却也让我很讨厌，因为那是每个人都应该在生活中贯彻的行为准则，不值得我感激。“你长……长得很像我认……认识的一个人。”

“这算是好事吗？”

“嗯。”我点点头，有点高兴这对话目前的进展还算是成功。耶。

“还以为你不会说话呢。”索尔看起来似乎并没有什么兴趣。

“你还想点些什么别的东西吗？”鲁比问。

“不……不用了。”

她噘起嘴唇说：“你可不能就买杯咖啡在这里坐一整夜。”

老天。我清了清嗓子说：“我……我想知道我能……能不能问你……你点——”能不能问你点什么。“一个问题。”

这是我有时候能做的一件事：假装不口吃。我可以集中注意力，在最后一刻使劲吞下一个词，然后用另一个词来代替，这样听起来就不那么像口吃了。第一次发现这一点的时候，我以为自己终于自由了，但事实却并非如此。这太累人了，为了说一句别人可能根本都不会注意的话，却还需要这样再三思考。这不公平，但生活本来就没有什么公平。

“当然。”她说。

“雷……雷——”我闭了一会儿眼睛，“雷在吗？”

她的脸猛地抽搐了一下：“几年前就死了。”

“对……对不起。”见鬼。

“你要找雷做什么？”

“你在这里工……工作很久了吗？”

“快三十年了，”她看着我，“你这是要干什么？”

"我想……想找……找个人。"

有个更快的办法。她还没开口回答，我抿起嘴唇，举起一根手指。她照着我无言的要求那样做了——等了一会儿，等着我打开背包，拿出一张照片。这已经是八年前的照片了，但这是唯一一张有我要找的那个人的脸的照片。照片是夏天拍的，我们所有人都站在梅·贝丝的房车前。我知道那是夏天，因为花坛里的花全都盛开着。照片是她拍的，放在她珍藏的我和麦蒂的相册里，我就是从那儿拿的。这是我们唯一一张和妈妈的合影——还有基斯。

他长着一张生硬的脸，蓄了一个星期的胡子，还有深深的鱼尾纹，我绝不相信那是因为笑得太多而长出来的。他看起来就像是会从照片里走出来，只为了能更加近距离地恨你。一个孩子坐在他的腿上，那孩子一头乱糟糟的金发，那是麦蒂，那时她五岁。还有个扎马尾辫的十一岁女孩站在远处，都没对焦，那就是我。我记得那一天，记得那天很热，让人很不舒服，记得他们不管怎么哄，我就是不肯配合他们一起摆姿势。最后我妈说："好吧，我们拍我们的，不带你。"这听起来也不太对劲，所以我还是钻进了画面，变成那一时刻里模糊的边缘。像往常一样，我盯着它看了好一阵子，然后指了指鲁比围裙里的那支笔。她把笔递给我，我翻过照片，在背面飞快地写下几个字：

你见过这个男人吗？

我是知道答案的。因为我正是从基斯那里听说的雷氏餐馆，他以前总会说起这个地方，说他是常客。他把麦蒂抱在怀里轻轻摇着，抚摸着她的头发，说有一天他会带她去雷氏餐馆吃一块苹果派，因为："宝贝儿，你从来没吃过那么好吃的东西……"如果鲁比真像她说的一直在这儿工作，她肯定见过他。我把照片递给她，她小心地拿着。我仔细观察，想通过面部表情细微的变化来看她是不是认识这个男人。但她的脸色没有泄露任何信息。

"是谁要找他？"她终于开口问道。

我内心对此并没抱多大希望："他……他的女……女儿。"

她舔了舔嘴唇。我注意到她的口红已经褪了色，只剩下那道通红的唇线。她迎上我的眼神与我对视，叹了口气。那声叹息让我想知道，女孩们寻找那些给不了她们任何东西的男人，这样的事情发生得到底有多频繁。

"我们这里有很多男顾客，除非他们有什么毛病，否则不会让我们有什么印象的。我是说——远比那些男人都有的毛病更严重的那种。"她微微耸了耸肩，又说，"他有可能确实来过，但我实在不记得。"

我能很轻易地分辨出谎言。并不是因为我的口吃给我带来了什么感应他人情感的超能力，而是你要是听了二十几年的谎话，你也能做到。

鲁比在说谎。

"他说……说他是……是常……常客。他认识雷……雷。"

"我不是雷，我不认识他，"她把照片推回到我的面前，声调突然变得格外甜美，"你要知道，我爸爸离开我的时候，我比你还小。有时候，相信我说的话是更好的选择。"

我咬住了自己的舌头。要是不这么做的话，我一定会说出些难听的话。我强迫自己盯住柜台，盯着一块没擦干净的咖啡渍。我把手放在大腿上，好让她看不见我攥紧的拳头。

"你说他是个常客？"鲁比问。我点点头。"你电话号码是多少？"

"没……没有手……手机。"

她叹了口气，想了一会儿，从纸巾旁边摆得整整齐齐的一摞外卖菜单中拿出一张，指了指上面的电话号码。

"听着，我会帮你留意一下。你打电话过来，找我，如果我看到他，我就告诉你。但我没法给你任何保证。"她皱皱眉，又说，"你真没有手机？"

我摇摇头。她的双臂交叉了起来，表情看起来像是在等着我说谢谢，我想。而这让我更生气了。我把外卖菜单折起来，和照片一起放进包里，试着压抑住身体里的那股热流。没能得到自己想要的东西就已经够糟糕了，更糟的是还要忍受这样的羞耻。

"你……你在说谎。"我这么说是因为，我才不会让她逼迫我忍受这样的羞耻。

她盯着我看了很长时间，最后说："知道吗，小姑娘，别给我打电话了。咖啡也别喝了，赶紧走吧。"

她转身回到厨房，我紧紧盯着她的背影。干得好啊，萨迪！你这白痴，现在可怎么办呢？

现在可怎么办呢。我慢慢吐出一口气。

"嘿。"这声音跟羽毛一样轻，很是迟疑。我转过头，旁边那女人正看着我。"从来没见过鲁比对人这么不客气呢。"

"……"我推开挡在中间的桌椅走过去，轻轻吸了口气，"你知……知道她为什么对……对我这么不……不客气吗？"

"我在这里的时间还不算长，不过足够让我知道她想混账的时候真的可以很混账。"她看着自己的手。她的指甲涂成了粉色，又尖又长，我想象着它们在皮肤上抓来抓去的感觉。只要你够聪明，你身上的每一样小东西都能成为武器。"听着，有这么一个人……他有时候在餐厅后面，有时候在加油站那儿……如果他们没赶他走的话。如果被赶走了，他通常就会待在停车场后面的垃圾桶那边。他叫卡迪·辛克莱尔，很高，很瘦。他也许能告诉你些什么。"

"他是个毒……毒贩子？"我问。但答案实在是太显而易见了，她根本就懒得回答。我从高脚凳上滑下来，往柜台上扔了五块钱。我现在知道该去哪儿了。"谢谢，非……非常感谢。"

"先别急着谢我，"她说，"他可不会白白帮你干任何事，而且除非万不得已，没人会去找他说话。所以你最好先想清楚了，是不是真的要去找他。"

"谢……谢谢。"我又谢了她一遍。

她伸手来拿我那杯喝了一半的咖啡，捧在手里，苦涩地说："关于失踪的父亲，我也算是感同身受。"

"你是来吃鲁比家招牌菜的？"

这声音就像一口浓痰，厚重，毫无吸引力。我从光亮处走过去，走进卡车停车处那长长的阴影里，走到卡迪面前。我找遍了餐馆和加油站，他都不在。他在那个女人告诉我的最后一个地方——停车场后面的垃圾桶旁边。他靠在一个垃圾桶上，黑暗让他在我眼里只剩下一个轮廓，有那么一刻，黑暗几乎给他添了一层滤镜——我一直到眼睛适应了这光线，才发现他有多难看。他很瘦，眼神黯淡，毫无生气，下颌线和尖尖的下巴上满是胡楂。

"不——不。"

他在抽烟。一根香烟夹在长长的手指间，他深深地吸了一口。我看着烟头的小小火焰亮起来又熄下去，这让我想起基斯，我的脖子一阵难受的刺痛。我不愿回忆，但我脖子后的伤疤还在。在那之后的好长时间，我都很怕火。十四岁时，我强迫自己揣着一盒火柴过了一个晚上。我把火柴点亮，拿在手里直到最后一刻。我的手会抖，但我做到了。我总会忘记恐惧是一种能够征服的东西，但我一次又一次学习这一点，我想，这总比不去学习要好吧。

卡迪把烟头扔在人行道上，踩灭了："你妈没告诉过你别大晚上接近危险的男人吗？"

"我……我要是看见了一个危……危险的男人，我会记……记住的。"

我没有自我保护意识。梅·贝丝过去这么说过我——只要能让你说完最后一句话，你为此死了也在所不惜。口吃已经够不容易了，更不用说在口吃的基础上还自以为是了。

卡迪慢慢从他那垃圾桶里挤出来，用迷离的眼神盯着我。

"你……你……你……你，会……会……会吗？"

这不是我第一次听到别人模仿我模仿得这么难听了，但我还是很想把他的舌头从嘴里拔出来，再用它勒死这男人。

"我需……需……需——"冷静，我想。可紧接着我就想扇自己一耳光。冷静什么用也没有。冷静是那些什么也不懂的人才会让我做的，好像口吃和不口吃之间的区别就是内心有一定程度的平静似的。就连麦蒂都知道不用叫我冷静。"我需……需要和你谈……谈谈。"

他咳嗽着，朝地上吐出一种类似于干掉的水洗胶之类的东西。这景象让我一阵恶心。"是吗？"

"我想……想——"

"我可没问你你想要什么。"

我拿出照片，举到了他那张讨厌的脸前面。因为很显然，我不能用对待鲁比的方法来对他。怎么说的来着？请求原谅总比请求许可强。

但说对不起也从来不是我擅长的事。

"你……你认识这个男……男人吗？我需……需要知道到哪……哪里能找……找到他。"

卡迪大笑着从我身边挤过去，瘦得硌人的肩膀撞到我的肩膀上，撞得我向后一个趔趄。这个跟瘦竹竿一样的男人，举手投足倒是有种莫名的自信。我试着记住他肩膀活动的方式。

"我可不是什么该死的寻人热线。"

"我可以付——我可以付你钱。"

他停了下来，转向我，边思索边用舌头舔着牙齿。只见他一个箭步朝我凑过来，一把抢下我手里的照片。要是我抓得再紧一点，照片此刻就已经成了两半。我本能地想要伸手抢回来，却及时忍住了这一冲动。突然的动作似乎对我没有什么好处。

"你找达伦·马歇尔干什么？"

我尽量不让他看出我听到这个名字的惊讶。达伦·马歇尔，原来基斯现在用的是这个名字。也可能基斯是他跟我们住在一起的时候编出来的名字，达伦才是他的真名吧——我内心的一部分倒希望是这样。这么快就抽丝剥茧般剥开一层真相的感觉真好。我已经很久没有感觉好过了。

达伦·马歇尔。

"我是他的女……女儿。"

"他从没提起过他还有个女儿。"

"他……他为……为什么要提起呢？"

他眯起眼睛，将相片举到微弱的光线下。他那又长又肥的袖子落了下去，露出左臂上的一串印子。梅·贝丝过去常对我说这是一种病，也让我这样告诉麦蒂，但我并不相信，因为人们不会自己选择去生病，不是吗？"看在你妹妹的分儿上，有点同情心吧。"恨罪恶本身，却爱着那个罪人。就因为我不能同情这个害我忍饥挨饿的人，我妈妈的毒瘾倒好像成了我的失败。

"有什么要说的吗？"

他很清楚我在看什么。

"没有。"

"好吧，我真该死。"他微微一笑，又往我身边凑了凑，"是为了钱吗？他离开后你毫不在乎，但现在你想要钱了，是这样吗？一个男人给了你生命，你凭什么还觉得他欠你更多，啊？"他沉默了一会儿，打量着我，"不得不说啊，孩子，你们长得不太像啊。"我抬起下巴，他轻哼了一声，略带怀疑地将目光转向照片，"你听说过什么叫无用功吗？"

无用功，名词，我想。这个词说的是追逐一些虚无缥缈的东西。但有时候你拥有的也不过是一些虚无缥缈的东西，而有时候，虚无缥缈的东西也能变成触得到摸得着的东西。而我拥有的比这要多，我知道照片里的这个男人还活着。既然他还活着，就有希望找到他。

我从卡迪手中去抢照片："那就当我是个做无……无用功的傻……傻子吧。"

他说："我认识达伦，但他已经很久没来这里了。嗯，至于这个我大概也知道一些。"我的喉咙一紧。我说过，我能很轻易地分辨出谎言。

卡迪没有说谎。

"但你得付出点代价。"他又说道。

"我说……说过我会付……付钱的。多……多少钱？"

"谁说过是要付钱了？"

我把照片拿了回来，他一把抓住了我的胳膊。他那蜘蛛腿般的手指抓住我，让我恨不得能把自己的皮蜕下来，这样就不用忍受那感觉了，忍受他身上的那股热气。我们身后某个地方传来一声门响，我转过头去看。

是一辆卡车，像只黑色的大狗在黑暗中游荡。一个女孩朝它跑过去。她个子小小的，这让我想起了麦蒂。我目不转睛地盯着她小小的身体，小小的骨架，看着她在副驾驶座旁边停下。她盯着它看了好一阵子，很痛苦，我没法阻止接下来将要发生的事情。我看着那个不是麦蒂的女孩，她拉开了车门。她往里爬的时候，卡车驾驶室的灯短暂地亮了一会儿。她关上车门，驾驶室的灯暗了下去，把她整个吞入黑暗中。

卡迪开始用手指戳我。他的指甲很尖。

"放……放开我。"

他放开了我，埋头在自己的手肘处咳嗽。

"你得付出点代价。"他又说了一遍。

他把头偏向一边，眼睛在我身上扫过，然后，比上次更具试探意味地把手放在我的胳膊上，推着我向黑暗中走去。他朝我凑得更近了些，摸索着自己的皮带扣，在我耳边嘀咕着一些连假装甜言蜜语都算不上的废话。他的口真臭。我看向他的眼睛，他的眼睛通红。

《女孩们》

第一集

（《女孩们》主题曲）

韦斯特·麦克雷：

梅·贝丝那本相册的前一半里只有萨迪的照片。她是个快乐的小婴儿，棕色头发，灰色眼睛，健康的粉色皮肤。她和她妈妈长得一点也不像。

梅·贝丝·福斯特：

萨迪简直就是翻版的艾琳，克莱尔无法忍受这一点。你要是看到克莱尔是怎么对萨迪的，你一定会想她究竟为什么要生下这个孩子。她不喜欢抱她，不喜欢给她喂奶，不喜欢安慰她。真不是我夸张，她——恨——做这些。我尽我所能给了萨迪我的爱，但这永远也无法弥补她没能从自己母亲那里得到的爱。

韦斯特·麦克雷：

萨迪的父亲是谁？

梅·贝丝·福斯特：

我不知道。我想甚至连克莱尔都不知道。她说他姓亨特，所以出生证上就这么写了。

韦斯特·麦克雷：

根据梅·贝丝的说法，在没有麦蒂的六年里，萨迪的童年很孤独。克莱尔的毒瘾取代了她的一切感情，完全没有给予女儿任何关注。

萨迪还极度害羞，因为两岁时她就开始口吃，原因不明。有可能是遗传吧。萨迪已知的家人中没有人口吃，但毕竟她父亲那一方的情况不明。梅·贝丝发现了一段她在萨迪三岁时录下的录音，我们好不容易才找了个老式磁带录音机来听它。

梅·贝丝·福斯特（录音）：

宝贝儿，你想对着录音机说话吗？

（停顿）不想吗？我可以放给你听哟，这样你就能听到你自己的声音啦。

萨迪·亨特（三岁）（录音）：

这……这……这是魔……魔法！

梅·贝丝·福斯特（录音）：

是的，宝贝儿，这是魔法。好啦，就对着这个说话，打个招呼！

萨迪·亨特（录音）：

可……可是我想……想，我想、我——

梅·贝丝·福斯特（录音）：

我们得先录呢。

萨迪·亨特（录音）：

可……可是我想……想……想听！

韦斯特·麦克雷：

萨迪的口吃一直也没好。早期干预说不定会有用，但梅·贝丝始终未能说服克莱尔采取行动。学校对萨迪来说如同地狱一般，孩子们对他们不理解的事情可不会太友好，而且在梅·贝丝看来，老师们对她的理解也远远不够。

梅·贝丝·福斯特：

萨迪成长得很好，不是"多亏了这些人"，而是"尽管有这些人"。他们认为口吃意味着她很笨，我就说这么多。

韦斯特·麦克雷：

四十四岁的爱德华·科尔本从没忘了萨迪。萨迪进入他的班级时，他刚来到帕克代尔小学当老师。我之前提到过，帕克代尔离冷泉镇有四十分钟的车程，有巴士接其他镇上的学生来上学。爱德华是这样回忆他的前一年级学生的——

爱德华·科尔本：

她因为口吃而被同学嘲笑，这让她变得很畏缩……我们尽了最大努力满足她的需求，但你得明白，帕克代尔一直有两个问题：资金紧缺，人满为患。再加上她的母亲基本上对我们的任何关切都不予回应。总之，这些可不是什么利于孩子健康成长的秘诀。类似这样的事情发生得比你想象的要多得多，不光是在那些经济萧条的地区。萨迪是个散漫、孤僻的孩子。她没有太多兴趣爱好，甚至根本没有什么兴趣爱好。她很冷漠，不仅仅是冷漠……我甚至可以说她内心一片空虚茫然。

梅·贝丝·福斯特：

后来就有了麦蒂。

韦斯特·麦克雷:

在梅·贝丝的相册里，一张宝丽来相片记录了麦蒂的降临。照片上，六岁的萨迪怀中抱着一个刚刚出生的婴儿。萨迪注视着她妹妹的眼神几乎无法形容，那真是温柔得不得了。

韦斯特·麦克雷（对梅·贝丝说）:

看看她看麦蒂的眼神……哇。

梅·贝丝·福斯特:

很特别，对吧？萨迪全心全意地爱着麦蒂，对麦蒂的爱给了她一个目标。萨迪把照顾妹妹当成她一生的职责。她那么小的一个孩子，也知道克莱尔做不好的。

韦斯特·麦克雷:

你能描述一下姐妹俩和她们的妈妈的关系吗？

梅·贝丝·福斯特:

克莱尔还挺喜欢麦蒂的，因为她们俩长得像。她不像是克莱尔的女儿，倒更像是她的小洋娃娃。她让麦蒂姓了萨瑟恩。麦蒂认为克莱尔是个好妈妈……

但那是萨迪的功劳。

韦斯特·麦克雷:

这是什么意思呢？

梅·贝丝·福斯特:

萨迪总帮克莱尔打掩护，甚至帮她撒谎，让麦蒂相信克莱尔是病了……

我想她是认为自己如果这么做的话，能让一次又一次让她失望的克莱尔对麦蒂的伤害不那么大。我也不知道这样对她们俩来说是不是最好的方式。萨迪付出了非常大的努力，尤其是在克莱尔离开后。这样说起来，我不知道麦蒂是否曾经完全理解和感激萨迪为她做的一切。如果她活得够久的话，也许会吧。

韦斯特·麦克雷：

看到麦蒂的照片让人很难受。她有一头亮丽、笔直的浅金色头发，闪闪发光的蓝色眼睛，和克莱尔一样的心形脸蛋。这样的活力，真是让人无法去想象她的生命是如何结束的。

韦斯特·麦克雷（对梅·贝丝说）：

我不禁注意到，麦蒂看萨迪的眼神可没有那么尊敬。

梅·贝丝·福斯特：

麦蒂爱她的姐姐。麦蒂崇拜萨迪，而萨迪可能也承担了麦蒂母亲的角色，这是她们之间的相处模式。

更何况，她们还有六岁的年龄差。照顾麦蒂让萨迪从自己的壳里钻出来，让她即使口吃也不得不说话。但每当萨迪不想说话或者说不出来的时候，麦蒂只需要看看她就知道她在想什么。所以毫无疑问，她们以自己的方式为彼此而奉献。我不知道是不是所有的姐妹都像她们俩这样。

我自己有三个孩子，我非常爱他们，但我们之间从来都不曾像她俩那样。

韦斯特·麦克雷：

我们就这么一页一页地翻着相册，梅·贝丝的声音颤抖得越来越厉害。相册翻到最后，她的眼里已经噙满了泪水。

梅·贝丝·福斯特：

　　噢。

韦斯特·麦克雷：

　　怎么了？

韦斯特·麦克雷（在录音棚）：

　　她把相册递给我。摊开的相册里，一面是一张女孩们的照片：姐妹俩趴在梅·贝丝那盖着塑料布的沙发上，共用一条红橙相间的毯子，麦蒂膝上放着一碗超大的爆米花，她们看着眼前的电视节目入了迷。梅·贝丝后来告诉我，她们当时看的可能是一部老电影。姐妹俩都喜欢古典文学，萨迪尤其喜欢贝蒂·戴维斯（Bette Davis）演的所有电影。但当时引起梅·贝丝注意的，是相册的另一面——它是空的。她坚持说那里曾经有一张相片。她疯狂地在书页间翻找，想看看它是不是什么时候松脱了，掉到了别的地方。她还查看了我们周围的地板，生怕它是掉了出来。可是哪里也找不到那张照片。

梅·贝丝·福斯特：

　　可它去哪儿了呢——我不知道它还能去哪儿……那是一张……照片里有姐妹俩……那是……那是——我记不太清楚是哪张照片、它具体什么样了——但我知道照片里姐妹俩都在。她们都在。照片本来就在这里的。

萨　迪

我要杀了一个男人。

我要偷走他眼睛里的光，我要看着它黯淡下去。你不该用暴力来回应暴力，但有时候，我认为暴力是唯一的答案。这不比他对麦蒂做的少，所以这也不比他应得的少。

我并不指望这样能让麦蒂回来，这当然不能让她回来。这也不是为了寻求内心的和平，永远都不会有和平。我没有抱任何幻想，我知道在做完这件事后，我的生命也将所剩无几。但想象一下，当你知道杀害你妹妹的凶手每天呼吸着她再也呼吸不到的空气，将肺里吸得满满的，品味着它的甜香；想象一下，当这个人能好好地感受脚下踏着埋葬你妹妹的泥土是什么感觉。想象一下这样的感受吧。

这是我离开我熟悉的一切，走得最远的一次。

我坐在汽车前座，翻来覆去地转动着那把弹簧刀。空气里有一股脏水的味道。我闭上眼睛，再睁开，我依然坐在汽车前座，手里依然转着弹簧刀，空气里还是那股池塘里的水藻的味道。我闭上眼睛，再睁开，一切就好像你在梦中跑步，可每一次冲刺不过是让你更加明白，除了一次又一次地去做，你别无选择，没有终点线，你也不知道要怎样才能停下来。

"麦蒂。"

她名字里的"M"很容易发，但两个"T"就不怎么招人待见了。

麦蒂五岁、我十一岁的时候，她会因为怕黑而爬上我的床，渴望我能说些什么让她感到安全。我那些断断续续说出口的保证怎么都不够，我所能够给她的就是我一直在那里。而她也就得到了她想要的。她把头靠在我的肩膀上，就那样睡着，到了早上，我的被子全都被卷到了她小小的身体上，我的枕头也不知怎的总会被她枕在头下。在我十一岁、她五岁的时候，她想要学我说话。她总会跑过来，把句子打散了说，基斯则会打她的屁股，说："除非不得已，没人会那样讲话。"我尽管恨他这样讲，但还是会告诉麦蒂他是对的。麦蒂五岁、我十一岁的时候，我再也不能假装我可以完完整整地说出一句话。由于太过伤心，我整整两个星期没有说话。后来麦蒂瞪大了眼睛看看我，说："告诉我你想说什么。"

　　基斯不是我的父亲，但有时他会假装是，会故意让别人误会，然后默默威胁我不要告诉他们。他会在加油站给我买糖果，不管我是不是想要。买完还会装模作样地把糖果放到我掌心，只为听到我勉强说出一句谢谢。晚上，他会让我坐在桌边，让我背诵祈祷词，这让梅·贝丝很高兴。而麦蒂对黑夜的恐惧是对的，因为夜里，他会来我的房间，让我念那些祈祷词。

　　在我十九岁、麦蒂十三岁的时候，基斯回来了。

　　弹簧刀再次在我汗涔涔的手心转动，我感受着它优美的黑色手柄和藏身其中的无情刀刃的重量。

　　很久以前，这刀是他的。

　　现在刀是我的了。

　　我要把我的名字刻在他的灵魂里。

《女孩们》

第二集

韦斯特·麦克雷：

上一集中，我向你们介绍了我们播客的主角：麦蒂·萨瑟恩和萨迪·亨特两姐妹。麦蒂被谋杀了，她的尸体在家乡科罗拉多州的冷泉镇外被发现。萨迪失踪了，她的车被丢弃在离家几百公里之外的地方，被发现时她所有的个人物品都还在里面。姐妹俩的代理祖母梅·贝丝·福斯特向我求助，希望我能帮忙找到萨迪并带她回家。

对于那些刚开始收听的人，这是一个连续的播客节目，所以如果你还没有听过我们的第一集，请你现在去听一听。我们有太多的故事要讲，时间实在是不太够用——不过我想，每个人的生活都是这样吧。

（《女孩们》主题曲）

播音员：

这里是麦克米伦出版公司为您带来的《女孩们》。

韦斯特·麦克雷：

萨迪十六岁的时候，克莱尔离开了她们。那时麦蒂十岁。

那时候，她们的母亲已经完全沉溺于毒品，她的离开是最合乎逻辑的结果。梅·贝丝和克莱尔的最后一次谈话，发生在她抛下自己的生活和孩子离开冷泉镇的两天前。

梅·贝丝·福斯特：

她想找我要钱。我知道她要钱干什么。她说这是给两姐妹的，要给她们买吃的。我说，好吧，你告诉我你要买什么，我去斯泰克特商店给你买。她回答说不，我需要钱。我们吵得比以往任何一次都要厉害。我尽量不把她逼得太紧，因为一旦我那样对她，她就会把姐妹俩从我身边带走……

总之，我告诉她要振作起来，对她说她还年轻，还有机会从头来过，只要她自己能够努力，上帝也会回报于她的。她狠狠地把电话挂了，我耳朵里整夜都回荡着那响声。

韦斯特·麦克雷：

第二天，梅·贝丝去了佛罗里达度假两周，看望她的女儿。就在她离开的第二天，克莱尔走了。

那时候，麦蒂才刚上五年级，沉浸在自己的小世界里无忧无虑。萨迪在高中念书间隙还要去麦金侬加油站打工。据梅·贝丝说，她一点也不喜欢高中。

她的老板马迪·麦金侬在冷泉镇生活了四十五年，他希望能在此处度过余生。他体格健壮，面色红润，却是镇上出了名的巨人绅士。只要你好意思开口要，他甚至能把自己身上的衬衫脱下来给你。

马迪·麦金侬：

萨迪是个好孩子，工作很努力。她比我更需要帮助，你明白我的意思吧。她，呃，来到我这里之前，她在镇上到处找工作。大家在酒吧里都在谈论这件事，乔尔酒吧。他们都取笑她，像是——

韦斯特·麦克雷：

他们怎么说？

马迪·麦金侬：

他们就是觉得她要是能找到个有工资的工作，倒是件很好笑的事情。她那么瘦弱，又连话都说不利索，她能做什么工作呢？就是这之类的……反正我觉得这太不公平了。所以当她——当她最后找到我这里来的时候，我给了她一份工作。她很感激。那是她第一次也是唯一一次拥抱了我。如果你认识萨迪，你就会知道她不是一个……她不怎么向别人敞开心扉。让她开口对你说她最近怎么样就好像拔牙。我想那是因为，她总是害怕人们通知儿童保护服务，这样她和麦蒂就会被分开。但这是不可能的。

韦斯特·麦克雷：

为什么这么说呢？这两姐妹看起来确实是很需要帮助呀。

马迪·麦金侬：

没错，但这里的每个人都需要帮助，你明白吗？我们没有为别人操心的习惯。

尽管如此，萨迪还是很担心，她以为克莱尔的离开会是她们俩的末日——好像梅·贝丝会让这事发生似的，所以她没对任何人讲，还让麦蒂也发誓不说出去。一周后的一天，大约凌晨四点，我接到了一个电话，是麦蒂打来的，她都要疯了。她以为萨迪就要死了。我开车过去，萨迪病得很严重，是真的非常严重。所以我带她去了医院，他们给她打了点滴，她的情况稳定了下来……就是有一件怪事。

梅·贝丝·福斯特：

我想是因为克莱尔离开的压力吧，让她变成这样。

马迪·麦金侬：

总之，我们在等候室，麦蒂完全失控了，她开始号啕大哭。麦蒂像克莱尔，总是有点情绪化，但这次并不是因为那个。她被吓坏了。我从自动售货机给她买了些糖果，试着让她平静下来。她告诉我克莱尔走了，如果有人发现的话，她和萨迪就再也见不到彼此了。我的老天哪，这孩子太伤心了，她吐了我一身。当时简直一片混乱。我做的第一件事就是给身在佛罗里达的梅·贝丝打了个电话，她当天就飞了回来。她是真的很爱这两姐妹。萨迪特别生气麦蒂把这件事告诉了我，而我又告诉了梅·贝丝。而梅·贝丝知道以后，她大概有一个星期没跟我们任何一个人说话。

梅·贝丝·福斯特：

有趣的是，我一直觉得克莱尔会以这样或那样的方式离开我们——但我还没有准备好。萨迪反正从来就没得到过母爱，从这个意义上来讲，她甚至感受不到失去。她唯一害怕的是失去她仅剩的家人——麦蒂。而麦蒂……麦蒂的反应很大。

韦斯特·麦克雷：

请详细说说。

梅·贝丝·福斯特：

我以为这会害死她。我是真的真的这么以为。麦蒂对此非常沮丧，她不肯吃饭，消瘦得厉害，她也不怎么睡觉……她总是做关于克莱尔离开的噩梦，然后被惊醒，发现这不仅仅是个梦。萨迪甚至也无法让她平静下来。大概一天有一半的时间她都在歇斯底里，剩下的时间则像是得了紧张综合征。我告诉萨迪我们得带麦蒂去看医生，但是……萨迪不愿意。不过说实话，即使我们去了，我看也不会有什么太好的结果。萨迪从高中退了学，她觉得她待在家里陪着她可能会有所帮助。

韦斯特·麦克雷:

这起作用了吗?

梅·贝丝·福斯特:

没有。只有一件事对麦蒂产生了影响。

韦斯特·麦克雷:

克莱尔离开大约三个月后,姐妹俩第一次也是唯一一次得到母亲的消息。她寄来了一张明信片。这是后来从萨迪留下的东西中发现的。明信片的正面是一片空旷而美丽的蓝天,天空下一排棕榈树。明信片上写着:"来自阳光明媚的洛杉矶的问候!希望你也在这里!"明信片是写给麦蒂一个人的,克莱尔用潦草的字迹写着:"做我的乖女孩,小麦蒂。"

梅·贝丝·福斯特:

在那之后,麦蒂活了过来。从那时起她就迷上了洛杉矶这个地方——她们一定得去那里,去找克莱尔,一定得去。她们的妈妈希望她们去找她,重新来过……

我真感激克莱尔寄来这张明信片,同时又是那么恨。这让麦蒂的脸颊重新红润起来,让我们的女孩又回来了。但是天啊,她和萨迪从此以后就再也不一样了。

韦斯特·麦克雷:

萨迪不肯去找克莱尔?

梅·贝丝·福斯特:

这是不现实的。原因有很多,比如说钱,她们可拿不出那么多钱;她们也不知道她在那城市的什么地方……要知道,克莱尔很可能是在嗑药兴奋的时候写下了那张明信片。她没有叫她们去找她,那张明信片是个告别。麦蒂只是不明白，或者不愿意接受罢了。而且我猜……如果萨迪能至少表现得稍微难过一点，可能会对她妹妹有好处，但是她没有……

韦斯特·麦克雷：

麦蒂有没有因为克莱尔的离开而怪罪萨迪？

梅·贝丝·福斯特：

没有，但她怪萨迪没去找她。

韦斯特·麦克雷：

克莱尔叫麦蒂做"我的乖女孩"是什么意思呢？

梅·贝丝·福斯特：

麦蒂做"克莱尔的乖女孩"的时候，通常是她让萨迪不好过的时候。我感觉我这样讲让麦蒂听起来好像很坏似的，但不是这样的。她只是……还太小了。麦蒂爱萨迪，但她崇拜克莱尔。

韦斯特·麦克雷：

收到那张明信片后，姐妹俩的关系慢慢恶化了。

梅·贝丝·福斯特：

看到麦蒂和萨迪变成这个样子，真是让人心碎。情况很糟糕。萨迪原谅麦蒂的一切，她知道她的愤怒从何而来，并且忍受着，但这不意味着她是个圣人——她不是。她也会失去耐心，说麦蒂很蠢，说这根本没有希望……这是她俩之间第一次产生真正的裂痕，而且这裂痕越来越大。想想麦蒂对克莱尔的依恋有多长，有多深，而萨迪只想守住麦蒂，这真的很神奇。

麦蒂被杀前的一个月，她们之间的关系恶化到了我所见过的最糟的程度。麦蒂长成了一个女人，这对任何一个女孩来说，都是一生中最危险的时间。她成了她自己，和萨迪对事物有着完全不同的看法。萨迪从未说出口，但我知道她很伤心。

我无法想象——如果克莱尔没有寄那张明信片——如果她能做一个彻彻底底的了断，我想麦蒂最终一定能走出来。但克莱尔即使远在洛杉矶也非得来添乱。麦蒂失踪的那天晚上，她和萨迪正是在为这件事争吵。

韦斯特·麦克雷：

有一件事大家的意见似乎都是一致的，就是关于麦蒂失踪的导火索：她想要离开冷泉镇去寻找她的母亲。她上了那辆杀手的卡车，她希望这将是她前往洛杉矶漫长旅途中的第一站。

梅·贝丝·福斯特：

要是没有那张明信片，麦蒂永远也不会做那样的事。我知道这一直困扰着萨迪，而且我知道……我知道如果萨迪现在在外面的什么地方，这依然还困扰着她。

萨迪

有什么东西撞到了我的窗户上。砰一声。

我猛地睁开眼睛，迅速抬起头。我的脖子被卡在了一个非常糟糕的角度，我很快听到了一声抗议的"咔嚓"声。还没搞清楚状况，我的身体已经一半倒向了后排座位。两个孩子，男孩——十到十一岁的样子——站在离汽车大约两米的地方。他们都瘦弱不堪，梅·贝丝叫他们"小叫花子"。其中一个手里拿着个篮球。他正瞪着我，我也瞪了回去。他把那篮球朝我的车窗扔过来，"砰"。篮球弹回他手中。他再次瞄准。我怒火中烧。我朝前座探身，伸手去够喇叭。我摁了下去，手就那么压在了那儿，没再抬起来。

他们跑开了。

我看着男孩们迈着他们瘦长的腿沿着街道走开，任由那汽车喇叭声继续响着，填满这片荒凉的街区。他们拐弯时，我松开了喇叭，声音停下来，四周重回一片寂静。我的车停在一个死胡同里，两边都是建到不同程度的房子，一个巨大的广告牌上写着小区竣工日期，那日期马上就要到了，看起来却根本不现实。我对面有一个小池塘，看起来跟沼泽地似的，小虫子在水面上盘旋，形成一圈圈小涟漪。

为了看时间，我把车打着了一会儿。早上八点。老天，梅·贝丝说早上九点前打扰别人是很不礼貌的，而且如果不是紧急情况，即使九点去拜访别人也不太合适。我揉了揉后颈，从地板上抓起背包，翻了老半天，找出一瓶还剩一半的水、我的牙刷和牙膏。我刷了会儿牙，打开车门，探身出去，用剩下的水漱了漱口，吐了出去。我的肚子咕咕叫个不停。我需要吃东西。副驾驶座前的储物箱里还剩下半袋盐醋味的薯片，刚拿出来便被我三下两下吃空了。我把手指上又咸又酸的碎屑都舔得干干净净的。麦蒂看到我这样一定气死了，因为我永远也不会让她吃这么不健康的早餐。基本上我做的任何事她都想学样，妹妹们都是这样的。

我会对她说：这会影响你的发育。我可不想你永远长不高。

但麦蒂会比我长得高的，你看她的腿就知道了。她的腿很长，比她身体的其他部分要长得多。你盯着她的腿看上一会儿，就会觉得她身体的其他部位看起来很奇怪了——胳膊太瘦，腰太短，手又太大。她一直期待着有一天能够俯视我，而妈妈警告我那一天会来得很快。她总在我和麦蒂让对方不好过的时候这么说，因为她总是站在麦蒂那边。哪怕我们为了天空是不是蓝色的而吵架，即使麦蒂说天空是紫色的，妈妈也会说她是对的，就为了看我难堪。我无法用言语来向你形容这样的时刻是什么滋味，但我可以确切地告诉你它有多苦。

我穿上衣服，用一条皱巴巴的黑色打底裤、一件干净的内衣和一件还算干净的T恤换掉脏兮兮的亨利衫、内衣和牛仔裤。我得赶快找个地方洗衣服了，要是我能狠下心花点钱的话。我拿过梳子，慢慢梳着打了结的头发，但这纯粹是为了打发时间。梳了一会儿，我把头发在脑后绑成了个马尾。我在大拇指上舔了舔，把眉毛捋平整，又用舌头舔了一遍牙齿，从下嘴唇撕下一片死皮，然后发动汽车，开向瓦格纳。

瓦格纳让我想起即将死去再重生的凤凰。我晚上待的地方是一片还在开发的区域，它告诉了我们这小镇在火中涅槃后将会是什么样子：从废墟中冉冉升起的一个古雅旅游景区。而现在，所到之处每一处破败的地方都让我想起冷泉镇。人们努力为自己创造一个比旁边要好一些的生存空间，但没有哪里真的是好的。

我把车停在一所看起来很糟糕的小学里，漫步穿过校园，绕过教学楼，来到后面的操场上。操场对面有一所房子。我把双手插进口袋，一边走一边打起精神。有人在荡秋千，他们背对着我，是一个男人和一个女孩，肩并着肩。当这男人伸长胳膊绕过秋千绳，把手搭在女孩瘦骨嶙峋的小肩膀上时，我放慢了脚步。

"你还好吗？"男人低声对女孩说。他的脚被秋千慢慢地拖着，在地面上摩擦。他的声音轻柔、和蔼，如丝一般。"我知道这是一种调整，但我是个不错的人……如果你需要倾诉，我就在这里。"

女孩的肩膀绷得紧紧的，她身体的每一块肌肉都绷得紧紧的，因为那些长满老茧的手指正触碰着她裸露在外的肌肤。她什么也没说，也什么都不打算说。而我知道她为什么不说，为什么要让自己的舌头保持安静。她不信任他。他的眼神完全不似声音那般和蔼，而她只是个瘦弱的十一岁女孩。但她很聪明。她懂得暴风雨来临前的平静，懂得安静的建筑可能会有更大的混乱。这个"不错的男人"的一切都不太适合他们现在的生活。当她以为自己是一个人的时候，他太清醒、太关心、太无所不在。他身上有太多东西让她无法用言语来表达，比如他现在抚摸她的方式，他没有权利表现得如此熟悉，这样的亲密更是不该被允许。

"不会有事的，萨迪。"那男人说。

玛丽·辛格。

这是卡迪被我的刀架在脖子上的时候给出的名字。他的皮带解开了，无力地悬在牛仔裤上。我能感觉到他说话时刀身的震动。"玛丽·辛格。"还有，"她住在瓦格纳。她能告诉你关于达伦·马歇尔的事情。"我叫他脱掉了裤子才放开他，让他起来，好给我自己足够的时间离开。

走在通往玛丽家前门的小径上，碎石在脚下移动。没有人活动的迹象，也没有窗帘被好奇地拉开。我敲了敲门，等在那里。一辆车开了过去。我用手捋了捋头发，转身朝大路走去。我上一次看时间的时候是九点四十五分，可能她还没起来。我回到房子那儿，指望二层能让我有所发现，但还是什么也没有。

我蹑手蹑脚地绕到房子的另一边，透过我看到的第一扇窗户往里瞧。

那是客厅。我凑得更近了些，双手抓住窗户沿，里面有一张沙发，一张咖啡桌，地板上有婴儿玩具……远处，我听见房子的前门开了，没过一会儿，有人走了过来。我能感觉到目光投射到我身上的重量，还有边走近边在我身上的打量。汗珠从额头和头皮上渗出来，慢慢地沿着脖子往下滑。我转过头，眼前正是我要找的那个女人。玛丽。

"你是谁？"

我猜她快四十岁了。也可能没那么老吧。她那一头极浅的金色头发向后梳着，扎成一个紧紧的马尾，鲜艳的口红，颧骨很高。她的眉毛肯定也是淡金色的，要不就是根本没眉毛。她特别瘦，几乎和麦蒂一样瘦。但这肯定不是因为她还在长身体——她一定是吸毒，或者有进食障碍，要么就是没钱。我对这些都有所了解，但不是每次都能区分它们。她穿着T恤和短裤，T恤上印着复古的米老鼠图案，下摆被拉到胸部下方打了个结，露出粉红色布满银色妊娠纹的肚子。我没在她手臂上见到任何针孔印，这一点也不像卡迪。

"你觉得你是在干什么？"她的声音十分冷酷生硬，我无法想象用这样的声音耳语或者是唱歌。

"……"

我的脖子像是被绳索缠住了，太长的时间一句话也憋不出来。她看起来好像马上就要报警了。快说话呀，我想——快说点什么。以前基斯等到不耐烦了就对我大吼大叫。要是离我够近，他就会用一只手捏住我的脸，好像只要够用力就能从我嘴里挤出话来似的。

"喂？"她伸出一只手在我面前挥了挥，"你在我家鬼鬼祟祟的干什么？给我个理由，不然我现在就报警了。"

我猛地吐出一口气："我在……在找……找一个人。"

玛丽把干瘦的双手放在自己干瘦的臀部上。我想我的手指足够在她手腕上绕三圈。也许我能把她劈成两半，但她身上有种气质让我觉得这尝试不太可能成功，好像我的喉咙会在我弄明白发生了什么之前就被撕开之类的。我很难不去尊重这点感觉。

"在我家里？"她向前逼近了一步，我并没跟着往后退，"我们一个一个问题来，慢慢来。你到底是谁？"

"莱……莱拉。"

我真想知道，我妈是怎么想到把萨迪和莱拉这两个名字拼到一起的。我问她时，她总是说，我总得给你取个名字吧。但肯定还有别的原因。我希望还有别的原因，哪怕这原因只是她喜欢这两个名字，所以尽管它们凑在一起很难听，她也非要把它们凑到一起。

"莱拉……？"

"卡……卡迪·辛克莱尔叫……叫我来找……找你的。"我说。她的眼里闪着我不喜欢的光。"他说你能……能帮助我。"

"他说的？你要找谁？"

"达伦·马……马歇尔。"

她大笑起来，那是种刺耳的、难听的声音，让我脊背发麻。"你是在开玩笑吧。"她说。这不是一个问句。她吸了吸鼻子，又用胳膊蹭了蹭。屋子里传来隐隐约约的婴儿哭声，飘荡到了大街上。她匆匆朝我的方向瞟了一眼，便朝向那声音去了。

"回家吧，姑娘。"说完这话，她便走了。

我听到她"砰"地关上前门的声音。但我跑了这么大老远，可不是为了回家。

我绕着房子转了一圈，坐在她的门廊上，伸着双腿，在脚踝处交叉着，包就放在身边。我凝视着天空，看着那浅浅的勿忘我蓝变深了一些，成了什么来着……蔚蓝色。我就这么望着天，直到太阳直射我的眼睛，让我不得不转开了视线。我任由太阳炙烤着我的皮肤，直到晒伤，任由嘴唇被晒干。这算是自残吗？感受着痛苦发生在你身上，并且任由它发生？

我可能会死，我想，但我并不在乎。

刚过三点，玛丽家的门开了，把我从恍惚中拉出来。听到她说"给我进来"我才抬起头。

门在她的身后"砰"一声关上了。我痛苦地站起来——我这会儿全身僵硬，被晒伤的皮肤痛得要命。我强迫自己缩起肩膀，像走进自己家一样走进玛丽的家。房子里弥漫着一股霉味和烟味，仿佛有人特意把窗户全关上了才打开一包好彩香烟。

我站在昏暗的走廊里，面前是通向二楼的楼梯。眼前的路通往两个方向，一边是客厅——就是我已经见过的那个房间；另一边是厨房，玛丽就是从那儿出来的。她换了衣服，现在穿着一条布满写意的破洞牛仔裤——我都无法分辨那是刻意的设计还是穿破了，一件红背心，露出她锁骨上的文身：一把被鲜花包围着的刀，我都不敢往那儿看。

"看来除了让你进来，我是没法让你离开我家门口了。"玛丽说。我把双臂交叉在胸前，点点头表示同意。她也交叉起双臂，说："你都晒伤了。"

"嗯……嗯。"

"明天会疼的。"

现在就很疼。

"可……可能吧。"

她斜睨了我一眼："你为什么这样说话？"

"你没……没听说过口……口吃吗？"

"当然听说过。我只是想知道为什么。"

"就是运……运气好呗。"

"你是要找……达伦？"她问，我点了点头。她叹了口气，回头示意了一下厨房的方向，说，"好吧，别傻站在那儿。"

我很难受，皮肤紧绷着身体。我得强迫自己进入一个超越太阳炙烤感觉的精神世界，才能移动。我好不容易才挪到厨房时，玛丽已经在那儿了，靠在操作台上。厨房里很乱，但并不恶心，只是一个女人没法兼顾洗碗和照看孩子罢了。水槽里堆满了各种碗碟和儿童鸭嘴杯。水槽对面，一张小餐桌靠墙放着，透过窗户能看到街对面的整个校园。餐桌两边各放着一把椅子，其中一把坐垫的填料都露出来了。这里的一切都很复古，但不是特意挑选的结果。这里很明显就是一团糟：地板一层一层地翻了起来，墙开始发黄，窗帘是深绿色的。这里一点也不好看。

"地……地方不……不错。"

她知道我说的不是真心话，但并不在乎。玛丽审视着我身上的每一寸，从头顶到脚趾都不曾放过。我从包里掏出照片递给她。她的手指修长，看到那张八寸照片时，我仿佛感觉到它们微微抖了一下，如此轻微，轻微到让我不禁怀疑那只是我的想象。

"上帝啊。"她低声道。

"我是他的女……女儿。"

我不知道我是不是该耍这样的把戏，但我宁愿趁早，也不想等到迟了。玛丽大笑起来，还是我之前听到的那种刺耳的声音。她把照片递回我手上，打开抽屉，拿出一包烟。她点上一根，享受着第一口尼古丁带来的刺激。她吸气的时候，嘴唇周围的皱纹都清晰地展露出来。

"你是说达伦·马歇尔有个女儿？"香烟滤嘴上留下了她的口红印。我看到了她脸上的不自然，这些词从她嘴里说出来显得不太对劲。她又吸了两口，然后咳嗽起来。我发誓我听到她肺里有些怎么也咳不出来的东西，它们就在那儿，沉淀着，积累着。"而且那女儿就是你？"

"是的。"

"那个小女孩也是吗？也是他女儿？"

"不——不是的。"

"你要喝点什么吗？"

我点点头。我想喝点什么，更想吃点什么。她打开冰箱，递给我一罐可乐。铝制罐在我手中冰凉的触感是几小时以来让我感觉最好的事情了。我满足地"咝"了一声，打开易拉环，听着气泡声。

"他在你身边的时间肯定不长。"她说。

"够……够长了。"

"他真是你爸？"她等我喝掉半罐可乐才开口问。我任由二氧化碳泡沫在嘴里破灭，多么美妙而短暂的感觉。"……达伦。"

"为……为什么你把他的名……名字说成那……那个样子？"

这在她的舌尖感觉很陌生，她要很费劲才能说出来。

她还没来得及回答，我之前听到过的那柔软的孩子哭声又响了起来，从二楼充满了整座房子。玛丽说了声"该死"，把没抽完的香烟扔进水槽，冲了冲水，指着一把椅子对我说："在那儿坐着，我马上回来。"她一直等到我坐下才走开，匆匆忙忙一边走出房间，一边回头对我说，"想都不要想拿走任何东西。"这番警告倒是让我重新审视整个地方。她说这话之前，我根本没觉得这里有什么值得我偷拿的东西。桌子上倒是摆着些账单，是逾期通知。看到这些，我的胃里打起了一个葡萄柚那么大的结。那种恐惧你一旦经历就永远无法遗忘——那是急需用钱却又没钱的极度恐慌。

过了一会儿，她背着个男婴回来了。男婴有着和他妈妈一样的浅金色头发，非常不幸地被修剪成了碗状。他的眼睛比外面的天空还蓝，扁小的鼻子长在我所见过的最圆的脸上，还有胖乎乎的胳膊和腿。我猜玛丽的购物费大概都花在了他身上吧。他一直在扭动，可看到我，便把头埋进玛丽的侧身，突然看到陌生人，他很害羞。玛丽指指墙角的婴儿椅。

"帮我把那个打开？"

五分钟后，那孩子已经坐到了婴儿椅上，玛丽又在冰箱里翻来翻去。她儿子一直盯着我看，简直让人发毛，就跟《魔童村》（*Village of the Damned*）那些恐怖的魔童似的。我唯一真正喜欢的婴儿是麦蒂，我从来没见过像她那么可爱的婴儿。她又圆润又柔软又讨喜，在很长一段时间里，她的头上只有头顶正中长着的一小簇金发，看起来活像假发。这让我发笑。她的小手总握成拳头，像是渴望着一场战斗，等待着有朝一日自己长大，能够打到点什么。她喜欢用惊人的力量去握我的每一根手指。她是那么有力量。

她是那么完美。

"他……他叫什么名……名字？"

"布雷金。"

待他坐定，她拿过苹果酱，舀了一勺送到他嘴里。他咕嘟咕嘟地咽着，最后大概有一半都洒在了衣服上。这把玛丽给逗笑了，笑声和我之前听到的不同。这笑声宽容又慈爱，是我来到这里以来听到的关于她的最美好的声音。她在他耳边轻声低语。

"达……达伦在哪儿？"

梅·贝丝说我有时很让人讨厌，因为当我关注某件事的时候，我会什么废话也不讲，直接切入主题——大概意思是我没花足够多的时间做好铺垫，所以会让对方不舒服吧。我已经决定，对于这一点，你要么爱死，要么恨死，因为我反正是不会改变的。从玛丽脸上的表情，我不知道她是不是恨死我的这一点。但她的微笑消失了，眼睛却依然盯着布雷金。

"孩子，"她说——我真希望人们不要再叫我孩子了，"我对你一无所知，你觉得我应该把我所知道的关于他的一切都告诉你吗？"

"差……差不多吧。"

她又给布雷金喂了些苹果酱。"你想找他干什么呢？"

"我想……想要杀……杀了他。"

勺子在距离布雷金脸蛋三厘米的地方停了下来。他顿时表现出困惑来，双手在婴儿椅前侧使劲地拍，想重新夺回玛丽的注意力。她把勺子塞进他嘴里，然后放到一边。

"开……开玩笑的。"我说。

"是吧。"她说。

我摆弄着可乐罐的拉环，任由它擦着我的指甲弹来弹去。她说："我想再抽支烟。"

"那……那就抽呗。"

"小孩在，我不抽烟。"

但她最后还是这么做了。她走到厨房的角落，又点燃了根烟，每次呼气时还特别小心地转到背对布雷金的方向，好像那样能有什么不同似的。她说："他有好几年都不怎么来了。他以前总在的。"

"去雷……雷氏？"

"有时候。"她坐立不安，咬着嘴唇，"你到底是从哪里来的？"

"这不……不重要。"

她翻了个白眼："不是吧，孩子。你总得告诉我点什么。"

"……"我放下可乐，"我……我不是……我不是孩子。"

她把香烟举到嘴边，咬着指关节，任由烟雾懒洋洋地升腾在她脸上。布雷金似乎并没有为零食时间的突然结束而生气，他自顾自地咿咿呀呀着，被自己的声音给迷住了。

过了一会儿，她说："他们要把整个镇子拆了，要新建些什么东西。"她又抽了一口，深深地吸进肺里。我不禁开始想象起她患上癌症的未来。"这太蠢了。我不知道他们为什么要这么干。这里不像美国的其他州，你知道吗？该死的……全食超市和瑜伽……而且等他们真这么干了，我就负担不起这鬼地方的房租了。我不知道我能去哪里。"

"冷……冷泉镇。"

"什么？"

"我……我从那儿来。"

"从没听说过，"她斜睨了我一眼，"你知道他是个什么样的人吗？"

"嗯……嗯。"我说。我可比你知道得清楚。

我又喝了一口可乐，现在开始觉得它太甜了。这里的空气要是能流动该多好。玛丽又吸了一口烟，布雷金胡乱挥着手，我感觉这样的事情在我来之前已经发生过一百次了，我已经看到了他们生活的全部。我低头看向自己的胸口，那被晒得通红的皮肤让我有些喘不过气来，我不想待在这里。去哪里都行。

"你知道他的真名不叫达伦吗？"她问。我点点头。"他住在这里的时候，用的确实是这个名字，但我从来没叫习惯过。"

"他……他的真名叫……叫什么？"

"我们现在就叫他达伦吧。"她说。

"我……我认识他的时候他叫基……基斯。"

"哈，"她咬着嘴唇说，"那也不是他的真名。"

"你……你是怎……怎么知道的？"

"因为我哥哥和他是同学。我比他们低七级，我毕业的时候，他们早就不在了。我搬到了这里，结了婚又离了婚，而我哥哥呢，嗯，他变得越发了不起了。"

"他……他是怎么做……做到的呢？"

这里的人似乎没几个能做到这一点的。

"我父母的钱只够养一个小孩，结果却生了两个。"玛丽耸耸肩，"他是男孩，父母的希望都寄托在了他身上，所以他得到了更多。他去上了大学。"

"他……他……是个什么样的人呢？"我似乎总忍不住提问。她知道我指的是基斯。"那……那时候？"

她看向别处："他和我们大多数人一样穷，但他很安静，还有点脏，好像他没照顾好自己——卫生方面。他很奇怪……他会做些奇怪的事，常常因为这个被打。被欺负吧，我想应该这么说。他父母——他们简直一团糟。他爸爸喝完酒会用皮带打他。"

"噢。"我说。

她清了清嗓子，继续说："高中的时候，我哥哥——关于我哥哥，你必须了解的是，他是个不折不扣的好孩子——他把达伦保护在自己的羽翼下，算是吧，就是向所有人宣告要对他好一点。我问他为什么，他说树立榜样很重要，因为我们谁都不比其他人好，也不比其他人差。"她停顿了一下，又说，"他真是个浑蛋——我哥哥，如果我之前说得还不够清楚的话。总之，其他小孩都滚开了，达伦和我哥哥变得形影不离……就好像——你可能太年轻了，没看过那个小狗追着大狗跑的动画片。该死，我也太年轻了。但他们就是那样，达伦就是我哥哥的小跟班。他经常来我们家吃饭……"她的声音渐渐弱了下去，"他拿走了我的初吻。那时候我十岁，他十七岁。他那时候就是这样一个人。"

"他……他又是怎么来到瓦……瓦格纳的呢？那……那是多久以前？"

她耸耸肩："好几年前了。他只是路过。他知道我住在这里，因为他和我哥哥还有联系。总之，他看起来不太一样了，更像个人样了些，一点也不像以前……"她低头看向地板，"他原本只是来吃个晚饭，结果却待得远比这要久。"

"妈妈。"布雷金发出一声哀怨的呼唤。玛丽走向他，伸出手放在他的脑袋上，又转向我。

"当他决定了要留下来，他告诉我他要用达伦·马歇尔这个名字，如果我能配合就太好了。"

"他……他有说为什么吗？"

布雷金咯咯笑起来。她摇摇头。

"即使这样，你……你也让……让他留下来了？"

我想我没能很好地隐藏我声音中的厌恶。因为她明显紧张了起来，手也从她儿子的头上抬了起来。她保持那个姿势待了一会儿，像是等着我继续往下说。我内心还真有一部分依然足够年轻，真想继续说服她。曾经有段时间，我相信我能说服我妈改变她最糟糕的那些决定，酗酒、吸毒、她带回家的某些男人——基斯。有时我会想起那个萨迪，恳求她母亲拯救她的那个萨迪，从……她母亲手中拯救她。

我恨那个时候的自己。

"我没有义务回答你，但是的，我让他留下来了。"她轻轻摇了摇头，眉头紧锁，"你要知道，我和达伦在一起的时候，他从来没告诉过我，他还有个孩子。我哥哥也从来没有提到过。他没道理不知道的。"

"我没……没说……说谎。"我说谎了。她看着我，我害怕她要是再看下去，便会看穿我的谎言。"那……发……发生了什……什么？"

"我们在一起了几个月。每天早上，他就坐在你现在坐的这个位置，喝着咖啡，望向窗外。"

我跟随她的目光望向校园。操场上有几个女人，推着秋千上她们自己的孩子，或是雇主家的孩子。我想象着这个地方开学时的样子，操场上挤满了奔跑着、玩闹着、欢笑着的孩子们，一个男人就坐在厨房桌子前注视着他们。

"我当时在洗衣服，"玛丽说，"把他的牛仔裤扔进洗衣机前，我清理了一下他的口袋，找到了一张照片……一张破旧的照片——一张宝丽来照片。那是……"她闭上眼，皱起了眉头，像是那一切就在她面前，她看得真真切切，而她看见什么都不想看见它。"我不想多聊这件事，那种事无从解释，也无从辩护，"她打了个寒战，睁开眼睛，"人们从来不会改变，他们只是越来越善于隐藏真实的自己。我当天就把他赶出去了。那时我不想和这些事扯上任何关系，现在我也不想和这些事扯上任何关系。"

她把布雷金从他的婴儿椅上举起来，将自己的脸贴上那孩子的脖颈。我在自己胸前抓了一下，马上就后悔了。我轻轻的一碰带来的痛苦却极大，我的皮肤好似着了火。

"那之后你听……听到过他的消息吗？他可……可能去了哪儿？"

"没有。"

"那……那你哥……哥哥呢？"

"我跟我哥已经不说话了，"她的声音绷得分外紧，"他认为我对待达伦的方式是错误的，从那以后我们就再没说过话了。"

"拜……拜托——"

"听着，不管是什么事情让你来到这里，我都为你感到难过，"玛丽说，"而且我因为同情你，才告诉了你这么多。但我还有个孩子，我不能承受被卷进任何麻烦……"她摆摆手，"不管你到底是要干什么。"

"……"

她看着我挣扎着想要说话。

"拜……拜托了。"我最终只挤出这么几个字。

她闭上眼睛。布雷金坐在我们俩中间，毫不关心我俩说的话。

"杰克·赫什，他的真名。从这上面想办法吧。"

"他……他又不用这个名字！这对我什……什么用都没……没有！"

"也许这不是世界上最糟糕的事情，"她厉声道，"你就不该去找一个灵魂有毛病的人，不管他是不是你父亲。"她的眼睛瞪得大大的，问，"他伤害你了吗？"

"是的，"我说，声音平和又干净，"还有我……我妹妹。"

"我很抱歉，"她停顿了一会儿，又说，"但我没法帮助你。"

这本该为我赢得些什么，却并没有。你不能用自己的痛苦去收买别人——他们只会想远离它。我拿起一封她的逾期支付通知，在手中慢慢翻动。

"喂——放下，"她说，"我说了，我不知道他现在在哪里。"

我把账单拿出来，看了看上面的数字。她此刻无力阻止我，因为她手中还抱着个孩子。这个不行，太高了。我去拿另一份，从信封里拿出来，看了看上面的数字。这个——这个数字我可以。

你不能用自己的痛苦收买别人——这是没有错，但这不意味着你不能收买别人。

我举起它，又问了一遍：

"那……那你哥……哥哥呢？"

《女孩们》

第二集

（《女孩们》主题曲）

韦斯特·麦克雷：

萨迪的绿色背包上有一个名牌，上面的紧急联系人写的是梅·贝丝·福斯特。七月，她从法菲尔德警察局取回了它，还有萨迪的其他物品。

梅·贝丝·福斯特：

让我告诉你些关于法菲尔德警察的事情：他们根本不在乎。

韦斯特·麦克雷：

警探希拉·古铁雷斯身材娇小，五十来岁，是三个孩子的母亲。她在法菲尔德警察局工作了十五年。她很同情梅·贝丝，却不同意她的说法。

警探希拉·古铁雷斯：

我们尽了全力去寻找亨特女士的下落。我们进行了搜查，走访当地人，发布公告，通知了媒体以及周边地区的执法人员。现场没有发现任何指向谋杀的证据，而且考虑到亨特女士是出于个人悲剧的原因自愿离开冷泉镇，我们相信现在发生的事情很有可能还是此事的延续。再加上汽车没有任何损坏，她很有可能是自己离开汽车的。总之，现在我们没有找到她的任何踪迹，但这并不意味着我们会降低警惕性。如果有人知道任何线索，我们希望他们赶快拨打555-3592联系我们。

韦斯特·麦克雷：

梅·贝丝把车停在她的住所附近。这辆雪佛兰虽然已经很旧了，但依然能开。她在后备厢里找到了一份交易单据——不是萨迪和前车主的，而是前车主和再之前的车主的。我由此找到了把车卖给萨迪的那个人，她同意和我在距离冷泉镇三十英里开外的米尔黑文的一家咖啡馆见面，和我聊聊这件事。

贝奇·朗顿：

知道吗，她真的很奇怪。（婴儿哭声）噢，嘘——嘘……别哭了，你妈妈在说话呢。

韦斯特·麦克雷：

贝奇·朗顿——是"奇"不是"琪"，她写邮件时会特意加上这一句，尽管我自己从文字中就能看出来。她是一名活泼的黑发白人女性，她有个儿子，是个自豪的母亲。贝奇和萨迪见面的时间很短，但她记得很清楚。

贝奇·朗顿：

我们——我前夫和我——我们想卖掉这辆车。车是我的，这车是我大概……天哪，我十几岁的时候就买了吧。但他也有辆车，所以我们想卖了我这辆，换点奶粉钱。这就是我们卖车的原因。我真希望我没卖，因为杰米刚出生，他那浑蛋爸爸就离开了我们。现在我去哪儿都得坐我妈的车。

韦斯特·麦克雷：

你能告诉我萨迪是个什么样的人吗？她有没有说过或者暗示过她买车

是要干什么呢？

贝奇·朗顿：

这是再普通不过的一次二手车交易，没理由聊那么多私人的话题。只是她说自己叫莱拉。我原本以为她比我大，她在邮件里的语气看起来很成熟。

韦斯特·麦克雷：

你还有这些邮件吗？我想看看。

贝奇·朗顿：

没有了，很抱歉。警察也问过我同样的问题，但是我删掉了。总之，我和她见了面，她很紧张，说话不太利索。我有点担心，不确定她脑子里是不是有些什么奇怪的念头。我肯定没能掩饰好，因为她后来就开始耍态度了。

韦斯特·麦克雷：

"耍态度"是什么意思？

贝奇·朗顿：

像是要反悔买我的车似的。我就让她看了车，她付了我现金，然后我们就分道扬镳了。你认为我会是最后一个见到她的人吗？

韦斯特·麦克雷：

我希望不是。

贝奇·朗顿：

（大笑）噢，天哪！我不是那个意思！我的嘴……我发誓。对不起。（停顿）嘿，那辆车——呃，那车现在还有人用吗？我是说……你觉得他们会愿意重新卖给我吗？

丹尼·吉尔克里斯特（电话里）：

你都调查出了些什么？

韦斯特·麦克雷（电话里）：

很多背景故事，一个女孩似乎是在她妹妹被谋杀后离家出走了。老实说，我真不认为她希望被找到。现在我得想办法告诉她的代理祖母。

丹尼·吉尔克里斯特（电话里）：

然后呢？

韦斯特·麦克雷（电话里）：

然后……什么然后？

丹尼·吉尔克里斯特（电话里）：

你接下来的计划是什么？

韦斯特·麦克雷（电话里）：

我认为萨迪离家出走了，我不认为这是什么新闻。

丹尼·吉尔克里斯特（电话里）：

你要知道，把一个女孩和爱她的、希望她回家的那个人联系在一起的，是真实人性的因素。你和我一起做过《城中漫步》，你应该明白。所以，这一切到底是怎么回事？你为什么会不想去找她？

韦斯特·麦克雷（电话里）：

我没说我不想找她。

丹尼·吉尔克里斯特（电话里）：

嗯，那就好。

那么，她离家出走了。她是要逃离些什么呢？

韦斯特·麦克雷（电话里）：

创伤。关于她妹妹的回忆。这似乎很明显。

丹尼·吉尔克里斯特（电话里）：

那她去了哪里？

韦斯特·麦克雷（电话里）：

我在听。

丹尼·吉尔克里斯特（电话里）：

你知道她是在哪里失踪的——法菲尔德。你的线索只有她曾经去过的地方。那么就重走一遍她走过的路，这就是你能做的事。（短暂的停顿）也许你能发现些什么，也许你不能，但那样就不会有节目了。

韦斯特·麦克雷（电话里）：

嗯。

丹尼·吉尔克里斯特（电话里）：

尽你最大的努力。这是我们唯一的要求。

韦斯特·麦克雷（在录音棚）：

萨迪告诉贝奇的那个名字是让我印象最深的。我问了梅·贝丝，她告诉我莱拉是萨迪的中间名。

韦斯特·麦克雷（电话里）：

她买了辆车，还给了别人另外一个名字……梅·贝丝，我听起来感觉她不想被人找到呢。

梅·贝丝·福斯特（电话里）：

即使一开始是这样，但有些事情也已经变了，你明白吗？有些事不对劲，我能感觉到。

韦斯特·麦克雷（电话里）：

我们如果要继续下去，光靠感觉可不够。

萨 迪

我真想生活在互联网上，那里的一切都太完美了。

在沿途一个毫无特色的小镇图书馆里，我在电脑上找到了肯德尔·贝克。她很漂亮，是个闪闪发光的女孩。她十八岁，是人们在书里写的那种十八岁，是永远不会受伤的那种十八岁。

一个没有任何理由怀疑自己将会永远年轻的女孩。

当我浏览她的Instagram动态时，我突然意识到，在所有这些精心选择的、证明她存在的照片里，即使去掉所有的滤镜，她依然看起来很美。肯德尔·贝克的社交生活相当丰富。周一到周五，她是一个完美的女儿和朋友，周末则用来释放为维持这种表象而承担的压力。通过她发布的照片和下面的评论，我发现大多数周末她都和她的弟弟诺亚还有几个朋友在一起，开车到离他们所居住的城市蒙哥马利一小时的地方，在一家叫作"库帕"的酒吧打发时间。

我现在就在库帕。我已经远离瓦格纳好几百公里了。我到库帕的时候是一个周四，我把车停在马路对面，等待。

他们直到周六才出现。

肯德尔·贝克是我找到玛丽的哥哥塞拉斯·贝克的线索。玛丽说得一点没错，他还真是得到了一切。他上了大学。他通过投资赚了不少钱，又把不少钱回报给了社区。他投资了城里的很多企业，六年前还被授予蒙哥马利郡杰出公民奖，用以表彰他在哥伦比亚特区蒙哥马利郡的建设上所作的杰出贡献，"让蒙哥马利成为让我们骄傲的家园"。我在那篇报纸的文章上还找到了一张配图，塞拉斯，容光焕发，白皮肤，金头发，身边是他的妻子和孩子们。尽管他才是我要找的那个人——能让我找到基斯的那个人——我的视线却停留在了他的孩子们身上。

现在肯德尔·贝克的生活对我产生了一些病态的影响。

她发布的状态把我引向其他人的状态，很快，我就能想象她的整个世界。肯德尔·贝克有一个朋友叫哈维尔·克鲁兹——他们叫他哈维——他给肯德尔拍照的感觉让我觉得他喜欢她，她对待他的态度则让我觉得她并不喜欢他。我看到一段视频——所有人都在，应该是在库帕——他用自己的手机拍的她，她像电影里一般跳着舞，伸展着双臂，双手举在胸前。我看了一遍又一遍，被这样的魅力迷住了。我还从未以我想要的方式被吻过，从未以我想要的方式被触摸过。我不常让自己想这些，但自从看到那段视频，我似乎就无法停止想这些了。

库帕是一幢两层楼的房子，肮脏的木质外墙，二楼是出租屋。我把车停在了离前门尽可能近的地方。我下了车，经过一排停在那里的摩托车，循着粗糙的吉他即兴演奏走了进去。酒吧里深樱桃色的墙，红色灯光，房间另一边有乐队在演出，乐队前面还有舞池，里面的人们要么身边空空荡荡，要么和别人摩肩接踵。

这里挤满了穷困潦倒的人们，要么就是中年人，要么就是半截身子入了土的老人家。可就是这样一个地方，却出现了一群与众不同的少年，他们明显不属于这里，却没人提醒他们这一点。他们待在角落的一个座位上，手里捧着蓝带啤酒。看着他们活生生地出现在眼前，这感觉有点奇怪，我意识到是社交媒体给他们加上了模糊的明星光环。肯德尔和诺亚·贝克都和他们的玛丽一样有着一头金发，却并不像她的头发那样由于饥饿、失眠和压力而颜色暗淡，而是因为晒足了阳光而呈现出金黄色。肯德尔的头发扎成两根松散的马尾，粉红的嘴唇微微翘着。她看起来百无聊赖的样子，但我能看出来她并没兴趣做点什么别的。诺亚留着整齐的寸头，肩膀很宽。这两人中，诺亚长得更像他们的父亲。哈维则是棕色头发，很蓬松，他有着浅棕色皮肤，尖尖的鼻梁和瘦削的身体。他身边坐着一个女孩，我在他们发的照片上见过她，但总也记不住名字。她向后仰着头，被诺亚逗得哈哈大笑。她漂亮的深褐色卷发像瀑布一样披在肩上，带着淡淡金色调的棕色皮肤颜色很温暖。她戴了一个钻石鼻环，灯光照过去闪闪发亮。她比肯德尔漂亮，她身上有种气质让我觉得她自己并不知道这一点。这真是个悲剧。说真的，当人们没能意识到自己的价值，总是让人难过。

我去了吧台，要了一小杯威士忌。酒保是个身材魁梧的白人，一头长长的黑发，油腻腻的，实在是该理了。他伸手在挂在皮带上的毛巾上擦了擦，用怀疑的眼神打量着我："看起来没到年龄啊。"

他的声音听起来和乐队一样沙沙的。

我朝着房间那一头的少年们示意了一下。

"他……他们也是。"

他给我倒了一杯，告诉我如果不小心惹上麻烦，责任完全在我自己。我觉得这可不尽然。我一口把那酒喝了下去，浓烈的酒味让我皱了皱眉。现在我就等着酒劲上来了。我在清醒和喝醉之间有一个完美的临界状态，能让我的口吃稍稍缓解。我喝了酒以后说话要更轻松一些。我抬手捋了捋头发，又要了一杯，同样喝了下去，享受着酒精在我的喉咙里带来的刺痛感。这时，我想我已经付够了钱，可以提问了。

还没来得及开口，吧台不远处的一男一女分散了我的注意力。我看不到他的脸，但能看到她的。我能清清楚楚地看见她侧脸的轮廓，她淡金色的头发用一个粉色的发夹向后夹住。她喝醉了，甚至连头都抬不起来。她让我想起我的母亲。我妈和基斯就是在一家酒吧认识的，那酒吧叫乔尔。她喝醉了，他带她回了家。我有时会想象他们见面的场景，她用她那因吸毒和酗酒而变得浑浊的声音向他倾诉，她一个人抚养两个小女孩是多么艰难。基斯突然来了兴趣，问她女孩们的名字。在我的想象中，她要想一会儿才能回答上来。她那呆滞的眼睛完全失了焦。

然后她就把我们的名字给了出去。

酒保收走了我面前的空杯子，开始往吧台那头走去。

"嘿——嘿，"我把他叫住了，"你认识那些孩……孩子吗？"

酒保点点头："当然。"

"告……告诉我你知道的。"

"嗯，两个是塞·贝克家的，另外两个是他们的朋友。"

"你认识塞……塞拉斯·贝……贝克？"

他大笑起来："我知道他，当然知道他。这酒吧是他开的。但像他那样的人可不会来这种地方混。我没直接跟他打过交道。要不是这两孩子非要告诉所有人，我甚至都不会知道他们是他的孩子。"

我发出不置可否的声音，转身看向他们。哈维似乎感觉到了，他抬起头，在房间里四下搜索起来。我躲进了洗手间，因为我不想让他看到自己这个样子。我在洗手间的水池上方那裂了缝的镜子里审视着自己的影子。我一路开了很长时间的车，晒伤的皮肤都脱了皮，皮肤早已成了古铜色，好像这就是它原本的颜色了。我从口袋里找出个橡皮筋，把头发在头顶随意盘成一个髻，又把短裤的裤腿卷起来，能卷多高就卷多高，再把T恤在腰间打了个紧紧的结。我伸展手臂，看着一截小腹随之露出来。胃里发出一阵不合时宜的咯咯声，它实在是想要有些什么东西能消化消化了。我捏捏自己的脸，咬住嘴唇，直到脸颊和嘴唇都出现了一些血色。

我从洗手间出来的时候，乐队正在休息，音箱里播着梦幻又轻柔的慢歌。我想这大概不太对人群的胃口，因为大家都散开到了吧台周围。我朝他们的座位看了看，肯德尔正盯着地板，诺亚、哈维和另外那个女孩好像正合力要把她从座位上推出来。也许我在视频里看到的情景，肯德尔跳舞的那段视频，并不是某个出人意料的时刻，而是她一次又一次特意让其发生的时刻。

如果我把那个时刻从她那里夺走，又会怎么样呢？

肯德尔已经从诺亚身上爬了过去，但那个时候，我已经取代了她的位置。我出现在了舞池中央。肯德尔看到我便停了下来。我想她并不习惯这样被人打断。我在那儿站了好一会儿，她一直盯着我，后来他们所有人的眼睛都盯着我。

我能感觉到每个人都好奇得不得了。

肯德尔完美的嘴唇上写着完美的"搞什么鬼？"。

还有那个女孩。

她这是要干什么？

我让双臂在身体两侧伸展，开始摇摆。我闭上眼睛，任由自己被音乐控制，让自己变成一个意念中的小女孩，或者是一个意念中的意念——一个狂躁的精灵梦。我想，这就是那种每个人都说他们早已厌倦了的梦，而事实上，我可不确定他们是不是真的厌倦了。那是一个没人会长久地去爱、也没人会好好去爱的女孩，但也没有人愿意不去爱。

我睁开眼睛，肯德尔看起来像是要杀人，诺亚和那个深褐色头发的女孩看起来不太确定，哈维则喝了一大口啤酒，斜靠在桌子对面，低声对肯德尔说着什么。她耸耸肩，他从座位上挤出来，走到我身边。我的心跳得飞快。我知道你的名字，我想。我知道你的名字，你却完全不知道我是谁。他比我想象的还要高。他看起来很紧张。我向他伸出手，他很明显地咽了口唾沫才伸手握住。他的掌心全是汗。我把他领到舞池更深处，拉着他的手放到自己的臀部，不知怎的，它们找到了我身上最柔软的部分，连我自己都没意识到它们存在的部分。我将自己的手环到他的后颈，指尖轻抚着他的头发尖儿，我对这种感受感到惊讶，因为抚摸他的感觉和以往抚摸所有人的感觉都不一样。他身上有汗味，但那汗味很美好。当我看着他的眼睛，他也正好看向我，像是在想这一切是不是不真实，在想这是一部他自己电影里的场景，他却从没想过自己能是其中的主角——而实际上他又怎么可能没想过呢？谁不想成为让神秘女孩趋之若鹜的男孩呢？

谁不想要一个爱情故事呢？

我真希望这是一个爱情故事，一个关于爱人的嘴像两块拼图完美贴合到一起的爱情故事；一个关于某人的名字在另一个人的舌尖产生触电感觉的爱情故事，因为从来没有人如此大声地说出过那个名字；一个关于两人在夜里一起看星星，直到他们的身体里装下了所有星座的故事。在这样的故事里，每个角色都是模糊的，所以每个人都是完美的，他们虚构的生活中每一个完美的场景都比你所知道的或经历过的任何一个场景都要真实。爱情故事，罗曼史，让一个人确信他们最终会永远幸福地生活在一起的爱情故事。谁不想要一个那样的故事呢？我希望这是一个爱情故事，因为我知道故事在我的身上将会是怎样的走向——除了段落之间的间隙，没有别的喘息机会。但我通常会这样告诉自己，好让接下来即将到来的事情看起来不那么糟糕：

最坏的事情已经发生了。

歌曲结束。

"嘿。"哈维说。他的声音低沉又舒缓。

这声音让我发颤。

我知道你的名字。

"嗨——嗨。"

"我能给你买杯酒吗？"

"呃——嗯。"我说，紧接着我又说，"我口……口吃。"

他的嘴角弯出一个温暖的微笑。

"没关系，"他说，"我叫哈维。"

"你是新来的？"我们互相自我介绍过之后，肯德尔说。

她的声音听起来比她看起来的感觉要成熟，那是多年喝威士忌和抽不带过滤嘴的香烟才会有的声音。我不知道有些女孩是怎么做到这一点的，但她们就是做到了。她在用女孩之间特有的那种尖锐方式揣摩我，但我习惯了人们对我的另眼相看，因为我的口吃。我不喜欢，但我知道我能够抵挡。肯德尔看起来不像是习惯了被人抵挡的样子，而现在，这是我的优势。

我告诉他们我叫莱拉。

"嗯——嗯。"我说。我被夹在哈维和另外那个女孩中间。她的名字叫凯莉·桑多瓦尔。哈维的大腿和我的碰到了一起，凯莉的没有。我不得不相信，这样发生的身体接触，以及没发生的身体接触，都是有意为之的。"刚……刚搬……搬过来。"

我喝了一口哈维给我买的蓝带啤酒，那味道简直像尿。但喝了这个和之前那两杯烈酒后，我不禁开始哼起了小调。我不明白为什么妈妈不能在喝到这种状态的时候停下来。这种感觉多好啊，微醺，你又还能控制自己。我还记得我第一次试着喝酒，我只是想看看我能不能喝，但梅·贝丝想要把我吓倒，她说我妈得了一种病，一种通过血液代代遗传下来的睡眠疾病，如果够幸运的话，你不会有任何症状，但为什么要去尝试把它激发出来呢？但我尝试了，我不得不尝试。猜猜怎么着？我并没有变成一个酒鬼。也许这才是梅·贝丝从来不让我去尝试的真正原因吧——这又是一件让我无法原谅我妈妈的事。

"而你就……最后……来了这里？"她问，"库帕？"

"呃——嗯，"我摆弄着啤酒上的标签，"你的Instagram让……让这里看起来像……像是个值……值得来的地……地方。"

诺亚傻乎乎地笑了。哈维张大嘴，低下了头。肯德尔和凯莉全都露出了多疑的神色。肯德尔说："你刚刚是承认了你在Instagram上跟踪我吗？"

"想……想看看你是不是真……真像你炫……炫耀的那么好。"

哈维猛地发出一阵狂笑，随即马上用拳头捂住嘴，想要憋回去。我直视着肯德尔，我如此平平无奇的挑衅都能取得这么好的效果，我真想知道过着像她这样毫无挑战的生活是怎样的一种感觉。她眼中的怒火告诉我，要想接近她的父亲，我可能需要把这话收回。毕竟，那才是我来到这里的原因。

"目前看来我做得怎么样？"她平静地问。

"现在说还太……太早。"

"我喜欢你，莱拉。"诺亚把他的酒瓶伸到我面前。我也伸出我的，和他的碰了碰。诺亚·贝克的声音像电视新闻主播——如果那主播稍微有点醉意的话。"你可以留下来。"

"那你住在哪儿呢？"哈维问我。刚问完他的脸就红了，好像这个问题太私人——尽管不久前他的手还放在我的屁股上。肯德尔翻了个白眼，但又放松下来，坐回了自己的座位上。

凯莉打了个响指，声音甜美地说："嘿，等等……你是不是搬到科内尔家的房子了？你是……霍尔顿家的，对吧？"

我想，这大概就是城市的好处吧，人员始终在流动。我不记得冷泉镇还能有这样的人员来往，这样带着承诺力量的人员来往。在冷泉镇，只有出生和死亡会让人有来有去。科内尔家的房子，霍尔顿家。有这么好的信息我当然要利用啦。

"嗯。"我说。

"那地方离我家只有三条街。"哈维说。

"那地方是我嫂子卖出去的，"凯莉说，"真是个绝好的地方。房子后面还有个桑拿室，还有个什么树屋之类的对吧？"

我点点头。当然要点头。

诺亚看了我一眼："父母条件不错吗？"

"跟……跟你们的差不多。"

"关于他们你又知道些什么呢？"肯德尔问。

"你爸……爸爸似乎是个大……大人物。"我迎上她的目光说。诺亚用拳头敲了敲桌子以示肯定，他又喝了一口酒。

"你……你们，"我冲他们四个人点了点头，"你们是一……一起长……长大的吗？"

"不如你告诉我们，"肯德尔说，"既然你什么都知道。"

"我是三年级的时候跟着全家搬到蒙哥马利来的。"凯莉说。她又指了指哈维、诺亚和肯德尔，"他们几个是从小就认识的。"

"是他们的爸爸教我打的儿童棒球。"哈维冲着诺亚点点头说。诺亚这会儿一口气喝完了瓶里剩下的啤酒，他把手伸过桌子，在哈维的胳膊上重重拍了一下。

"来啊，哥们儿，再喝一轮，我请，"他冲我粲然一笑，"欢迎我们的新朋友。"

"我不……不用了，谢谢。"

我用指甲敲了敲自己几乎还满着的酒瓶。再喝下去可不太好。男孩们起身走了，我转向肯德尔问："你认识一个叫杰……杰克·赫什的人吗？"

她扬起一边眉毛："谁？"

"没……没啥，"我停顿了一会儿，又问，"那达……达伦·马……马歇尔呢？"

"该死的你到底在说什么？"

我们沉默地坐在那儿。我从来也不知道该怎么和女孩们相处，尤其是漂亮女孩。我想要她们喜欢我。这是一种奇怪的、几乎是出于本能的需求，它存在于我的身体，让我感到愚蠢和虚弱。因为我知道这是一道断层线，源头在我的母亲。更糟糕的是，我能够意识到我内心的这种需求，却从来没能足够努力去满足它。问问我有多少朋友吧，哪怕是在麦蒂被杀前，我也没有几个。

"这是个很好的开始。"凯莉说。我不知道这算是赞美还是侮辱。

肯德尔的嘴角弯出一道弧线。她说："我不知道。好像有些熟悉呢。"

一种奇怪的自豪感涌上心头。这真荒谬——真是厚颜无耻啊。

但这也很好，因为我也正是如此才走到了这一步。

"哈维还挺喜欢的。"凯莉说。

肯德尔的眼睛在长长的睫毛下面盯着我："他真是个胆小鬼，这次居然这么主动，还真是让人刮目相看。你最好对他好一点。"

"他……他挺帅的。"我瞟了男孩们一眼，他们还在吧台那边，"那诺亚呢？"

"他有男朋友。"

我喝完了我的蓝带啤酒，肯德尔的手机响了。她从口袋里掏出手机，屏幕的光亮映照着她的脸。她说："是马特。"

"别接。"凯莉说。

"我必须接，"肯德尔激动地说，"你上次叫我别接，我就没有接。这次我必须接了，要不然——"

"怎么？他就会对你更混账一点？"

"谁？"我问。

"马特·布伦南，肯德尔的混账男朋友。"凯莉盯着肯德尔，肯德尔假装没看到，"你会在MHS见到他。如果肯德尔还没把自己的脑袋从屁股里拔出来，像她早该做的那样把他给甩了的话——"

"M……MHS？"

这倒是把肯德尔的注意力从手机上吸引了过来。

"蒙哥马利高中？"更像是在说："你这个白痴。"

我强装笑颜："脑……脑子还没换……换过来。"

"你以前的学校什么样？"凯莉问。

我给了她一个生硬的笑容，试着回想自己的高中时代。我从来就不喜欢上学，除了取笑我的口吃，没人有兴趣来了解我，等到我的同学们不再关心这个了，我也不再在意了。我总觉得高中就像是个精心设计的谎言，像是个什么虚构的梦境世界，每天把我在里面锁上一段固定的时间，而走出它的大门，外面就是我妈妈离开的那辆房车，我的妹妹在里面——我的妹妹需要我。代数又有什么意义呢？它曾经有过意义吗？

肯德尔的电话再次响起，拯救了我。

凯莉抱怨道："该死的。"

"骂谁呢？"哈维一边往我旁边的座位挤，一边问。诺亚跟在他身后。

"马特。"尽管肯德尔给了她警告的眼神，凯莉却依然说了。

诺亚伸手从肯德尔手中抢走了手机。她叫他还回去——"你个浑蛋，还给我！"但凯莉说："你以后会感谢我们的。"而诺亚说："老天啊，肯德尔，如果你不肯放弃他，至少让他求你。"

"把我的手机还给我。"她说。

"你答应过我们的，"诺亚把手机在她面前晃了晃，塞进自己的口袋，"你答应过今晚要把这玩意儿留在家里，我也说过，如果你做不到，我会帮你做。"肯德尔正要抗议，他伸手越过桌子捂住了肯德尔的嘴。我想要是有人对我这样做的话，哪怕他是我弟弟，我也会把他的胳膊生生拽下来。"所以你给我闭嘴，别再提马特的事，喝了我刚才给你买的那瓶破酒。"

肯德尔皱着眉，猛地灌了一大口新买来的啤酒，还用另一只手冲着诺亚竖起中指。

"嘿。"哈维对我说。

"嗨。"

"这下没口吃呢。"他说。我默默许愿，不管我还会在他身边待多久，希望这是我最后一次在他面前脸红。"我表弟以前也口吃，但他可以唱歌。我是说，他唱歌的时候就不口吃了。你也是这样的吗？"

我摇摇头，尽管我唱歌的时候确实不口吃——但我唱得一点也不好听，也没兴趣在派对上玩什么花样。

"我一……一个人的时候不口……口吃。"

"很好。"哈维说。我可不会用那个词。"我表弟长大以后就好了。"

"他……他真幸运。"

肯德尔斜眼看着我："所以你是紧张的时候才会这样吗？我不明白。"

我强忍住对她说"我才不在乎你明不明白"的冲动。

哈维双手交叉撑在脑后："目前为止你对蒙哥马利的印象怎么样？你们家是为啥搬到这里来的呢？"

"我们……"我盯着桌子看了很久，最后决定，或许撒个恰到好处的、包含有一些事实的谎要更容易一些，因为这更容易自圆其说。"我、我妹妹死……死了。我们需要换……换个环境。"这说辞理所当然地让他们静了一会儿。当我重新抬头看的时候，肯德尔的表情变温和了，因为她毕竟也不是个冷血怪物。"但你真……真的没法从这……这样的事情里摆脱出来。"

"我想也是。"哈维说。

"还……还是觉得我该试……试试。"我摆出一个尽量明媚的表情，然后又冲肯德尔笑了一下，说，"所以就来你们的派对搞破坏了。"

"嗯，我对于你搬来这里的原因深感抱歉，但……但我很高兴你来了，"哈维说，但这听起来还是不太对劲，"因为蒙哥马利实在是太无聊了，它需要新鲜血液。"

"这里也没那么糟。"凯莉说。

"不，就是那么糟，"哈维答道，"每天都是老样子……"

诺亚把餐巾纸卷成一团，扔向哈维的脑袋："如果老样子的意思是你什么也不做的话，我咬你噢，你个板凳队员。"诺亚看着我，指着哈维问，"他需要新鲜血液。你喜欢男人吗，莱拉？"

"你给我闭嘴。"哈维说。

我耸耸肩："有……有时候吧。"

"你，给这女孩买杯酒。"诺亚对哈维说。接着他又对我说，"你，把这个男人弄上床。"

哈维的脸都红透了，我认为这种红色在自然界中根本不可能存在。

"你真是个浑蛋。"他嘟囔道。

诺亚冲哈维咧嘴一笑，那笑容又夸张又浑蛋。"嘿，如果你不给她买酒，至少可以给我买瓶酒吧。"

"我们刚去买过！"

诺亚把他的瓶子倒过来："我喝完了。"

"我跟……跟你去。"我对哈维说。我们一起起了身。

"真是对不起，"从座位钻出来后，哈维对我说。他把身子朝我转过来一半，好向我充分表达他的真诚，结果却被自己的脚绊了一下。"他真是——"

"没……没关系。"

我们到了吧台，酒保在我们面前摆了一排小杯的烈酒，但我们并没拿着这些回去。哈维干了一杯，然后给诺亚发了个消息。在按下发送按钮之前，他把屏幕送到我眼前给我看，那上面写着："你想喝酒自己过来拿。"发完消息，哈维自己又拿起一杯，还推了一杯到我面前。

"敬你妹妹。"他对我说。

这突如其来的一幕让我的泪水都快涌了出来。他的善良偷走了我的一部分。我颤抖着手拿过这杯酒，说："敬……敬她。"我勉强咽下那炽热的酒精，用手掌捂着嘴咳嗽起来，"这……这是什么？"

"野格。"听他说完，我知道我这辈子再也不能喝野格了。它将让我想起这一刻，想起她，想起我在一个男孩面前因为悲伤而哽咽，我在男孩认识我前就知道了他的名字。

"你真是，呃，"他停了一会儿，说，"我看到你跳舞的时候，真是，哇。"

酒精已经让他的舌头不太利索了。

"你……你表现得好像从……从来没见过女……女孩似的。"

"我只是想告诉你，你很有趣。"他喃喃道。

我看到诺亚穿过房间朝我们走过来，而我想要……独处的空间。这一时刻我希望能和哈维单独在一起，我希望这一刻能够更久一点。这让我很羞愧。这不是我来这里的目的。也许我是有点醉了，居然认为这也可以成为我的目的。

"你……你想呼吸点新……新鲜空气吗？"

"嗯，"哈维迫不及待地点点头，"嗯，我想。"

离开酒吧的感觉真是美妙。直到我深深地吸进一口干净的空气，我才意识到库帕的空气是多么污浊。

"诺……诺亚经常对你不客……客气，是吧？"

"这么明显的吗？"他把手插进口袋。

"他……他叫你什么来着？板……板凳队员？"

哈维脸红了："嗯……我就是从来不勇敢的那个，你明白吗？对我来说，很不容易去……"他笨嘴拙舌地想要找出个合适的词来，却怎么也找不到，"这也是我和诺亚、肯德尔在一起的原因。至少他们努力让事情发生。但这是个大笑话——因为我只是坐在旁边，假装自己也是其中的一员。"

"他……他们可没上来跟我跳……跳舞。"

他露出一个浅浅的、认真的微笑。我想不起我上次让别人对自己这么满意是什么时候了。这让我想哭。

"确实。"他平静地表示同意，好像这意义重大。

"我很高……高兴你上来了。"

"明天我会去诺亚和肯德尔家，"他说，"你也来吧。"

"你……你觉得她会乐意吗？"

"肯德尔需要些改变，"他耸耸肩，"我看到她看你的眼神了。她清楚她需要的。我告诉你，蒙哥马利就是个……这个城市就像个小镇。这就是为什么我们每周都来这儿的原因，我们只是为了逃离那里。"

"他……他们的父母会在……在家吗？"

"嗯，他们可能会在的。"

"他……他们住在哪……哪儿呢？"

"青年街212号。"

咔嗒一声，我身体里的某处地方归了位。这能让我找到塞拉斯，而他能让我找到基斯，同时……

也许我可以让自己拥有这一切。

"听……听起来可能会很有趣。"

"太棒了。"他说。

我们走在停车场的边缘。我凝视着点缀在墨黑天空中的星星。我们离酒吧越远，能看到的星星就越多。夜空很美，美得让我心痛。关于这样的事情，我对麦蒂讲得远远不够，我认为不够——关于一些小小的奇迹，比如夜晚的星星，以及它们在冬天看起来是多么明亮；比如太阳升起又落下又升起。我决定和哈维分享这些想法，好让我自己从这其中解脱出来。他给了我一个浅浅的微笑，说："小小的奇迹，我喜欢。"

我想我说什么他都会喜欢的。

这可真是我从来没有过的体验呢。

我指了指。我们已经来到了我的车面前。

"那……那就是我住……住的地方。"

"什么？"

"开……开玩笑的啦。但车是我……我的。"

我还没反应过来自己做了什么，就打开了车门。

他钻进后座，说："舒服。"我也跟着他钻了进去，使劲盯着他的侧颜。他在我的注视下不安地动来动去。我想象着我的手掌贴着他的胸膛，我的身体贴着他的身体；我想象着用掌心感受他的心跳；想象着亲吻他，他的嘴唇和他的身体一样柔软。我会让他的温柔带我去向别处，让我自己假装属于某个人是什么样子。我会允许自己把他的头发从眼睛上拨开，这样我就能看着它们看着我。这不是一个爱情故事……但在这个小空间里，听着我们两人呼吸的声音，我知道怎样才能让它成为一个爱情故事。

我使劲咽了口唾沫，舔了舔嘴唇，野格的味道还残留在唇边。

敬你妹妹。

我探身去够前座，打开储物箱，拿出一支记号笔递给他。他看着我，满眼困惑。

"我……我把手机落……落在家里了，"我边说边伸出胳膊，"把……把你的号码写……写在这儿，我一……一到家就给……给你打电、电话。"

哈维拔掉笔帽，用牙齿咬住。他在我的手腕上潦草地写下了他的号码。他的触碰是那么轻，那么小心翼翼，让我相信和他在一起就会是我想象中的样子。他问我能不能给他我的号码，我吻了他的脸颊——因为我不能给他我的号码，因为我不知道还能做些什么，也因为我想这么做。我不认为我很擅长亲吻。我的嘴笨拙地碰上他有着浅浅胡楂的下巴，但他似乎并不介意我的笨拙。

"可……可以给你这……这个，"我说，"我得……得走了。"

"现在就要走吗？"

"嗯，但……但我明……明天会给你打电话的。"

"好吧。"他说完，给了我一个害羞的微笑，然后下了我的车。过了一会儿，他又转过身来凑近我说，"认识你真是太、太、太棒了。"我向他保证我会打电话给他，因为除此之外我不知道我还能说什么。我看着他回头向酒吧走去，又盯着自己手臂上留下的那个他的电话号码，轻声反复念，直到它深深地印在我的脑海里，就像其他女孩会做的那样。

接着，我爬到驾驶座上，发动车子往城里开去。

《女孩们》

第二集

（《女孩们》主题曲）

韦斯特·麦克雷：

梅·贝丝让我翻看了萨迪车里找到的那些私人物品。通过这些，我希望能更深入地了解她去过哪里，想要去哪里，是不是也到了那里，还有——如果我们够幸运的话——她现在有可能在哪里。

这些东西里有衣服，没什么时髦的款式，一切似乎都是为了舒适、实用和省地方：T恤、牛仔紧身裤、打底裤、毛衣、内衣。有一个绿色帆布背包，萨迪在冷泉镇的时候经常背着它。那里面有她的钱包——已经空了、一根吃了一半的蛋白棒、一个压扁了的空水瓶，还有一份外卖菜单，菜单是"雷氏餐馆"的，餐馆位于一个叫瓦格纳小镇外的卡车休息站。这是唯一能让我继续下去的线索。我去找警探古铁雷斯，问她法菲尔德警局有没有调查过这一线索。

警探希拉·古铁雷斯（电话里）：

我们对雷氏餐馆进行了粗略的调查，并没有发现什么新的线索。根据这条线索追查成功率太低：这是个卡车休息站的餐厅，人员流动频繁，再加上雷氏还在周边地区分发他们的菜单，这样查下去肯定是要花费大量人力物力的。我们的时间和资源则更有效地集中投入到了发现汽车的区域。

（汽车刹车声）

韦斯特·麦克雷：

这个卡车休息站叫"惠特勒"。我从纽约乘飞机过来，在周二傍晚到了这里。我在离这里最近的镇瓦格纳找了家汽车旅馆住下。

一方面，要是接受希拉·古铁雷斯警探的观点，只能证明这调查是在浪费我的时间。而另一方面，梅·贝丝对法菲尔德警局效率的不信任也一直在我脑海挥之不去。基本上，我只能靠自己来找出答案。

萨迪为什么最后会出现在这里——如果她确实出现在这里的话——这就像围绕她的失踪所发生的一切一样，都是一个谜。她来这里是在找什么特别的东西吗，抑或这只是她沿途随便停靠的一个站点呢？

（餐馆背景声：低声交谈的声音、做饭的声音、盘子的碰撞声）

鲁比·洛克伍德：

请问需要点什么？

韦斯特·麦克雷：

鲁比·洛克伍德是个让人敬畏的女人。她一头乌黑的卷发高高盘在头顶，脸上的皱纹让她比实际年龄看起来要大一点——她大概六十岁。她在雷氏餐馆工作了三十年，其中二十年是作为这里的老板雷的妻子。

鲁比·洛克伍德：

雷比我大十五岁。我刚来这里的时候，这里不怎么样，但我只是个服务员，所以什么都没说。后来他爱上了我，我也爱上了他，我们结了婚，我就开始努力把这个地方变得特别。你可以随便问问别人——来，问莱尼！莱尼·亨德森。莱尼，这是广播电台的人。

莱尼·亨德森：

　　是吗？现在还有人听广播呢？

鲁比·洛克伍德：

　　告诉他这个地方有多特别。

莱尼·亨德森：

　　我一直很喜欢来雷氏吃饭，这里很有家的感觉。鲁比对待常客们就像她不想要的家人一样（鲁比听了大笑起来）。而且这里的烘肉卷比我妈妈做的好吃——可别去告诉她我说过这话啊。

韦斯特·麦克雷：

　　嗯，这话我录下来了。但是没人听广播的。

　　（所有人大笑）

韦斯特·麦克雷：

　　我不知道鲁比改造前的雷氏餐馆是什么样子，但我可以告诉你，她把它变成了什么样子。你一踏进餐馆的大门，怀旧的气息就扑面而来，或者更确切地说——是一种怀旧的情怀。雷氏餐馆的装修是五十年代的美式风格，胶木台面，红色乙烯基座椅，再配上蓝绿色作为点缀。餐馆里弥漫着你在电影里看到的感恩节大餐的那种香气。我饿了，所以我点了一个烘肉卷。莱尼说得没错，确实比我妈妈做的好吃。

　　雷在几年前死于喉癌。

鲁比·洛克伍德：

　　我们本来要把这个地方改名叫"鲁比和雷"，要举办一个盛大的重新开业仪式。但后来他病了，而他死后，再给这地方改名就不太合适了。我生命中的每一天都在想念他。他是我的灵魂伴侣，而现在这个餐厅就是我离他最近的地方，直到我最终也回到那个永恒的家。

我暂时没有退休的打算。

韦斯特·麦克雷：

鲁比说她从来没有和法菲尔德警局的人聊过萨迪的事情。

鲁比·洛克伍德：

你让我以为自己的记忆出了点什么问题——如果警察来过这里，我不会不记得和他们说过话的。但我马上就想起来——索尔。

韦斯特·麦克雷：

索尔是鲁比的小叔子，是雷最小的弟弟。他大概刚四十岁，留着光头，双臂上都是五颜六色的文身。鲁比不在的时候就是他管事。法菲尔德警局过来调查失踪女孩事情的那天，管事的就是他。

索尔·洛克伍德：

过来的警察是个年轻人吧，我记得。他问我有没有见过那姑娘，还给我看了张照片。我没什么印象——

鲁比·洛克伍德：

但你本来就记不住长相的。

索尔·洛克伍德：

后来他问了几个服务员一些问题，也给他们看了照片，他们也都不记得见过她。他后来把照片留给我了，没记错的话，他还说叫我问问当时店里当班的所有人。

鲁比·洛克伍德：

你没有来问我，我不记得见到过一张失踪女孩的照片。我打赌你把它扔了，对吧，索尔？

索尔·洛克伍德：

可能吧。至少我没太当回事。我说，拜托，一个失踪的女孩？在这里？看看在停车场工作的那些女孩吧！她们都失踪了。我们还有生意要做，那么多人来来往往，我不可能把他们都记下来。

鲁比·洛克伍德：

他说得没错，我们这里过路客比常客多。但我和有些人不一样，我对人的长相过目不忘。

韦斯特·麦克雷：

那很好，我这里有张照片，让我们看看你有没有见过她。

鲁比·洛克伍德：

好吧，给我看——噢。

韦斯特·麦克雷：

鲁比没说谎。她确实对人的长相过目不忘。

萨　迪

即使在黑暗中，蒙哥马利也是美丽的。

我别无选择，只能恨它。这里像是一幅活生生的电影布景。房子都很漂亮，沿街整齐地排列着，全都装饰得很有品位，花园干净整洁，挂起的美国国旗静静诉说着骄傲与自豪。车道上停着的汽车可能和相对便宜的房子价钱差不多。城市的主街上一家又一家的商店全都骄傲地体现着一种朴实的、工匠精神的美学，它们恨不得向全世界宣告"我们是本地的！"。本地的，或者有机的，或者又本地又有机。精酿啤酒、一个瑜伽工作室、一家卖麦草饮料的小小咖啡店。我看到一张下周末在公园举行室外音乐会的海报，那乐队我从来没听说过。一条街道被封住了，里面摆满了一个一个的小摊位，每天早上将会是一个农贸市集。我经过空空荡荡的等待着秋季开学的高中，想象一群牙齿洁白的少年——肯德尔、诺亚、凯莉，哈维也在其中——涌出校门，全都穿着校服，除了校服他们还会穿什么呢？城市另一边有个运动场，里面有攀岩墙，还有飞溅垫、滑梯、秋千，看起来都是那么……新。

我知道我不该让自己贪心，但每当我意志不够坚定而屈服于欲望时，在我的想象中，从小住到大的房车就会变成一座房子，营地的车位则变成了后院，有足够的空间让我躺在阳光下，而不用被奇怪的邻居盯着看；空空如也的冰箱会变得满满当当；夏天，每个闷热的房间都突然变得凉爽起来；到了冬天，你也不需要躲在一百条毯子下面取暖。冷泉镇的主街变成一条大商业街，两边的商店鳞次栉比，商品的价格全都不可思议，你可以买得起这个那个甚至更多。蒙哥马利几乎超出了我的理解范围，因为它所有的东西比我能够想到的还要多得多。我恨它。我恨住在这里的人。梅·贝丝总和我说我不能这样，不能因为别人拥有得比我多而恨他们，但她错了。我可以。我就是恨。这是一堵完美的墙，把我和那种毒害你的五脏六腑、把你整个人从里到外剥开来的那种渴望隔离开来。

塞拉斯·贝克这种富人当然是住在山上的。要不是她亲口告诉我，我怎么也不会相信他是玛丽的哥哥。我想人与人之间并没有一种直线的联系，不管你认为你自己能或者不能仅从他们的外表尤其是从他们嘴里说出来的东西做出判断。想到塞拉斯选择了基斯而不是他的妹妹，我就觉得非常奇怪。我无法想象在麦蒂和另一个人之中做选择，选另一个人而不是麦蒂，永远也无法想象。我很好奇玛丽到底告诉了塞拉斯多少关于基斯的事。但不管怎样，这里没有任何像她身上那样的贫穷痕迹。有时候，不管你取得多大的成功，那样的东西都会在身上留下你无法抹去的印记，但塞拉斯·贝克隐藏得很好，他用财富把那些印记抹得干干净净。他家是一幢两层楼的大房子，有着现代风格的切角，巨大的窗户——如果你能靠近的话，足够透过这些窗户看到里面；屋顶是斜的，装了太阳能面板；车道上停着一辆看起来很不错的蓝色奔驰。

我慢慢开过去，把车停得足够远，好让他们看不见我，但又足够近，好让我能从后视镜看到车道和前门。我把头靠在车窗上。大约一小时后，一辆巨大的红色卡车——你要搭个梯子才能踩到踏板的那种——从逆向车道上开过来。它驶进贝克家的车道，差点撞上那辆奔驰。过了好一会儿，诺亚跌跌撞撞地从车上下来，又绕到副驾驶那一侧，把他姐姐拖了出来。他们比我离开的时候要醉得厉害得多。我想知道哈维是不是也喝得这么醉了，他是不是也这么愚蠢地自己开车回家。他们跌跌撞撞地走到前门，我就这么看着他们足足花了十分钟试着把钥匙插进锁孔，内心很是煎熬。他们在做着这些事情的时间里，我的妹妹却在另一个世界沉睡。

"她死了。"我喃喃自语。我不知道为什么我会选择说出这句话，因为说出这句话，在唇齿间感受这些词句的真实性，让它真实存在于这个世上，真是太让人痛苦。但她死了，这是我还活着的原因。

她死了是我要杀死一个男人的原因。

有多少人是内心背负着这样的事情过活的？

但我希望麦蒂就在我身边。我真希望她正无聊地盯着窗外，看上去那么完美，那依然会让我无法呼吸。我会弄乱她的头发，因为那会让她发疯。麦蒂无法忍受她那漂亮的、纤细的发丝缠在一起，因为她需要用梳子上的每一根齿、念诵十三遍万福马利亚才能把它们重新弄直。她会使劲推我的手，我则会抓住她的手腕，惊叹她的身体是多么小，惊叹她曾经比这还要小多少。她小的时候，我喜欢握住她的小拳头，把它们捧在手掌心，那感觉还清晰如昨。我不知道时间都去了哪里。十三年，十三年的时间是如此漫长，而我经历了这十三年。

十三年，麦蒂。

我让你活了十三年。

早上叫醒她，给她做饭，送她去坐校车，放学后在校车站点等她。为了坚持下去，我不惜粉身碎骨。这样说起来，我都不知道我是怎么做到的。我不知道，在这一切的背后，你会在哪里找到我的尸体。但我不在乎。如果有必要，我愿意一遍又一遍地做着这一切，直到永远。

我不知道为什么这还不足以让她回到我身边。

我还记得她出生的时候。妈妈怀麦蒂的时候是她看起来状态最好的时候。并不是健康——她身上那瘾君子的虚弱还在——只是麦蒂让她看起来多少能有所成就。她开始宫缩的时候把我送去了梅·贝丝家，我一直待在那儿，直到她抱着一个婴儿回来。她回来做的第一件事就是把麦蒂递给我，然后把自己锁在梅·贝丝的卧室待了三小时，因为她需要"休息"。我太高兴了，我是那么想做一个姐姐，甚至根本不需要她来说服我。梅·贝丝害怕我会不喜欢这个闯入者，因为大多数孩子都讨厌有人分走父母对他们的注意力，但我本来就什么也没有，麦蒂并不能夺走我的什么。

我知道我可以成为她的全世界。我知道她一定会是我的全世界。这是一个承诺。

我只是希望能对某个人有意义。

我摇下车窗，紧紧盯着贝克家，看看他们家有什么动静。第一个动静出现在黎明时分，比我预期的要早得多。太阳还没出来，天色甚至都还没有变白，而我正在半梦半醒间，口水从下巴淌到上衣领子上。就在这时，车门打开的嘎吱声让我猛然惊醒，眼前模糊的视线开始慢慢聚焦。

塞拉斯·贝克看上去比网上照片里的他还要更精神。他有着和玛丽一样的金发，但看起来更健康，显然没有被那些生活中的琐碎小事拖后腿——什么房租、食物、白手起家养家糊口之类的。他很高大，肩膀很宽。商务休闲装让他的肌肉看起来不那么明显，但衣服下面一定也是肌肉强健的。他保养得实在是很好，看起来简直就像个肯尼娃娃。我觉得如果我再凑近一点，肯定也不会在他脸上看到一丝皱纹。

他环视了一下安静的街道，上了那辆奔驰。要不要跟踪他根本就不是个问题，因为这里发生的一切往我脑中塞满了大量的问题，首要的一个就是：什么鬼？我把手伸向钥匙，却又担心这会过于明显。他似乎还没注意到我。我的手悬在点火开关上，脑子里想着该怎么做。完全没想到今天会需要干跟踪的事儿，再说了，我还从来没有跟踪过别人。我倒是见过别人跟踪——在电影里。

奔驰车驶出了车道。我如果要跟上的话，发动之后可就没有回头路了。仪表盘上的时钟显示现在是七点差一刻。我跟着他往山下开去，手心全是汗。他转了个弯，上了主街，这里有一点点堵车，这倒是很好地帮我打了掩护。小贩们开始往农贸市集赶来，两辆车插到了我和他的车中间，这就更好了。开上出城的高速公路时，我已经不觉得自己那么显眼了，尽管这时太阳已经完全出来，沿途也没有地方可以隐藏自己。我们又继续开了八公里左右，塞拉斯突然转上一条似乎永远没有尽头的土路。我在转弯处停了下来，数到六十，跟了上去。我们之间的距离让我担心会跟丢，于是我踩下了油门。但这又让我担心他会注意到我，只好又松开了油门。

道路两边全是农田，废弃的农田。世界尽头的世界，这就是这地方给我的感觉，我们在把车开进一片荒芜。我完全无法想象他来这种地方要干什么。他的车向左转去，似乎就这样消失了。我差一点也跟着他转了，但内心深处隐隐的感觉让我没有这么做，而是放慢了速度。奔驰车停在旁边的一条小路上，那条路通往——一座房子。从我匆匆一瞥的景象来看，那是一座废弃的房子。

塞拉斯在等着我开过去。

该死的。

我又往前开了两公里才找到能停车的地方。那是一扇大门前的一小块空地，门上还挂着"禁止擅闯"的牌子，不知道这门后是什么地方。如果塞拉斯·贝克从这里开过去，他就会看到我的车，但我必须赌一把。我拔出钥匙，放进口袋，下了车，匆匆锁上车门。外面已经很热了，是那种你能感觉到空气迟早会凝滞得让你透不过气来的天气。我深深吸了一口气，跑了起来。我跑了两公里，回到塞拉斯刚才停车的岔路口。快跑到的时候，我的衣服已经被汗水浸透，我都能闻到自己身上的汗味。我需要洗个澡。我真是需要洗个澡，不过这问题我得晚些时候再考虑。我顺着那条路往上爬，远远看到那辆奔驰车，它就停在房子旁边。塞拉斯已经不在驾驶室了。我的心跳得厉害，不知道这是什么情况。通往那房子的路很容易走，但我跌跌撞撞地钻进了旁边高高的杂草里，猫下腰去。虫子在我脸上、胳膊上、腿上盘旋了一阵子，最后才落到我皮肤上咬我。野草弄得我很痒，草叶在小腿上摩擦。我开始向前挪，双脚笨拙地移动，地面几乎和我的喉咙一样干。我支起耳朵，留意着他的动静，但他一点动静也没有。

我走得特别慢，感觉花了一辈子才走到那房子跟前。我能找到形容这房子最好的词是"破败"。它至少有五十年的历史了吧，一共两层楼，带屏风的门廊随时都可能倒塌，前门几乎从生锈的铰链上脱落下来。一楼的大部分窗户都用刨花板封上了，只有一扇除外，透过它能清楚地看到里面。二楼的窗户没有封，全都是坏的。房子外墙被或美或丑的涂鸦占据已经很久了："乔伊爱安迪"，一个裸体女人在两扇窗户之间伸展着身体，从地基开始画上去的常青藤一直朝上延伸着，还有撒旦和他分叉的舌头、一连串警惕的眼睛，"嘉莉恨琳恩""大浑蛋"。

我走到破窗边往里看。里面比外面更糟糕，已经被大自然所征服，杂草穿破地板长出来。有一个门槛样的东西通往另一个房间，那房间里垃圾多得都要漫出来。我没看到塞拉斯，但如果他从前门进来，转头就能清清楚楚地看到我。

我认真听了听，什么声音都没有。我离开了窗户，想找个地方藏身。我仰头看向二楼，意识到我看不到塞拉斯并不意味着他也看不到我。该死。我不能在一个地方待太久。

我慢慢走向房子的侧面，快到的时候，我听到了前门打开的声音。我失去了所有自我意识，失去了所有安全感，扑倒下去。我听到自己的身体撞到房子的一角，与此同时，门也重新关上了。我咬住嘴唇，感觉到断裂的木壁板扎进了肩膀。他在那里。我知道他在那里。接下来沉重的停顿让我知道他发现了房子里还有别人。接下来：

"谁在那儿？"

他的声音低沉，一种冷静的权威感贯穿始终。我等待着，手掌紧紧贴着地面。他的脚步声回荡在这一片空旷之中——一步、两步、三步——我意识到我是多么孤独。如果塞拉斯·贝克发现我，他会让我尖叫，而能听到的只有我们两个人。

麦蒂在那座果园里尖叫。

微风拂过野草，那声音听起来就像大海。如果闭上眼睛，我就能看到自己身处海边。我不能闭上眼睛。

"有人吗？"他又问。现在一切安静了下来。

风就那么——停了。

这下又太过安静了。

脚步声又响了起来，还有他的鞋子发出轻轻的嘎吱声……这声音朝他的车走去了。听到引擎声我才终于呼了口气。又等了好久，等到确定他已经走远，去了他要去的不管什么地方，我才开始挪动身体。我慢慢站起来，血液流回早已麻木的关节。我靠着房子的外墙，站好一阵子才终于缓过来，开始面对这个问题：

你在这里做什么呢，塞拉斯？

我回到房子前面，避开看上去腐坏得最厉害的部分，小心翼翼地爬上门廊。我在抓住门把手前犹豫了一下，想象着上面还残留着他的温度，尽管我知道那是不可能的。我拉开门，走进房子。门在我身后哐啷哐啷地关上，吓了我一跳。我把手握成拳头压在胸口，想要赶紧平静下来。

一楼很昏暗，只有我刚刚偷看的那扇破窗中能透进来一点点阳光。这地方到处都是霉斑，满是灰尘，充斥着腐烂的气味。我连打了八个喷嚏，眼睛开始流泪，看不清东西了。我伸手擦了擦，眯起眼睛走进黑暗中，穿越垃圾和各种碎片残骸，从一个房间走到另一个房间。有些东西还能看出来是什么，但大部分都已经认不出来了。我很紧张，我弄出的每一个小动静似乎都太大声。我一直回头看，担心他会再次出现，但他并没有。

到目前为止还没有。

我看到一个可乐罐，从设计上看可能是八十年代的，即使没那么老，也肯定是我出生之前的了。我穿过一间厨房、一间餐厅和一个客厅的遗迹，来到保存得最好的一段通往二楼的楼梯前。阳光从屋顶破碎的窗户照进来，将破旧木栏杆上的灰尘中的一个掌纹照得清清楚楚。

这边来——它对我低语。

楼梯已经塌了一半，中间有段很大的空隙，要过去很困难。可能对塞拉斯那么高的人来说还是挺容易的，他看起来有两米高。我伸出右腿跨过那段空隙，把脚放在离我最近的台阶上，撑在栏杆上把我的身体送了上去。整个楼梯不停地晃，让人胆战心惊。这小小的努力消耗了我太多精力，我开始恶心、发抖。我最好能快点吃上一顿像样的饭。我知道饥饿是种什么样的感觉，虽然我比大多数都更能忍受饥饿，但我已经开始动用身体里最后的储备了。我可不习惯让自己变得没用。

楼梯发出让人不安的声音。我艰难地走上最后一级台阶，两只脚终于踏上了地板。这里比外面看起来的感觉要小得多，也比楼下要干净一点。大概倒塌的楼梯有效地制止了破坏者吧，我想。

我四下看了看，没有了掌纹给我指路，我不知道塞拉斯从这里又走向了哪里。一间卧室里有个空的黄铜床架、发霉的床单、残破的家具，另一间看起来是空的，只有一面墙上挂着一幅小画，画上是一片森林。在这样一个地方，这幅画却保存了这么久。浴室里，整个洗手池都已经被从墙上扯了下来，药柜镜子的玻璃碎了一地。一个没了脚的陶瓷浴缸，污迹斑斑，破得不成样，里面还装了一个破马桶。地板看起来像是被水侵蚀了好几年，我甚至都不敢踏上去。我擦了擦汗湿的额头，这里面太热了，让人窒息。我拉了拉衬衫的领子。

为什么像塞拉斯·贝克这样的人会在这里待着？

那幅画。

我回到那间空卧室，站在它面前。那是一幅没有署名的油画，看起来不太对劲，太……刻意了。我把手指压在画布凹凸不平的表面上，然后沿着画框整洁的边缘一路滑下去。

这上面甚至都没有灰尘。

我抓住画框的两角，把画取下来放到地上。画后面的墙上有一个完美的洞，洞里放着一个小小的金属盒子，上面挂着一把锁。我伸手去拿，惊讶于它那么轻。我摇了摇那盒子，耳边的沙沙声让我想到——钱。事情就是这样的吗？

塞拉斯·贝克，像松鼠囤松果一样小心翼翼地在存钱……为什么呢？

这重要吗？

我要拿走这钱。我总是需要钱的。

我把盒子拿在手上，冒着生命危险跳过楼梯上的那段空隙，走出了房子。出来后，我准备找块石头来砸开锁。只要你使上足够的力，任何东西都能打碎。我终于找到了一块不错的灰色石头，它呈锯齿状，还很有分量。我握住它，狠狠砸向盒子。石头砸在锁上，接着又弹到地上。撞击力撕裂了我指关节的皮肤，泪水也涌了上来。我把石头紧紧握在胸前，费了老大劲才忍住没让眼泪掉下来。

我又砸了一次。

再砸一次。

再砸一次。

太阳在天空中越升越高。高温让我的胃拧成了一团，让我头昏眼花。我的衬衫被烤干了，又再次湿透了。锁是不会坏的，但锁上的铰链会坏。它坏的时候，散开来的时候，我甚至都没注意到。我又砸了一次那金属盒子，它翻倒向一边，里面的东西掉了出来。

《女孩们》

第三集

（《女孩们》主题曲）

播音员：

这里是麦克米伦出版公司为您带来的《女孩们》。

鲁比·洛克伍德：

是的，我见过她。但她的头发是金色的。

韦斯特·麦克雷（电话里）：

所以……关于那女孩的事，我可能还真有了点线索。我不知道它会把我带向哪里——但至少是有了点进展。

丹尼·吉尔克里斯特（电话里）：

可别激动得太早。

韦斯特·麦克雷（电话里）：

我会去找萨迪，但她想要的不过是不被打扰。你明白这一点的，对吧？

韦斯特·麦克雷（在餐厅）：

你是说，她头发的颜色和照片上不一样？是金色的，不是深棕色？

鲁比·洛克伍德:

是的，而且那样子看起来是她自己染的。她瘦得皮包骨头，简直像根竹竿。她说话也不太利索，这一点特别突出。她口吃。

索尔·洛克伍德:

噢，是了！现在我想起来了。她点了一份……咖啡。我以为她是在跑路之类的呢。她还让你生气来着呢，不是吗，小鲁？

韦斯特·麦克雷（在餐厅）:

所以你和她说过话喽？

鲁比·洛克伍德:

她找我说话的。她不只是路过，她在找人，所以她找我打听来着。

韦斯特·麦克雷（在餐厅）:

她在找谁？

鲁比·洛克伍德:

她父亲。

韦斯特·麦克雷:

什么？

鲁比·洛克伍德:

她在找她父亲。她是那么说的。她有一张他的照片，知道他的名字，知道他几年前是这里的常客。她希望能联系上他，想知道我能告诉关于他的任何事情。

韦斯特·麦克雷：

那你说了什么呢？

鲁比·洛克伍德：

我说我从没见过这个男人。但她看起来很绝望，我为她感到很难过，所以问她要手机号码，说我要是见到这个人就给她打电话。

韦斯特·麦克雷：

你还有她的手机号码吗？

鲁比·洛克伍德：

是这样的——她说她没有手机。这就是关于她的第二件怪事，因为这年头所有孩子包括他们的奶奶都有手机，对吧？最后我给了她一份外卖菜单，告诉她可以打电话到餐厅来找我，问我有没有他的消息。

韦斯特·麦克雷：

等等——你说这是关于她的第二件怪事，那第一件是什么？

鲁比·洛克伍德：

我认识她要找的那个人，他没有孩子。

韦斯特·麦克雷（在录音棚）：

那个人的名字叫达伦·M。在我找到他之前，我会将他的姓氏隐去。我在网上搜索了他的名字，找到了很多条结果，但我把他们挨个儿联系了一遍之后，发现没有一个是我要找的达伦。

韦斯特·麦克雷（对鲁比说）：

你认识这个人？

鲁比·洛克伍德：

我还真认识。

他自己说他一直是常客，他大概每次路过的时候都会来吃苹果派——但一直到他在瓦格纳住下，我才真正把他当成常客。他和镇上的一个女人同居了几个月，每天一个人在这里吃午饭。挺好的一个人，不多和人打交道，从没给我添过麻烦。

韦斯特·麦克雷（对鲁比说）：

你知道和他在一起的那个女人的名字吗？

鲁比·洛克伍德：

玛丽·辛格。

韦斯特·麦克雷：

你和达伦还有联系吗？

鲁比·洛克伍德：

没有。他和玛丽分手后就离开了这里，我甚至再也没见到过他。我以前有他的电话，因为雷那时候还活着，但已经快不行了，达伦说一旦雷过世了让我通知他。雷过世的时候，达伦送了最漂亮的花，有白玫瑰和满天星。我觉得他很贴心。但我现在没有他的号码了。

韦斯特·麦克雷：

你能找找吗？如果找到了，请告诉我一声。如果我能找到他就太好了。

鲁比·洛克伍德：

我多半是找不到了。而且我告诉你，达伦没有孩子。

韦斯特·麦克雷：

你说得很肯定。但如果他在这里住的时间并不长，他还有很多事情你不知道也是很正常的。

鲁比·洛克伍德：

我很肯定，因为我问过他。他当时就坐在你现在坐的这个位置，吹着牛。我问他有没有孩子，他说没有。他有没有孩子关我什么事呢？他对我说谎能有什么好处？什么也没有。

韦斯特·麦克雷：

萨迪对你说谎又能有什么好处？

鲁比·洛克伍德：

（大笑）拜托，你以为她是第一个管别的男人叫爸爸，想从他身上捞点什么的女孩吗？我告诉你吧，她太没礼貌了。

韦斯特·麦克雷：

怎么个没礼貌法？

鲁比·洛克伍德：

我告诉她说我没见过达伦，她就叫我骗子。相信我的话——我告诉你，她在玩什么把戏。她不喜欢我看穿了她。

韦斯特·麦克雷（在录音棚）：

和鲁比聊完后，上网搜索达伦之前，我试着联系了一下玛丽·辛格，但她没有接我的电话。我又给梅·贝丝打了个电话。听到这些信息，她惊呆了。

梅·贝丝·福斯特（电话里）：

这不可能。萨迪不知道她父亲是谁。她一直跟我说她才不在乎。

韦斯特·麦克雷（电话里）：

如果这个男人真是她父亲的话，那她就不姓亨特了。

梅·贝丝·福斯特（电话里）：

达伦……

我告诉你吧，我这辈子从来没听说过这个名字。（停顿）但我想这大概也不意味着什么吧。克莱尔身边的男人换来换去，艾琳死前死后都是这样……天哪，她真的是在找她的父亲吗？她是这么说的？

韦斯特·麦克雷（在餐厅，问鲁比）：

餐厅里还有其他人可能和萨迪有联系吗？

鲁比·洛克伍德：

如果除了索尔和我之外还有人，那我就不知道了。她在这里就待了……不会超过一小时。

韦斯特·麦克雷：

如果我留张她的照片在你这里的话，你能帮我贴起来吗？帮我问一问？

鲁比·洛克伍德：

没问题。

韦斯特·麦克雷（在录音棚）：

一天后，我接到了一个叫卡迪·辛克莱尔的男人的电话。

萨 迪

这咖啡馆的名字叫作"莉莉"。

我偷偷钻进来，绕过收银台那排长得吓人的队伍，尽量不去闻食物和咖啡因的香气。我觉得我再也不想吃东西了。但我觉得如果我不赶快吃点东西，就撑不下去了。我的身体在战栗，在发抖，我冷得要命，尽管天那么热，我的牙齿却在打战。我不知道怎样才能好起来。我需要让自己好起来。我溜进洗手间，在其他女人来来往往的间隙，在洗手池冲洗自己。我只是想洗洗干净。我用廉价的花香味肥皂和粗糙的纸巾，颤抖着在胳膊和双腿上擦出一层薄薄的泡沫。打探那房子时沾上的泥土被冲走了，露出小腿上那一堆被野草划出的杂乱小伤口，我之前都完全没注意到。我把手伸进衬衫，擦去胸部下面的汗水。我的头发最多还能再撑一天，之后就非洗不可了。我给自己扎了个紧紧的发髻，向前靠在水池边缘，让自己小声啜泣了一会儿，我低声对自己说着"好了，好了"，直到我终于能感觉冰凉的瓷盆在手指尖的触感。

"他把达伦保护在自己的羽翼下，算是吧，就是向所有人宣告要对他好一点。"去你的玛丽。"他把达伦保护在自己的羽翼下——"

该死的玛丽。塞拉斯一定感觉到了，我打赌，他感觉到那个潜藏在他内心深处同样病态的灵魂，一个他能与之分享自己的人。他比基斯更善于隐藏。但玛丽一定是知道的，她肯定知道。"我跟我哥已经不说话了。"

除了这个，还能有什么能让她放弃她仅有的一个能出钱养她的男人呢？我一拳砸在水池上，除此之外我也没有什么别的东西能砸了。她知道。

而现在我也知道了。

我伸手捂住自己的嘴，眼睛睁得老大。用这双眼睛我看不到自己，我只能看到它们所看到的。

我要杀了他吗？

我要杀了塞拉斯·贝克吗？

基斯被妈妈赶出去的那天晚上，我偷了他的弹簧刀。

从很多方面来讲，那晚都结束得有些出乎意料。但我在不过现在一半年纪、还是个天真小姑娘的时候就以为自己能杀了他。也许我并没有想要杀了他——也许我还太年轻，年轻到无法去想象如此终极的事情、如此不可逆转的事情——但我想给他造成点严重的伤害，好让他足够害怕我。

就像他现在应该害怕我一样。

他把弹簧刀放在妈妈卧室的床头柜上，放在他那本《圣经》旁边。有一次，在他搬进来几周后，他叫我进去，让我坐在他的腿上，把刀给我看。"萨迪，看看这个。"他这么说。我看着刀尖从刀柄里弹出来，才反应过来这是把刀。"这是一切的结束，"他指着刀尖这么说，"我永远也不希望看到这东西出现在你手里，听明白了吗？"

我把手伸进口袋，让指尖划过它的轮廓，回忆我用比现在小得多的手握住它的样子。那完全格格不入。但我抽出它顶着卡迪的时候，我很惊讶它和我是如此融为一体。

我不能路过这个城市，就这么离开。

我用手指按住额头。

我必须让它结束。

但是，基斯。

但是，等等。

一个女人走了进来。我转向她，脑子转得飞快。那是个中年女人，深黑的皮肤。她很亲切地问我好不好。我说我很好，问她能不能借用一下电话。这句话我说得比平常更断断续续，种种压力加重了我的口吃。她用最温柔的声音说："没问题。"这让我崩溃得厉害。我不知道是为了什么，是因为这个世界上竟然还存在如此的善良而感到解脱，还是因为这样的善良竟然存在于一个如此不值得得到它的世界而感到惭愧。我打给了哈维。响到第三声的时候，他接了，睡意蒙眬的声音。我叫他来这里找我，他飞快地、兴奋地说"好，好，我马上到，你就在那里等着我"。我把手机还给那个女人时，她对我笑了一下。

我回到咖啡馆，在门口等着，使劲挠着自己的指甲，直到挠出血来。哈维八分钟后就到了，他竭力装出一副漫不经心的样子，但我能从他胸前的起伏看出来，他肯定是一路跑过来的。他的肤色显现出一层隐约的病态，汗水里有酒精的味道。那是昨晚遗留下来的气息。

昨晚似乎已经离我分外遥远。

"嗨。"他说。我无法让自己回应他的微笑。他并没注意到。他重心向后斜了斜，眼睛望向收银台，拍了拍手。他接下来说出口的每句话听来都那么匆忙而紧张。"现在去诺亚家还有点早，我们给他们点时间清醒清醒吧，怎么样？我还没吃早饭呢，你饿吗？我们吃点东西吧，我请客。你想吃什么？"

我不想吃东西。

但我必须吃。

我在想，若是在正常的境况下，我现在是不是会试着矜持一点，假装自己是一个有着猫一般食量的女孩，或者更美一点，完全没有食量。我告诉他我想要他们家的蛋白质小食盒，还有最大杯的高能量奶昔。他无法掩饰脸上的惊讶，但很快就回过神来，点了单。我们很快就拿到了餐，在我的要求下挤到咖啡馆后面角落的一张桌子上，尽可能远离喧嚣。哈维点了和我的分量相称的食物，但从吃的速度看起来他并不那么饿。在清醒的情况下，他比昨晚更害羞、更不肯定了。

我盯着面前的食物。一想到吃的我的胃就翻江倒海，但我必须吃。

如果我接下来想做点什么的话，现在就必须吃。

我闭了一会儿眼睛，往嘴里塞了一片苹果，小心地嚼成糊状。我意识到我尝不出它的味道。我的舌尖上什么味道也没有。我忽略掉内心不断加剧的恐慌，又咬了一口苹果，试图强迫自己越过一切不好的感觉，去感受那脆、甜、新鲜的味道。

经过了这么一段痛苦的时刻，它的味道渗进我的味蕾。它太甜了。

我以前从来都不喜欢苹果。

梅·贝丝说我小时候，还没有妹妹的时候，我总是喊饿，非常饿，总要找东西吃。可即使那个时候我也还是很挑食。她说我只对高糖和高油的东西感兴趣，如果她想给我吃点利于骨骼生长的东西，我会哭到眼睛肿得看不见为止。这时她总会骗我，放一片苹果到我嘴里，说那是糖。没过多久我就知道上当了，我狠狠咬了她一口，甚至咬出了血。后来就有了麦蒂，梅·贝丝说如果我不做出好榜样，她会变得比我更挑食。难道我愿意看到自己的小妹妹那么吃吗？

这是我最不想看到的事情了。

"我能问你个问题吗？"

我往舌头上放了一块奶酪，它就那么卡在了嘴里，我只好喝了一大口奶昔才把它咽下去。

"当……当然。"

他把身子往我面前凑了凑，仔细打量着我的脸。

"莱拉，怎么了？"

"让……让我吃，"我对他说，"让……让我先吃……吃完。"

我吞吃着他给我买的早餐时，他就那么笨拙而耐心地坐在那里。这是一个可怕的、荒谬的自我保护练习：把食物放进嘴里，有意识地告诉自己要吞咽，因为如果我不这么做，食物只会待在那里。这所有的一切都是为了接下来的一刻。哈维朝我送来一个淡淡的微笑，我听见他的声音，昨晚，在酒吧的一片喧闹中的他的声音："是他们的爸爸教我打的儿童棒球。"

有时候，我的内心完全被麦蒂的离开占据，被这彻底的空虚占据。唯一能让我忍受这一切的，能让这一切平静下来的，是远离她被谋杀的地方，是推动我一步一步接近杀死基斯的承诺。尽管如此，我的心还是很疼。它会永远疼下去。剩下的时间，我只能感受到它的重量，所有这一切的重量——我曾经经历过的每一个萨迪，她做过的每一个选择，以及她可能做的错得不得了的每一件事，正是那些事，让她最终来到这里。此刻，像现在这样，一个人。

我喝完了一半奶昔，直到胃终于开始抗议。我抓住桌沿，竭尽全力对抗着我身体对正常、自然反应的自动排斥。我还记得在麦蒂死后，我上一次有这种感觉是什么时候。

"莱拉，"哈维把手伸过桌子，放在我的胳膊上，"到底怎么了？"

《女孩们》

第三集

（《女孩们》主题曲）

韦斯特·麦克雷：

卡迪·辛克莱尔是个瘦高个儿，白人，大概三十岁。他和他哥哥在瓦格纳合租一间公寓。他每天大部分的时间都待在惠特勒卡车休息站，就在外面晃悠，或者——在他能付得起的时候——吃上一个鲁比家的招牌菜。他是当地的传奇人物，所有人都知道他的名字，而他告诉我，这正是他的大麻烦。

卡迪·辛克莱尔：

该死的，我只想一个人待着。

韦斯特·麦克雷：

那么，还真是感谢你和我谈话。

卡迪·辛克莱尔：

好说。我又不是在帮你什么大忙。如果你找到这个女孩，我想知道。

韦斯特·麦克雷（在录音棚）：

卡迪是一个有趣的矛盾体。在他告诉我他喜欢一个人待着之前，我在网上快速搜索了一下他的名字，搜索结果向我展现出的是一个非常想成为下一个埃米纳姆的少年。如果你去"音乐营地"网站，搜索用户名"卡迪·辛克"，你就能听到他在朋友家的地下室录制的六个小样。如果你正从我们的官方网站播放这个播客，本集的页面上就有一个嵌入式播放器能让你听到这几个小样。但请你千万记住：点播放之前一定要阅读内容警告。

卡迪·辛克莱尔：

那是我曾经的一段不一样的……很蠢的时光。我不会和你谈这个的。每个孩子还没变坏的时候都觉得他们有能力做一些伟大的事情，可最后你会明白，还是当个小透明比较好。（咳嗽）对了，你想知道这个女孩的事儿？她失踪了？

韦斯特·麦克雷：

是的，她失踪了。我正在试着帮她家人找她。

卡迪·辛克莱尔：

她可能死了。

韦斯特·麦克雷：

要是她死了，你有什么线索吗？

卡迪·辛克莱尔：

没有。介意我抽烟吗？（停顿，打火机的声音）我上次见到她的时候她还活着，但如果她还像那会儿那样神志不正常，如果找上不该找的人，就像她找上我那样……那她在这个世界上可就太容易送掉小命了。

韦斯特·麦克雷：

让我们往回退一点。你在电话里告诉我，萨迪找你是为了问达伦的消息。据我得到的信息，她以前从没来过瓦格纳。她是怎么知道要找你的？

卡迪·辛克莱尔：

估计是餐馆里什么人告诉她的吧。我要知道才怪呢。反正这也不重要了，是谁都有可能。在这片地方，人们想要什么东西——我是说，人们想知道什么，他们就会来找我。我总是知道发生了什么鬼事情，因为我……我就是知道。

韦斯特·麦克雷：

你认识达伦吗？

卡迪·辛克莱尔：

我们算不上朋友，但如果他在餐馆见到我，我们也会聊天。鲁比跟他更熟一点。我不知道他还有个女儿。

韦斯特·麦克雷：

萨迪就是这么向你介绍自己的？达伦的女儿？

卡迪·辛克莱尔：

是的，她给我看了一张他的照片，那就是达伦，没有错。

韦斯特·麦克雷：

你有他的照片吗？

卡迪·辛克莱尔：

没有。但我能告诉你他长什么样子：白人，很高，很壮，黑头发。他就是个普通人，没什么特点。

韦斯特·麦克雷：

后来发生了什么呢？

卡迪·辛克莱尔：

她对我拔刀相向。

韦斯特·麦克雷：

真的？这就拔刀相向了？

卡迪·辛克莱尔：

是啊。她叫我告诉她我所知道的关于达伦的一切。

韦斯特·麦克雷：

那你告诉她了吗？

卡迪·辛克莱尔：

我看起来像是还活着吗？

韦斯特·麦克雷：

你都告诉她了些什么？

卡迪·辛克莱尔：

我告诉了她实话。我告诉她，关于达伦我最清楚的就是几年前他和玛丽·辛格在一起，她可能比我更了解他。我告诉她玛丽·辛格住在瓦格纳。然后那孩子就走了。我觉得她脑子不太正常。你要是找到她，告诉我一声，我想知道，因为我要告那小婊子侵犯他人。弹簧刀也是违法的。

韦斯特·麦克雷：

谢谢你的配合，卡迪。

韦斯特·麦克雷（电话里）：

梅·贝丝，萨迪是个暴力的人吗？

梅·贝丝（电话里）：

不，不！从来都不是。我是说⋯⋯她偶尔也会暴力，但要这么说的话所有人都有那样的时候。她不是那种暴力的人，暴力不是她的天性，如果你是这个意思的话。

韦斯特·麦克雷（电话里）：

卡迪说萨迪有把弹簧刀，还用刀指着他。我们并没有在她的东西里看到弹簧刀。

梅·贝丝（电话里）：

那他就是在说谎。萨迪不会——她不会⋯⋯如果她的东西里没有刀，那他就是在说谎。

韦斯特·麦克雷（电话里）：

也可能是刀还在她身上。

韦斯特·麦克雷（在录音棚）：

不管刀是不是还在她身上，我认为真正的问题是，她为什么会觉得自己需要一把刀。

萨 迪

我又来到了塞拉斯·贝克的房子外面。

我把车停在了他的奔驰后面，后脖颈冒出一阵冷汗。这意味着他肯定在家。莉莉咖啡馆的食物让我的胃很难受。我下了车，把钥匙装进口袋，朝前门走去。有笑声从房子后面传来，听起来像是肯德尔和诺亚的声音。我慢慢往后绕，到了后院，看到他们懒洋洋地待在一个泳池旁。

贝克家的房子靠里的地方完全不比临街那一面逊色。泳池是直接在地面建的，又长又宽又深，还有跳水板。池边有四张躺椅，一边两张，躺椅中间还放着精致的金属桌子。

后院郁郁葱葱，草如宝石般碧绿，一侧是菜园一侧是花园，全都欣欣向荣，中间是松木平台，通往屋内的滑动玻璃门。诺亚躺在救生圈上漂在水面，肯德尔穿着性感的红色比基尼，趴在软乎乎的有交织字母图案的毛巾上晒太阳，看起来光彩照人。周围的一切看起来都是那么美好，我试着享受这奢侈，试着适应我今天看到的一切和眼前看到的一切的强烈对比。我唯一能想到的是：这太不真实了……

"哈维呢？"诺亚把头偏向我问。

"我不……不知道，"我耸耸肩，"他说……说他和我在这……这里见。"

"嗯。"诺亚抓过搁在肚皮上的手机发了条短信，等了一会儿后说，

"没回。可能在路上吧。"

"你昨天不是就穿的这个吗？"肯德尔问我。诺亚大笑。

"昨……昨晚没……没回家。"

肯德尔用手肘撑着抬起了身子，这动作让她胸部傲人的曲线更加明显了。我想这是在恐吓我。"怎么会没回家呢？"

"在……在那里太……太难受了。"

"好吧，希望你不介意泡在游泳池边一上午，"诺亚说，"我们被禁足了，因为昨天晚上回家的时候，某人——"他将谴责的手指向他的姐姐，"甚至不会假装一下清醒。我们被禁足了整整一个月。"

我四下望了望，说："真是了……了不得的惩罚呢。"

诺亚笑了："我还不太了解你，莱拉，但我感觉到了一丝讽刺。"

"只……只有一丝而已，"我答道，"你……你们父……父母呢？"

我抬头看着这房子，半是期待着看到塞拉斯·贝克的脸出现在窗户里，凝视着泳池边。你在哪里呢，塞拉斯……

"爸爸去花店了。"肯德尔告诉我们。

"什么？"诺亚扬起了眉毛，"他又有麻烦了？"

肯德尔不以为意地伸了个懒腰，手臂伸过头顶，脚趾指向空气："妈妈听到他今天大清早就起来了，去了办公室。她说他昨晚去打棒球，回来得特别晚。他答应了整个周末都待在家，不工作，结果他没做到。现在她很生气，和吉恩出去了，电话也不接。星期天的家庭聚餐肯定会很精彩。"

"肯……肯德尔，"我突然说，"我能……能借……借件泳衣吗？"

"你穿不合适。"她对着自己的胸部点点头。

"老天！"诺亚说。我猜他至少还是有底线的。"你可以借她个背心或者短裤之类的。"他踢着腿，把救生圈推到泳池边，自己爬了出来，"我要再联系一下哈维。不回消息不是他的作风。"

"你说怎样就怎样吧。"肯德尔说。她哼哼唧唧地站起身，好像这是全世界最让她不乐意的事情。我很生气，但这愤怒立刻就被更糟糕的事情盖过了。

她不知道她爸爸是个魔鬼。

"来吧。"她咕哝了一句，我跟着她进了屋，"你可以穿诺亚的短裤和旧衣服……"

"看来你不……不喜欢和人分……分享吗？"

"无意冒犯，但你看起来需要洗个澡。"

"无……无意冒犯，但……但你看起来像个婊子。"

她停下脚步，转向我，微笑着。

"你随时可以离开。"她说。

我什么也没说。她摇摇头，算是对话的终结。我们从后门穿了过去。我想象着这里是自己家，而我每天要从这里穿过会是怎样的一种感觉。我又有了第一次看到蒙哥马利的那种感觉：如果我不能拥有这一切，我真想看到它被毁灭。

房子里居然格外朴实，单色装修，简直令人难以置信。墙上的家庭照片都拍得很专业，全是黑白照，都是在外面的花坛边取的景。经过的时候，我仔细端详着每一张，看着诺亚和肯德尔从婴儿长到蹒跚学步的孩子，再到笨拙的少年，一直到现在。他们的母亲身姿轻盈，一头金色卷发越剪越短。塞拉斯一直都没变过样。他最让人讨厌的地方就是他看起来一点也不讨厌，任何人看到他都会觉得很有安全感。

家庭照突然变成了塞拉斯和他的少年棒球队的照片。

"这个是哈维。"肯德尔说。吓了我一大跳。

她从一张照片里把他指了出来。我没法逼自己去看。

"你到底怎么回事？"她问。

"只……只是有点宿……宿醉。"

"我没有。"她听起来很高兴。

我跟在她身后穿过客厅，那里有一张白沙发，光看着它、想着它就让我一阵紧张。麦蒂九岁的时候特别笨手笨脚。实际上我觉得她这一点就没好过，但九岁的时候情况是最糟糕的，我们房车里没有一个角落没被她酒过东西。

肯德尔把我领进了厨房，厨房的台面全是灰白花纹的大理石，餐具都是不锈钢的。饭桌旁的那扇窗户可以俯瞰房子一侧的花园，我从这儿只能看到平台边缘。房间一直延伸到前门。

"等一下，"她说着打开了冰箱，"我饿死了。"

前门开了。

"肯德尔，外面是谁的车？"

我如坠冰窖。

塞拉斯在关门，他背对着我们。他一手拿着一束花，是白玫瑰和满天星，另一只手在自己的后脑勺的金色短发上擦了擦，然后向我们转过来。他的目光立刻落在了我身上。

"这是谁？"他问。

"爸，这是莱拉·霍尔顿，"肯德尔说，"她是新搬来的。我昨晚跟你提过她吗？我记不得了。"

"你记得才怪呢。"他冷冷地说。他偏头打量起我，我的手指抽搐起来。"霍尔顿……你们刚搬到科内尔的房子，对吧？"我勉强点了点头。"我听说他们有个女儿。外面是你的车？"

他是笑着问这个问题的，大大的微笑。

我看向肯德尔，她一半身子都探进冰箱里去了。

"我……我能用一下你家的厕……厕所吗？"

塞拉斯对我的口吃有所反应，他几乎无法察觉地皱了皱眉。

"当然，"他说，"在楼上，右边第三个门。"

我没有道谢就从他身边闪了过去，拐上一个通往楼梯的拐角。终于离开他的视线后，我的身体因为放松而虚弱起来。我需要下意识地用力才能把一只脚移到另一只脚的前面，一步一步走上楼梯。我在楼梯顶端偷听了一会儿。

我听到一阵低语，是他的声音和肯德尔嘶哑的回答。我蹑手蹑脚地穿过走廊，找到了洗手间。我推开门，猛地往后退了一步。

"出……出去！"一个女孩在喊，"我叫……叫你滚……滚出去！"

她才十一岁，光着身子坐在浴缸里，膝盖蜷曲在胸前，双臂环抱着双腿，竭力想要挡住玫瑰花蕾般的胸部。向前倾的时候，她的后背便露了出来，能看见一节一节的脊椎。她的头贴在膝盖上，仇恨的目光看向左边，看着那个靠在水池边的男人。他占据了整个浴室。他的双臂交叉在胸前，但一动不动。她太想让他离开，她大喊大叫，试了所有能试的办法，但他一动不动。

"没必要，"他慢慢地说，"没必要这样。"

"走……走开！妈……妈妈呢？妈妈！"

"你觉得她又会怎么做呢？"

女孩张开嘴，又合上了。他微微一笑，有点悲伤，好像他刚刚向她坦承了一些他们都不愿意听到的事情。她把头转开了。我看着她呼吸时肩膀轻微的起伏，那快速跳动的脉搏显示了她是多么生气。水已经开始变冷了。他不离开，她是不会出来的。

但他不会离开。

"萨迪，"他对她说，"我们是一家人了。"

楼上爆发出一阵哄堂大笑。我转向那个方向，又转回来，看着空无一人的浴室。我的心怦怦直跳。自从麦蒂死后就一直这样，丑陋的东西一直浮现，迫使我去见证它们，因为光经历过一遍是远远不够的。麦蒂还活着的时候，我可以把它们压在心里，因为我还有事情要做，我得照顾她。

而现在……

我也还有事情要做。

我把手挡在眼睛上方，低头环顾四周。这个房间当然和整栋房子的其他地方一样壮观，它远远大过任何一个有马桶的房间应有的大小。房间里有一个独立的淋浴间，还有一个浴缸，毛巾架上的毛巾看起来比用来擦过手的任何东西都要柔软，并排式水池上方的大镜子被灯光环绕。

为防楼下有人偷听，我使劲关上了门，接着便沿着走廊一路往前，找到了一定是塞拉斯和他妻子卧室的那个房间。卧室中间摆着一张特大号双人床，上面铺着一条干净的白色被子。步入式衣柜的门半开着，房间的一角还放着一个梳妆台，另一角则是一张红木书桌，上面还有一台笔记本电脑。我踮起脚尖轻轻走过去，移动了一下鼠标。屏幕亮了起来，弹出输入密码的提示，该死……桌上有一张彩色相片，是他和孩子们。我拿起照片，翻了过来，背面什么也没有。我又把笔记本电脑拿了起来，还是什么也没有。

我打开所有抽屉，一个一个翻了个遍，检查了每一份文件和废纸，想看看有没有任何书或者记事本，里面可能记着密码之类的东西——人们依然会蠢到做那样的事，不是吗？——什么也没有。我抑制住重重推上最后一个抽屉的冲动，把头发从脸上拨开，沮丧极了。我已经在这楼上待得太久了。

我得回去了。

我偷偷溜出卧室，走进浴室，冲完厕所便下了楼。

塞拉斯还在厨房里，靠在岛式橱柜旁，在手机屏幕上滑来滑去。

他的手机。

肯德尔不在了。我把脸转向窗户，透过玻璃，我能隐隐约约听到诺亚和他姐姐说话的声音。

"要喝点什么吗，莱拉？"

我点点头，并没看他。他放下手机走向冰箱。我迅速伸手在屏幕上按了一下，不让它锁屏，可我没能有足够的时间把它放进口袋。

塞拉斯并没问我要什么，只是拿了瓶水放在我们中间。他给自己也拿了一瓶，我看着他拧开瓶盖。他的手很大，手背青筋暴露，手指很粗。

它们看起来……很强壮。

"欢迎搬到这里来。"塞拉斯朝着给我的那瓶水点点头，我拧开了瓶子，"我妻子好像给你爸妈准备了一个礼品篮，我们本打算这个周末给你们送过去的，但现在你可以直接拿走了。到目前为止你对蒙哥马利印象如何？"

我耸耸肩，喝了一口水，给干渴的喉咙带去一丝冰冷的安慰。我的目光飘向他那还没锁屏的手机。我不知道再过多久它就要自动锁屏了，几分钟吧，五分钟，十分钟——如果我够幸运的话……

"科内尔家的房子很不错。"

"嗯——嗯。"

因为有时候我总得说点什么，不是吗？

"你最喜欢的是哪一点？"

"四……四面墙和一个天花板。"

"你父母搬来这里，真是蒙哥马利的福音呢。我知道彻底改变你的生活可不是什么好玩的事，尤其是读高三的时候。你父亲是研究……"他的声音渐轻，皱起了眉头，"研究什么的来着？"

"什……什么……"见鬼，"重要的东西。"

他轻声笑了笑，眼角的皱纹更深了些。"好吧。"说完这两个字他脸上的笑容便消失了，就这么迅速。这太可怕了，有人能做到这样——能在眨眼间的工夫让笑容出现又消失。"你的车——我想我早些时候看到了。"

我放下水瓶。

"哪……哪里？"

我们之间的沉默如此沉重，除了想要离开他的念头，我无法思考其他。我想要离开他，我现在就想要离他远远的……

他停顿了一下："算了。"

后门开了，诺亚把头探了进来，身上的水直往硬木地板上滴。"欸，爸，你能帮我拿瓶饮料，还有冰箱里那个剩下的烤牛肉三明治吗？莱拉，你还出来吗？"

"没问题。"塞拉斯说。

"诺亚——"

诺亚听到肯德尔的声音转过身。塞拉斯打开冰箱，背对着我。我抓起他的手机塞进自己的口袋，然后就——

我不记得自己是怎样飞快跑过前厅的，也不记得自己是如何打开又关上前门，我就这么来到房子外面，还喘着粗气。我跌跌撞撞打开车门，半坐进驾驶座里，像是刚跑了个马拉松。我用汗涔涔的手翻看着塞拉斯手机里的联系人，没有基斯，没有达伦，但是有杰克——杰克·H。朗福德。地址是在朗福德，川宁街451号，朗福德……451——

"我来把我的手机拿回来。"

《女孩们》

第三集

（《女孩们》主题曲）

韦斯特·麦克雷：

某种程度上，瓦格纳让我想起冷泉镇。

主街上的商店少得有点可怜，房子则看起来……垂头丧气的。但这里有一样冷泉镇所没有的东西：一种希望的感觉。

郊区正在大兴土木。一个新的开发项目有望刺激经济增长，但它也有可能导致一些常年生活在此的居民失业。玛丽·辛格就是其中之一。她不到四十岁，浅金色头发，有个一岁半的儿子。她住的地方正对着学校操场，在学年期间，每到下午，那里便挤满了从滑梯上滑下来、争着要坐上秋千的孩子们。

我准备飞回纽约的那天，她终于接了我的电话。我对她说我想找她聊聊萨迪和达伦，她唯一愿意公开表达的是，她绝对没有什么可说的。她和达伦曾经短暂交往过，这段关系并没有走下去，以及没有，他们已经没有联系了，她没有他的号码，也没有他的照片。她根本就不愿意记起那段时间，更不用提回答我的更多问题了。

玛丽·辛格（电话里）：

我们在一起三个月。他从没提过还有个女儿。我们不再联系了。我也找不到他。我觉得这样很好。要不是有人提到，我甚至都不会想起他——

所以，真是多谢你提起他。

韦斯特·麦克雷（电话里）：

但是卡迪·辛克莱尔说他介绍萨迪·亨特来找你问达伦的事，看起来她很显然是来找你了。我只是想搞清楚到底发生了什么。

玛丽·辛格（电话里）：

我告诉你我从来没见过她，如果她跑到这附近来找我了，我一点都不知道。

韦斯特·麦克雷（在录音棚）：

除了相信玛丽·辛格的话，我别无选择，尽管我不确定那是不是可信。但我已经为了她推迟了我的航班，所以只得坐在汽车旅馆里，回想我现在已知的关于萨迪失踪事件的一切。我并没有忽略掉任何有可能成为下一条线索的细节。尤其让我沮丧的是，除了染头发，以自己的中间名作化名外，萨迪都没做更多努力来掩饰行踪，感觉要找到她不应该这么难。我也对梅·贝丝表达了这样的想法。

梅·贝丝·福斯特（电话里）：

我在想……克莱尔有过很多男人，但在她身边时间长一点的也就那么几个，他们说不定知道些什么。有一个叫基斯的——姐妹们还小的时候是他和克莱尔在一起。亚瑟·麦克科瑞，但他已经死了。还有保罗。保罗是克莱尔出走前身边的最后一个男人。如果他们中有谁跟克莱尔足够亲近的话，她有可能透露过关于这个达伦的什么事情。

韦斯特·麦克雷（电话里）：

让我看看能不能从这两个活着的嘴里问出些什么来。

梅·贝丝·福斯特（电话里）：

不过，她的父亲……我就是想不明白。我甚至不知道萨迪需要从这个男人那儿得到什么。帮助吗？钱吗？她要什么我就给她什么，难道她不知道吗？我这一辈子都在帮助这两个姑娘，我也没打算停下来。

韦斯特·麦克雷（电话里）：

我知道，梅·贝丝。

梅·贝丝·福斯特（电话里）：

反正——调查一下我告诉你的那几个男人吧。

萨 迪

我以为基斯已经是足够噩梦般的存在了。

我没有预料到他的暴力会这样喷涌而出，成了我的又一个噩梦。塞拉斯·贝克非常生气。他生气的样子好像在假装他没有生气，但我能看穿他。我是这个城市里唯一一个能看穿他的人。他伸出手，他的手机还在我手上。朗福德，川宁街451号。川宁街451号——他一把把手机抢了过去，我甚至动也没动。朗福德。川宁街451号。

"你是谁？"他的声音低沉而危险。

"——"

"你是谁？"

"我是莱……莱拉·霍——"

"不，你不是，"他往外面空荡荡的街道上看了看，"因为我今天早上见到霍尔顿夫妇了，他们是有个女儿，但不是你。"他的视线又落回我身上，一只手抓住车架，一只手抓着车门顶，"你跟踪我。"

我摇摇头。

"今天早上你跟踪我。我看见你的车了。"

"我不……不知道你在说……说什么。"

他抓住车门的手攥得越发紧了，我看着他的指关节越来越白。他上上下下打量着我的全身，目光落到我的眼睛上，想要弄明白我是谁，他到底是不是认识我，是不是曾经见过我，是不是应该认识我。看了一会儿，他的注意力从我身上转移到了车里，扔在后座上的脏衣服，皱巴巴的食品包装，最后是副驾驶座上我那个绿色的背包。他伸手越过我，去够那个包，我使劲推了他一把，他向后一个趔趄。我发疯般伸手去关车门，但他很快就站住了，猛地一下又把它拉开。门吱吱呀呀地响了起来。

"你拿了我的手机。你还拿了什么？"

"你……你给我走……走开！"

他把我推向椅背，一只手死死摁住我的喉咙，我动弹不得。他将身子凑过来，另一只手伸向我的包。我被他压得透不过气，伸手在口袋里摸索那把弹簧刀。刀被我拿了出来，打开，尖尖的刀刃刺向他的腹部。他盯着那把刀困惑不已，接着慢慢抬起头来看向我。我想，是了。

这就是我杀死塞拉斯·贝克的时候。

我将刀向前推去，与此同时，他的手伸到了我脖子后面，猛地把我的脸向前扇，撞上了方向盘。那突然而至的撞击和痛苦使我的感官无法负荷，身体也软了下去。弹簧刀从我的指尖滑落，掉到了驾驶座的地上。他把我从车里拉了出来。我昏昏沉沉地意识到，我身上有血迹，但不是他的。

这本应该是他的。

还有——噢，就是这里了，就是这里的伤带来这迟来的、令人眩晕的疼痛。他打折了我的鼻子吗？他抓着我的地方都开始青一块紫一块。血从我的鼻孔里喷涌而出，现在他身上也沾上了我的血。

"你是谁？"

我的眼睛四处转动，指望着有人在我们周围的房子的某扇窗户后面，看到了这一幕，准备报警。但四下里一个人也没有。我唯一能听到的声音，是他沉重的呼吸。他的胸口起伏。我舔了舔嘴唇，尝到了铜的味道。

"你知道你现在麻烦有多大吗？我马上报警。"

"你不……不会的，"我粗声粗气地说着，又补充了一句，"你不……不能。"

我们之间仅存的一点点假装也消失了。

"你觉得你知道些什么？"他发出嗞嗞的声音。他的呼吸扑面而来，吐着热气，距离太近了，让我无法忍受。我不回答，他便抓住我的脸颊，像基斯那样捏了起来。"你觉得你知道些什么？啊？你想要钱，是吗？你觉得——"

我费了好大的劲才把他从我的身体上推开。他把我推倒在地，我的下巴最先着地，砸在车道上，人行道磨破了我的皮肤。我吐了口唾沫，翻转身体仰躺过来，盯着他，开始尖叫。他猛地向我扑来，我赶紧爬了回去，泥土和碎石子深陷进胳膊肘。我喊叫得更大声了，让我的声音成为他完美一生中一个清晰而丑陋的音符。

"爸，搞什么——"

听到自己儿子的声音，塞拉斯往后退了几步。

"噢，天哪，爸爸——"

肯德尔。

诺亚和肯德尔呆呆地盯着眼前的情景，不知如何是好。他们看到了血，他们看到我倒在地上，他们看到自己的父亲站在我旁边，可他们谁也没有动。谁也没有过来帮我。

"她不是她自己说的那个人。"塞拉斯指着我说。我慢慢站起来，看着血从自己的鼻子里流出来，滴在人行道上。"我见到霍尔顿家的人了——我今天早上见到了，这不是他们的女儿。她是个……流浪汉。她是个贼！她想偷我的手机，还拿刀对着我。"

"我的天哪，"肯德尔朝房子里走去，"我要报警——"

"不！"塞拉斯吼了一声，她停了下来。他指着我喊："你给我滚出去，滚出我的房子——滚出去！"

我晕晕乎乎、一步一顿地走向我的车。塞拉斯从我身边走开，肯德尔冲上前抓住他的胳膊，把他拉向自己。我吸了吸鼻子，马上就后悔了。我感受到喉咙后面厚重的如金属般的血的味道。我慢慢钻进车里坐下，发动了汽车，缓缓开出车道。开到街尾的时候，我发现自己抖得厉害，甚至不知道自己是怎么开车的。我脑海里只有那几个字：

朗福德，川宁街451号……川宁街451号……朗福德。

等到离开塞拉斯·贝克的房子足够远的时候，我靠边停了下来。

很久很久以前，妈妈刚离开的时候，我一度发烧到40摄氏度。梅·贝丝去了很远的地方探亲，而我病得太厉害，连自己的名字都记不得了，麦蒂叫了我多少次都不管用。

"萨迪，我觉得你病了。"

"萨迪，你得告诉我该怎么做……"

"萨迪，我觉得你要死了。"

她最后打了电话给我老板马迪，正是他最后把我弄上他的小货车，开了一小时送到医院，他们在我胳膊上扎了针开始输液，等着体温计上的数字降下来。梅·贝丝为了照顾我提前结束了探亲回到镇上，而我对所有人都那么生气，我一个星期没有跟他们任何人说话。

最后这整件事花了我们太多的钱。

我低头看着自己。我的衬衫都被自己的鲜血浸湿了，鼻血也还在流着。我真高兴麦蒂没有活着看到这一切，因为我能想象，看到这一幕的她在我身边徒劳地挥着手。当我需要什么的时候，当我需要帮助的时候，她从来都不知道该怎么做。从来都不。不过这事你也不能怪她，她还只是个孩子。

孩子不该为这样的事情担心。

否则就是不对的。

《女孩们》

第四集

（《女孩们》主题曲）

播音员：

这里是麦克米伦出版公司为您带来的《女孩们》。

韦斯特·麦克雷：

亚瑟，基斯和保罗。

这是梅·贝丝·福斯特给我的几个名字，和克莱尔在一起时间比较长的男人，他们有可能知道些关于达伦·M的事，也就是萨迪声称是自己父亲的那个人。

亚瑟已经死了，和梅·贝丝说的一样。在萨迪十三岁、麦蒂七岁的时候，他跟克莱尔和姐妹俩在一起住了六个月，在两年后因为嗑药过量去世。关于他，梅·贝丝也没太多可说的。他是个毒贩。叫基斯的那个，却怎么都找不到线索。我派了一队人出去找他。根据梅·贝丝的说法，基斯是在她们身边时间最长的。麦蒂五岁、萨迪十一岁的时候，他进入了她们的生活。

梅·贝丝·福斯特：

他是真正付出过努力的人。他在克莱尔允许的范围内尽他所能地照顾两个孩子。基斯是我最喜欢的一个。

韦斯特·麦克雷：

为什么呢？

梅·贝丝·福斯特：

克莱尔每次带男人回家，都……我的心都会一沉，因为结局总是比开始还要糟，而开始通常就已经够糟了。她和基斯的开始不算糟。他是在酒吧碰到克莱尔的，乔尔酒吧，他在那里发现了她——她总在那里……他把她带回了家。他是完全清醒的，这一点让我印象深刻。不是坏的那种印象深刻，要知道，克莱尔带回来的男人通常都和她一样乱七八糟。他们认识的第一晚，他把她安顿在床上，向我介绍了他自己。

我马上就开始喜欢他了。他对我就好像……他对我是尊重的。他对我就好像我是孩子们的亲祖母一样，这对我意义重大。后来我发现他是一个有信仰的人，而我自己也相信祈祷的力量。他还让两姐妹也信了教，这真是——我非常喜欢这一点。他本来只是要待一个周末的，最后却和我们一起生活了一年。要我说的话，我真希望他就这么永远待下去。

韦斯特·麦克雷：

他和姐妹俩的关系怎么样？

梅·贝丝·福斯特：

他跟我说他一直都很想要孩子，而这是他和这个梦想最接近的一次，可能是他最接近做父亲的一次。麦蒂觉得他很棒……他有一种少年般的幽默感，正好她足够年少，能够欣赏这种幽默。萨迪——她从来就不喜欢基斯。

韦斯特·麦克雷：

为什么呢？

梅·贝丝·福斯特：

就像我说的，他是清醒的。我知道这听起来很怪，但是……他不吸毒。克莱尔吸毒他并不拦着，但是他自己不碰。他接受了克莱尔原本的样子，想要成为她们生活的一部分。也许这本身就是一种病态，它使……但是他尝试着为姐妹俩创建一种稳定性，而在那之前，萨迪觉得那是她的活儿。在她看来，他是个闯入者。

韦斯特·麦克雷：

通常人们会认为她应该是多少想要那样一种稳定性的——希望生活里有一个真正的成年人，这样她自己就可以做回孩子了。

梅·贝丝·福斯特：

她不知道怎么做一个孩子。在萨迪的影响下，麦蒂特别紧张害怕，而萨迪特别害怕失去这个。

韦斯特·麦克雷：

克莱尔和基斯是怎么分手的呢？

梅·贝丝·福斯特：

他们分手分得可难看了。基本上和克莱尔跟其他男人交往的模式没什么区别。她在半夜把他赶了出去，我能听到她在营地那头对他大吼大叫。当时居然没人报警，还真是个奇迹。我从窗户往外看，她把他所有的东西都扔到了草地上，他也对她大喊大叫。

克莱尔就是会对他们厌倦，你明白吧。一旦她觉得自己该得到的东西已经都从他们身上得到了，他们就该离开。这一次也没有什么不同。他拿起自己的所有东西离开了，经过我的房车的时候，看见我的窗户开着，还跟我挥手道了别。从那以后我就没再见过他。

我跟你说实话，我为这还哭了。

韦斯特·麦克雷：

保罗·古德在西北一家伐木公司工作。他的外表也和这工作很相称：他很高，肌肉发达，红头发，留着胡子，还有一张饱经日晒的脸。找到他不算太难，可他也花了将近一个星期的时间来决定是否上节目面对公众。他和克莱尔·萨瑟恩在一起八个月，这没有错，但这是他一生中很艰难的一段时期。他吸毒，他很抑郁。现在他已经四年没碰毒品了，他不确定自己是否还愿意再回想一次。

保罗·古德（电话里）：

我不知道我有没有什么好说的……我也不知道你到底想让我说些什么。

我回想那个时候，我想……我只是个孩子，我那会儿就是一团糟。看看现在，我已经成家了，我有老婆，还有一个自己的女儿。我不知道自己当时在做什么。不……这不是实话。（笑声）我以为我爱克莱尔。

韦斯特·麦克雷（电话里）：

你俩是怎么认识的？

保罗·古德（电话里）：

噢，老天。我在从酒吧开车回家的路上——那时候我还住在阿伯纳西。我也喝多了。我不该说这个的，这太蠢了。但这已经不再是我的生活了。唉，反正，她是在路上走，在黑暗里，在路上逆行。

（笑声）我没把她撞死也是奇迹。我靠边停了车，问需不需要带她一程，她说好。一上车她就哭了起来，她过了一个很糟糕的晚上，喝了不少酒——但还没我那么醉。我开车送她回家的一路上，她说个不停，到地方之后，她说我是一个很好的倾听者，如果我愿意的话，是不是可以为她再做一次这样的倾听者。那天晚上她没有请我进去，但是……她打动了我。

我们之间关系的第一步就是在电话里发展起来的。我爱上了她向我讲述的那种生活，那和实际情况出入可真不小……根据克莱尔告诉我的，她妈妈病了，她照顾她，之后她怀孕了，后来她妈妈死了，她又怀孕了，她独自一人照顾两个女孩。她听起来对她们是那么全心全意，而我自己一直很想要孩子。

我搬去跟她们三个一起住，真相就慢慢浮现出来。我想说，其实之前也有迹象表明她有问题……她酗酒太厉害了——在电话里我也能听出来她有没有喝酒。她会打瞌睡，那是海洛因的作用。等到我意识到问题有多严重的时候，她已经占据了我的心。我对孩子们没什么感情，但我爱克莱尔，所以我也开始吸毒。为了她我让自己也陷入了病态。

韦斯特·麦克雷（电话里）：

保罗走进姐妹俩的生活的时候，萨迪十五岁、麦蒂九岁。

保罗·古德（电话里）：

她们并不是说恨我或者怎样，她们只是不想要我，所以我不去妨碍她们，她们也不来妨碍我。我也许应该对她们更好一点来着。她们的生活动荡不安，缺乏一种连贯性，我能看出萨迪很想要给麦蒂这么一种连贯性。我也就任由她去了。

韦斯特·麦克雷（电话里）：

萨迪是个什么样的孩子？

保罗·古德（电话里）：

固执得要命。

她恨她妈妈。萨迪觉得她比克莱尔更了解麦蒂，其实可能也真是这样，如果你想听真话的话。但她和克莱尔永远都在争吵……而且克莱尔更喜欢麦蒂，所以有时候她们吵得很厉害。我也不知道，就像我说的，我们都不去妨碍对方，我一旦感觉到她们马上要互相大吼大叫起来，我就躲开。我只在乎克莱尔和毒品而已。

韦斯特·麦克雷（电话里）：

和我说说你们是怎么分手的。

保罗·古德（电话里）：

她厌倦了我，我的钱也快花光了。有一天回到家，我发现她和另一个男人在一起。我们就这么结束了。她不尊重我。愚蠢的是，我依然爱着她，但在那之后我没法再和她在一起了。而最糟糕的是……

韦斯特·麦克雷（电话里）：

什么事？

保罗·古德（电话里）：

离开她后，我的脑海里就好像有一团迷雾被驱散了。我意识到那不是我应该过的生活，我不想成为一个瘾君子。于是我收拾好行李，离开了小镇……最后来到了这里，戒了毒。我这么说起来，听上去好像很简单，但这一点都不简单。不过摆脱克莱尔的影响算是迈出了第一步。那个地方——那两个女孩……就是有那么一种感觉……我不知道该说不该说。

韦斯特·麦克雷（电话里）：

我想听听。

保罗·古德（电话里）：

她们三个好像是被诅咒过。我想我一直都知道她们不会有一个幸福的结局。你打电话给我的时候，告诉了我她们身上发生的事情……我不知该怎么说，我想说我很惊讶，但我并不惊讶。但这让人很难过，真是让人很难过。

韦斯特·麦克雷（电话里）：

保罗，你和克莱尔相处的那段时间里，她有没有提过一个叫达伦的人？

保罗·古德（电话里）：

不记得她提过。

韦斯特·麦克雷（电话里）：

就是说，你以前从没听过这个名字喽？

保罗·古德（电话里）：

没错。

韦斯特·麦克雷：

和保罗聊完，我给梅·贝丝打了个电话。

韦斯特·麦克雷（电话里）：

在现在还能怎么做这个问题上，我们有点停滞不前了。

梅·贝丝·福斯特（电话里）：

这是什么意思？你就要放弃了吗？

韦斯特·麦克雷（电话里）：

不，我的意思是，我得加倍努力，想办法找点新线索。如果找不到，我们就只能寄希望于在此期间事情有什么新进展了。

梅·贝丝·福斯特（电话里）：

这听起来就像是要放弃了。我们没有那么多时间。萨迪还去向不明，任何事情都有可能——任何事情可能发生在她身上——

韦斯特·麦克雷（电话里）：

梅·贝丝，解决这样一个事件可能要花很长时间。我知道这不是你想听到的，但你要有耐心，好吗？你得有耐心才行。

（漫长的停顿）

梅·贝丝·福斯特（电话里）：

我可能有点线索。

韦斯特·麦克雷（电话里）：

什么？

梅·贝丝·福斯特（电话里）：

我可能……我可能有点你能用得上的线索。我不知道。（停顿）我只是不想给她带来麻烦，但是……但是，如果她——如果她已经遇上麻烦了，而这能帮助你找到她……

韦斯特·麦克雷（电话里）：

是什么线索？你还知道些什么？

梅·贝丝·福斯特（电话里）：

我不知道。我不知道该怎么办。我不想给她带来麻烦，我只是——我希望她平安无事。我希望她回到这里来。（停顿）但是，我不想她有麻烦。她已经够不容易的了。

韦斯特·麦克雷（电话里）：

好了……好了，梅·贝丝，你记得你第一次给我打电话的时候是怎么说的吗？

梅·贝丝·福斯特（电话里）：

我需要你的帮助。

韦斯特·麦克雷（电话里）：

是的，没错。但你记得你是怎么说的吗？你告诉我，你不想看到……

（漫长的停顿）

梅·贝丝·福斯特（电话里）：

我不想看到再死一个女孩了。

韦斯特·麦克雷（电话里）：

所以，无论你掌握了什么样的信息……你肯定不会希望这信息影响最终的结局，肯定不会希望这最终成为影响我们能否找到萨迪的关键，对吧？

如果萨迪还活着，而你认为你知道的事情可能会让她陷入麻烦，你也必须想着她还能活着来解决这个麻烦，你明白吗？只要她活着，她就能解决它。我们就能解决它。

梅·贝丝·福斯特（电话里）：

我知道，但是……

韦斯特·麦克雷（电话里）：

要是不能得到所有的信息，我都找不到萨迪，更别说帮助她了。而且我要继续追查这件事的话，你得让我能够得到信任才行。我们可以把这一段从节目里拿掉，如果这能有所帮助的话。你想这么做吗？

梅·贝丝·福斯特（电话里）：

可以，拜托了。

韦斯特·麦克雷（电话里）：

好的，那我们就这么做。

萨 迪

"来自阳光明媚的洛杉矶的问候！希望你也在这里！"

我把车停在路肩上。我几乎已经出了蒙哥马利的地界了。

我只是需要停下来一会儿。

我盯着那张明信片，正面，有一排棕榈树。

我慢慢把它翻过来。

"做我的乖女孩，小麦蒂。"

妈妈离开的前一晚，我睡在沙发上。我不记得自己为什么没有睡在床上了，我不可能是在等她，因为我从来没有等过她。但我就是睡在了那儿，以一个相当奇怪的姿势——两只脚都搭到了胳膊上，脑袋埋在垫子中间。她跟她的备胎男人之一出去了，是她会去蹭饮料或是蹭点小钱，但不一定会带回家的那种。醒来时，我感觉到她的手指在轻轻抚摸着我的头发，我感觉自己是那么小，那是我从未有过的感觉，那是我想象麦蒂作为妈妈最爱的女儿，一定常常有的感觉。

她伸手去拿遥控器，打开电视，把音量调得很低，不停地换频道，最后终于放弃。她把头低下来，靠近我的脸，把我的一缕头发绕在自己的手指上，心不在焉地别到我的耳后。我记得在她的抚摸下，我的肌肉都绷紧了，这出卖了我，我很害怕她会就此停下来。但她并没有，我们就这样继续互相打着哑谜。我假装睡着了，她的手则停留在我前额，接着将手指轻柔小心地滑过我的头发。我们就那样待了……大概一个小时吧，可能还不到一个小时。

我心想，这就是做女儿的感觉呀。

我心想，老天，难怪麦蒂爱妈妈。

后来，她把脸贴向我的脸，轻声对着我的耳朵说："是我创造了你。"

那时我才意识到，她是清醒的。我的母亲喝得酩酊大醉是常态，我很少见到她清醒的时候，见到这情况就像是肚子上挨了一拳。我希望她能一直清醒下去，哪怕她并不会因此而多喜欢我一点。我们就那样一直待着，直到我真的睡着。早上，她走了，我就知道了。我知道她不会回来了，我知道我无法向麦蒂解释。她差点没能缓过来。

但后来我们收到了这个……我摩挲着明信片的边缘。

只是把不可避免的事情推迟了些。

那时我十六岁。我从高中退了学，这远远没有我想象中复杂。我记得我站在帕克代尔外面，等着有人阻止我，告诉我这是放弃自己的未来，但我生活的地方可不是一个拥有那种想象力的地方。对有些人来说，未来是机遇，对另一些人来说，未来只是还没有到来的时间。而在我住的地方，它只是时间。你不会白费口舌去保护它。你只会尽量试着活下去，直到有一天，你不再试着活下去。

我把头靠在椅背上，深呼吸。我脱掉上衣，空气让我起了鸡皮疙瘩。这衣服前襟看起来简直像个犯罪现场。我从包里拿出一瓶水，打湿了衣服干净的后侧，拿它擦了擦脸和被打伤的手肘。我又翻了一遍身上带的东西，挑出我能找到的最干净的一件衣服换上，把带着血迹的那件塞到后座下面，这样我就不用看到它，也不用照镜子了。我下巴上的擦伤看起来很丑，鼻子也肿了，很痛，摸起来却还很软，不知道是不是骨折了。我不知道如果真骨折了我该怎么办。

至少我现在有了一个新地方要去，所以受这些伤也算是有所回报了。我用手在脸上抹了一把，该死的真疼啊，而且我的头感觉……很重。我太累了。我真的需要停下来。我要走得更远，才能想停下来的事。我向前探着身子，从挡风玻璃往外看。天空变得一片灰，雷雨从地平线那头侵袭而来。我从路肩上开出去的时候，雨已经开始落了下来。我看着汽车下面的路渐渐看不见了，感觉自己像是在某种看不见的边缘，摇摇欲坠。

朗福德，川宁街451号。

要是我有手机，我就能知道那该死的地方在哪里，还有多远。等到了下一个城市……到下个城市我就再去找个图书馆。我瞥了一眼汽油表，已经空了一半。我闭上眼睛。不，我揉揉眼睛，使劲睁开，迎面而来的车前灯灯光让我眨了好半天眼睛才恢复视力。

哈维。我强迫自己去想他，因为想着他让我的血液灼热起来，好让我清醒一点点。面对哈维我太软弱，太过于渴望体验一把不一样的生活。我太饿了，也太累，没法把这些事情想清楚。我试过了，我这样告诉自己。至少我试过了。只要塞拉斯·贝克还在那儿，还活着，这又有什么用？该死的哈维。我紧紧闭了一会儿眼睛，我在那所房子里找到的东西——

我的刀顶在了塞拉斯·贝克的肚子上。

我试过了。

但当你失败，尝试又有什么用呢？

我把这一切抛在脑后，慢慢停下车，因为前方是红灯。我盯着它，看着它的边缘渐渐模糊起来，然后变成了绿色。过了一会儿，我终于路过了"你正在离开蒙哥马利"的路牌。

雨下得更大了，把整个世界都变成了一幅灰暗的水彩画。每隔一会儿，便有一片闪电划过天空。这还只是开始，我能感觉到。空气中有电流，它让我的皮肤嗡嗡作响，告诉我天气会变得更糟。高速公路绵延着，没有尽头，但是——一个人的身影出现在路边。我眯着眼，好在雨中看得更真切一些。那人竖起了大拇指①。我都不知道现在还会有人这么做。我减速通过，好看清楚那人。要看清楚很难，但是……

是一个女孩。

我小心翼翼地靠边停了车。她花了整整一分钟才反应过来，好像不

---

① 站在路边，大拇指朝上伸出手，这是国际通用的请求搭顺风车的手势。

相信真的有人为她停了下来。这让我的心有一点痛。但我会心软可不意味着我愚蠢。我把副驾驶座的车窗摇了下去，她凑过来。她穿着一件带帽子的夹克，那衣服在这样的风雨里可起不到什么保护她的作用。她可能是金发，也可能是棕发，这么湿漉漉的我根本看不出来。她苍白的皮肤被雨淋得不太好看，红红的，还有污渍，但尽管这样，她的样子还是比我好多了。

"你……你不是个精……精神病吧？"

她在雨中眨眨眼："上次检查的时候还不是。你呢？"在雨声和车的引擎声中，我并没听清她在说些什么。

"可……可能吧。你……你要去哪里？"

"马凯特，"她指向前方，"往那个方向大概六十五公里，直接开过去就是。"

"你……你知道朗……朗福德在哪里吗？我要……要去那儿。"

"不知道，但可能我可以在手机上查一下。"

"那我可……可能可以载……载你一程。"

"那就太感谢了。"

她等着我让她上车。我犹豫了。

"我还从……从来没做……做过这样的事。"

"我可以付你钱，"她说，"现金或者油钱，等到下一个加油站。"

我开了门。

这女孩从爬上车开始就不停地向我道歉，因为她把座位全给弄湿了。她脱下外套，露出里面稍微干燥一点的背心，湿透的牛仔裤看起来简直像是画在身上的。这一定很不舒服，我为她感到难过，却不知道能做些什么来帮她。

她朝后往椅背上使劲靠了靠，伸直腿，从口袋里掏出钱包，打开给我看了看里面的钞票和信用卡。如果载她的是个男人，我无法想象她会做这样的事。这可有那么点侮辱人。

我可是很危险的，我想这么告诉她。

但在今天之后，我自己也越来越不相信这一点了。

"只是告诉你我有钱可付。"她对我说。现在我能听到她说话了。她讲话有点吞音，有些像老电影里女演员说话的方式。我想要是我讲话也像她那样，我会一直讲个不停吧。

"好的。"

接着，她拿出手机，又问我要找的地方叫什么。朗福德，川宁街451号。她把这地址输进手机，过了一会儿，告诉我说它在六百公里之外。我让她从手套箱里拿出一支笔和一张纸，把如何开到那里的精确路线写下来。她写字的时候一切都安静了下来，笔尖划过纸张的声音和她的呼吸又把我带入了那个朦胧的空间。我打开收音机，一个男人的声音填满了车里。

"我是WNRK的韦斯特·麦克雷，今天我们的嘉宾是……"

那声音干净又温柔，让人心烦意乱，某种程度上和塞拉斯·贝克的一样和缓。我的胃一阵难受，告诉我自己现在不想听见任何男人的声音。我关掉收音机。女孩弯起嘴角朝我笑了笑，写完字条，递给我。我瞟了一眼便将它搁在了仪表盘上。

"你……你叫什么名字？"

"凯特。"

"萨……萨迪。"我闭了一会儿眼睛。我本来是不想告诉她这个名字的。

"谢谢你载我，萨迪。"

"不……不客气，凯特。"

"看来我们都要离开蒙哥马利了。"她对我说，"我一直在路上，有……我也不知道多久了。但是我告诉你，最好的地方往往是最差的。他们也许得到了所有能给予的，但他们才不会给予。没人能让他们放血，一点也不行。"

"你常……常给人……人放血？"

142

她朝我转过头来。她的头发已经开始干了，干的部位开始呈现出邋遢的金黄色，全都纠缠在一起。她啥也没说只是笑笑，然后问我："你的脸怎么了？"

我吸了吸鼻子，马上就后悔了："摔……摔了一跤。"

"很疼吧。"

"有、有一点。"

"你介意我换一下牛仔裤吗？太难受了。"

我耸耸肩，她抓起自己湿漉漉的包，翻找起来。从紧接着传来的自言自语的咒骂声看来，包里的东西也没能逃过被雨淋湿的命运。过了好一会儿，她得意地喊了一声："啊哈！"掏出一条黑色打底裤。那裤子在包里和其他东西扭成了一团，那些玩意儿全都随着打底裤掉了出来，在车里散落一地。

"该死的。"

接下来的几分钟里，她一直在座位之间和地面上四下摸索，确保自己没落下东西。她找东西的样子告诉我，她承受不起丢失任何一样东西。

等到终于觉得自己找好了，她才脱下硬邦邦的牛仔裤和内裤——从腰以下完全赤裸着——然后穿上干的裤子。

换好裤子，她心满意足地叹了口气："这下好多了。"

她现在正在做的，是想尽一切办法活下去。我能认出来。一个为了吓唬别人，在人前装得比自己本身强大十倍的女孩。我想告诉凯特在我面前她没必要这么做，但这也没有必要。

"你在干什么？"她问我。我告诉她我在开车，她大笑起来："我是说，你为什么要去科罗拉多州朗福德的川宁街451号？"听到一个完全陌生的人如此完美地重复这个地址，真是让我大吃一惊。但我想，在手写过一遍之后，它大概会牢牢印在她脑海里了。

"公路旅……旅行，"我说，"和……和我姐……姐妹一起。"

"真好。"她在车里环视了一圈，看了看空空的后座，问，"她人呢？"

"我要去……去那儿接……接她。"

"去朗福德的川宁街451号？"

"是……是这么打……打算的。"

"可你都不知道怎么去那儿。"她说。我咽了口唾沫，却不知道该说什么。我感觉到她的目光上下打量着我。她放过了这个话题。"我没有兄弟姐妹，不过我想我还挺喜欢这一点的。她多大？"她用手指轻敲着门把手，这让我意识到我让她紧张了，"妹妹还是姐姐？"

"十三岁。我十……十九岁。"

她吹了声口哨说："天哪，十三岁。我的十三岁都快是十年前的事了。你还记得你的十三岁吗？那时候的你以为自己什么都知道。"

"是……是的。"

"天哪。"她喃喃自语。但我有种感觉，她记忆中的十三岁和我记忆中的十三岁大概完全不是一回事。我的十三岁，妈妈还和一个男人在一起，亚瑟……这段关系持续了大概半年。亚瑟什么的。我对他印象并不深，在基斯之后，所有事情都像一场梦，但是亚瑟……有光滑的黑发，大鼻子，声音高得让人很不舒服。我一直不理解妈妈看上他哪一点，直到后来我发现他总是有钱，也总是有毒品。他是个毒贩子。最后，妈妈榨干了他，让他开始动自己的货。他们散伙的时候，那家伙已经一无所有了。

然后他就走了。

那时候麦蒂八岁，她已经开始感觉到妈妈不对劲了。她在学校里开始有了朋友，很难不注意到其他小孩的妈妈不会在早餐桌上吃药，不会在中午前就说不出一句完整的话来，也不会在晚餐时人事不省。我记得在房车外和她坐在一起，背诵着梅·贝丝教我说的那些伟大的话。因为梅·贝丝告诉我，我必须那样照顾麦蒂，确保她爱她的母亲，而不是像我一样，浪费她的整个生命，来希望母亲另有其人。我爱梅·贝丝，但我恨她这样对我。直到今天，她仍然表现得好像这是我的主意。

"妈妈生病了，麦蒂，你明白吗？这不是她的错。你不能因为某个人得了癌症而责怪她。"

"……那时候我就是个浑蛋。"我听到凯特的半句话。她一直在说话，"我都没法想象自己的二十岁，但我想我已经想明白了，你懂吗？我想，像……"她停顿了一下，又说，"实际上，就像这样，我想做任何想做的事情。在路边搭顺风车。"她大笑着说，"在我的想象里这可远没有这么糟糕。"我还没来得及问她搭顺风车这一路有多糟糕，她却先问我："你呢？"

"……"她盯着我，我却卡在那里说不出话来。那一刻过去后，我感到脸上一股热流，我做了我从来不会做的事情，我为之道歉了，"对……对不起。"

"没事的。"

"我……我累的时候就……就会这……这样，"我挠了挠额头，真希望自己也没说过这话，"呃，我……我不知道。我……我得照顾我妹妹。我妈妈不……不太……"我无力地挥挥手，"不太像个妈妈。"

"那真是不容易。她叫什么名字呢？"

"麦……麦蒂。"

把她的名字大声说给别人听，真让人难以忍受。我甚至都没有把她的名字告诉哈维。这是很久很久以来我第一次让别人听到我说出这个名字。有那么一段时间，在梅·贝丝面前，我提到麦蒂都是用"她"代替，因为我无法——

我说不出口。

"怎么了？"凯特问我。因为我的表情出卖了我的心。

"没事。"

"对不起，如果我……"

"没事。我只……只是太……太久没有见她了。"

我颤抖着呼出一口气。我想我不太舒服。我感觉自己像是从某种狂热的梦境中浮现出来，我想象着自己在塞拉斯的车道上，我刚刚洗干净自己身上的血，那都感觉像是好几年前的事了。可当我看向时钟，一切才刚刚过去几小时都不到。

"她是个什么样的人？"

"谁？"

"你妹妹。"

我盯着外面的路，想看看雨大概什么时候会停。要说有什么迹象的话，雨下得更大了。窗外原本还稍稍有一些的能见度现在基本已经成了零，天空几乎成了黑色。我正想着在这雪佛兰打滑前我们应该靠边停车。

车失控了。

我的车突然冲上了对向车道，凯特飞速伸手抓住了门上的把手。就在我猛地把方向盘往反方向打时，我听到她小声说："噢，该死！"我这么做是不对的。我疯狂地试图记起这种情况下该怎么做。我猛地踩了一脚刹车。这也不对。车终于停止转圈，横着停在了路中间。我觉得我快死了。对向车道上，一辆汽车鸣着喇叭，一个急转从我们旁边开了过去，并没有因为积水而打滑。车里一片沉寂，只弥漫着我们两人的喘息，带着劫后余生的惊恐和宽慰。

过了好一阵子，凯特说："也许我们应该停下来休息一会儿。"

"嗯——嗯。"我终于松开了咬紧的牙关，吐出一句回应。我把车的方向打直，开回到路的右侧，面对正确的方向。

十六公里后，我们找到了一个停车的地方。尽管我不知道如何处理汽车打滑，至少我还不至于蠢到关了车灯把车停在路肩上。我们停在一片田地上，那田地已经变成了一片湖。凯特已经平静了一些，她试图向我讲解下次再碰到这种情况应该怎么办。这让我很生气，因为我知道该怎么办。我知道我应该松开刹车，急转弯。我只是一时想不起来而已，因为那一刻不一样。我闭上眼睛，她终于意识到自己越线了，她说："我这不是在帮忙。"

我睁开眼睛："嗯。"

她倚着窗户，鼻子紧贴着玻璃。

"不知道雨什么时候才会停。"

"不……不知道。"

"你可以放开方向盘了，你知道吧？"

我红了脸，松开死命握紧方向盘的手指，摩挲着它们，想为它们带回些生气。凯特身子向前倾了倾，从地板上拿起她的包，从里面拿出来一些东西——一张湿了的地图、一卷塑料袋，还有一个鼓鼓囊囊的笔记本。她把这些东西在仪表盘上一字铺开，说道："顺便把我的这些个玩意儿晾干。"

我指着那笔记本："那是什……什么？"

"日记。"她冲我苦笑了一下，抓过本子，翻开，让我扫了一眼。除了墨水我什么也没看到，很多字迹都已经晕开了，有几页上还粘着些废纸、票据和其他什么东西。

"我都会留记录的——我去过的地方，遇到过的人，我对他们的看法。"

"关……关于我，你……你会……会写些什么呢？"

"还不知道呢。"她把那本子平铺开来，摆在仪表板上，封面朝上，又说，"我算是离家出走的吧，我想。这几年来一直都是。"

"我能看……看出来。"

"离家出走的人看起来是什么样呢？"

我耸耸肩："你……你这样。"

她微微地笑了一下，背过身去看着窗外，看向外面的田野。远处有个谷仓，看起来像是在溶解。我使劲眨了一下眼睛，摇了摇头。

我说："我……我妹妹也离家出走过一次。"

"是吗？"

"就……就一次。"

我后颈的皮肤刺痛了一下，我回头看了一眼，确保后座上没有人。

"小捣蛋鬼，是吧？"

"嗯。"

"青春期小女孩。"

"实际上，她……她是个忘恩负义的家伙，"我说，"她……她总是做……做各……各种各样的坏事，从……从不给我喘……喘息的机会。她总想……想要摆……摆脱我。"

疲惫比宿醉更难受。不该说的话不停地从嘴里往外蹦，怎么也停不下来，等你终于反应过来的时候，一切都太晚了。那感觉好像背叛。我想收回我说过的每一个字，即使它们都是实话。因为我从来不在任何人面前像这样谈论麦蒂。也许我确实是这么想的，但不会在任何人面前这样谈论自己的家庭。我想说，我愿意为麦蒂去死，因为如果非要让凯特知道些什么的话，那才是我想让她知道的部分。十三岁的麦蒂并不总是因为年纪小而惹我生气，再说了，十三岁的小孩不就应该是那样的吗？

"也许你俩可以好好谈谈。"

"你……你没有亲……亲人吗？"我问她。在她面前坦白了这么多我没想对她坦白的话之后，我想从她那儿也得到些什么。

"你是指？"

"父……父母？"

"嗯，有的。"

"你喜欢他……他们吗？"

"他们还行吧。"

"那……那为什么要离……离家出走？"

"因为这是正确的做法。"

"为什么？"

"我爸是个浑蛋。"

"你……你刚……刚才不是还说他们好吗？"

"嗯，好吧，"她笑了，"我没义务给任何人讲我的人生故事……不过话说回来，你知道了又能怎样呢？我爸是个超级大浑蛋，我受够了做他的出气筒，就是这样。事情变得糟透了，我妈也站错了队，之类的。"

"真……真让人难过。"我说。她耸耸肩。"我……我没有父……父亲。"

"没有吗？"

"我……我妈有好多差……差劲的男朋友。"

"至少还有空当能让你喘口气。"

"照她……她的频率可不是这样。"

"尊重，萨迪的妈妈。女人也是有需求的。"凯特咯咯笑。我没有笑。她打量着我的脸，又问："有多少男朋友？谁是最差的？"

我耸耸肩。

"来嘛。"

"……"我没义务给任何人讲我的人生故事，不过就像她说的，她知道了又能怎样呢？我一只手依然放在方向盘上，另一只手伸到脖子后面撩起头发，去摸那个烟头烫出的伤疤。摸到后我叫凯特看，说："这……这个。"

"该死的，他就那么把烟头放上去了？"

"差……差不多吧。"

她伸出手，用指尖轻抚那凸起的、皱巴巴的皮肤，久久没有移开。那一丝温暖的触感让我发抖。这是我唯一一次喜欢那个伤疤的感觉。

"怎么回事？"

"我跟你说话的时候，看着我。"

这不是什么值得追忆的事，尤其在这辆车里。

我打住了这个话题。"我不……不想谈……谈这个。"

"好吧。"她说。

"这……这是什么样的感觉呢？搭……搭顺风车？"

她耸耸肩："我上了大多数男人的车以后，他们都只想做爱，我上了女人的车呢，她们又只想说话。不过也不是总这样，有时候正好相反。"

"你很漂……漂亮。"我说，好像这是个什么很好的解释似的。我感觉到自己的脸涨得通红，赶紧试着找补了一下。"我是说，跟……跟一个长……长得漂亮的人说话更容易……容易些。我也不知道。"

她转向我："你口吃有多久了？"

"从小就口吃。"

"还有点可爱呢。"

我看着车里的天花板，因为这句话里同时存在着一种模糊的侮辱和奇怪的奉承。我的口吃不可爱，除非我自己这么说，而我永远也不会这么说。大部分时候，它都让我筋疲力尽。不过，凯特愿意撒这么个谎，也算是暖心的，这样的暖心让我觉得一切都没那么痛了。麦蒂曾经问过我……她喜欢上了乔纳·斯威滕，回到家一脸通红地问我，要怎样才算知道自己喜欢上一个人，以及我有没有也像她那样喜欢过一个男孩。我不知道该如何回答，不知道该如何解释，我尽量不去想这样的事，那很痛苦，因为我以为我永远也不会拥有，但当我真正喜欢上一个人的时候，它总让我从心底深深疼痛。我很早就明白了，那个人是谁并不重要。

任何一个倾听我说话的人，我都会有那么一点点爱上他们。

我转头看向凯特，她盯着我，我也盯着她，直到我再也看不下去了。我打开收音机，里面播放着一首歌，正是昨晚酒吧里播的那首。一切不过是昨天的事……我的眼睛慢慢合了起来，当我猛然惊醒的时候，我都不知道我睡了多久。我深吸了一口气。

"对、对不起。"我不好意思地说。

"你看起来很疲惫，"她说，"是真的很疲惫。"

我照了照镜子，发现自己的鼻子一侧、眼睛下方，比之前肿得更厉害了。而深深的黑眼圈让我看起来更糟。

"疼吗？"

我耸耸肩，但是，是的，很疼，比上车前还要疼，并且明天会更疼。但除了疼，我更多的感受是——疲惫。

她伸出了手，拂过我的脸。我往回缩了缩，她说："对不起，我不知道我为什么会这样。"而我想说："对不起，我不知道如何接受。"为什么我会不知道如何接受呢？我想起了坐在我汽车后座的哈维，想起了我没能在车里和他一起做的所有事。那又是为什么呢？没错，也许这不是一个爱情故事，但为什么我不能让自己拥有这片刻的温柔？

为什么呢？

"没……没事。"我说，然后，我鼓起全部勇气，"你……你可以……如果你……你想那……那样，你……你可以。"

她伸出手，温柔地捧着我的脸，给我一个悲伤的微笑，这让我知道，我更多地暴露了自己的心。我捧着我那颗脆弱、渴望的心，给全世界看了。我闭上眼，让自己去感受，感受她掌心的温热触碰我的脸颊。然后她吻了我。她的嘴唇很柔软，出人意料，恰到好处。我睁开眼睛。

"谢谢你载我。"她说。

"我不……不是为了这……这个才……才载你的。"

"我知道。我只是想谢谢你。"

我把头靠在方向盘上，等着雨停。眼睛又闭上了，我又把它们睁开。我的状态真是糟透了。我知道我要是再闭上眼，就再也睁不开了。她的吻带来的一切美好的感觉都渐渐远去了，我那让人难过的现实再次回到脑海。我捏了捏鼻梁，"嗞"了一声。即使这么疼也没能使我身体最迟钝的部分锋利起来。

"你如果想睡觉的话，就睡吧。"

我放下手。

"我不……不想。"我固执地说。

"看来你没得选，"她回答，接着又说，"没事的，萨迪。"

但这不会没事。

我凝视着窗外，想起母亲的指尖轻轻贴着我的前额："是我创造了你。"不管她现在在哪儿，我想知道她知不知道麦蒂的事。

我想知道她知不知道，现在只剩下我了。

《女孩们》

第四集

（《女孩们》主题曲）

韦斯特·麦克雷：

麦蒂失踪的那天早上，一切都和往常一样。那时的情形，梅·贝丝还记得清清楚楚。她每晚都会梦见。

梅·贝丝·福斯特：

那天早上她到我这儿来了。我有条规矩：早上九点前打扰别人是很不礼貌的。所以，麦蒂如果九点之前起来了，而且那会儿正好在家，她最喜欢等到九点零一分的时候来捶我的门，把门拉开朝着我的房车里大声喊："早上好！"更确切地说，凑到我面前来大声喊，因为那门正对着我的厨房。（咯咯笑）

那天她也是这么做的。她把门开得老大，对着坐在桌旁喝咖啡的我大喊："早上好，梅·贝丝！"我真想掐她，但是我太爱她了，所以我只是对她笑了笑，问："你今天要去哪里呀，小麦蒂？"就像我通常会问她的那样。而她也像往常一样回答我说："所有地方！"

我还让她和她姐姐把话说明白，别惹麻烦。

韦斯特·麦克雷：

麦蒂和萨迪那周一直在吵架。

梅·贝丝·福斯特：

当然是因为克莱尔。

麦蒂想去洛杉矶，但她知道她们没有钱，所以每次她为这事和她姐姐吵架，她内心深处其实都是明白的——至少我认为她是明白的——那不可能。麦蒂只是有时候会陷进自己的想法里面，然后把它压下去，过一阵子又冒出另一个想法让自己陷进去。

但不知怎么，她发现萨迪一直在存钱以备不时之需。萨迪告诉我，如果中间不发生什么急需用钱的意外，这笔钱她是要存来给麦蒂上大学的。现在麦蒂知道了这笔钱的存在，她认为这意味着她们就可以搭飞机去洛杉矶找克莱尔了。当然，萨迪对她说这不可能。

那天下午我请她们来早早地吃了顿晚餐，她们俩互相都没说话。真是糟糕透了。通常萨迪会想办法缓和关系，但这次她却什么也没做。事后我问她的时候，她的回答我永远也忘不了——她说："我觉得对于麦蒂来说，光有我永远也不够。"

麦蒂永远不会满足于只拥有她姐姐。

韦斯特·麦克雷：

那天晚上萨迪去了加油站工作。

马迪·麦金侬：

萨迪从来都不怎么表露情绪，但她明显很不开心。后来我才知道是因为她们吵架了。

韦斯特·麦克雷：

萨迪自己对阿伯纳西警察局说了吵架的事，但他们在麦蒂被杀一案的调查中并没起到多大作用。它只是让这个已经够让人难过的故事更增添了一层悲剧色彩。

马迪·麦金侬:

我记得她那天的值班时间很长。萨迪说她真的很需要钱,所以我多给她安排了几个小时。她很晚才下班离开,然后——

梅·贝丝·福斯特:

她回到了我的住处。她通常是不会这么做的,除非她真的是太累了,或者……或者是想要寻找一些母爱吧。我很乐意她来找我,因为这样的情况在萨迪身上可不多见。反正呢,她在我的沙发上睡着了,看起来是那么平静,我不想吵醒她。我应该吵醒她的。我无法让自己不去想,如果我那天叫醒了她,事情会是怎样。说不定那样的话,麦蒂走上那辆卡车之前她俩就会碰上……因为事情就是这样的——不管他们之间发生了什么,萨迪总是会去照看麦蒂,看她需不需要什么。她总会在桌子上或冰箱里准备好一份食物,随时可以加热。萨迪不管对妹妹多失望,也从来都没停止过照顾她。

但那天晚上,我没让她这么做。我没叫醒她。我想这对麦蒂是件好事——让她退后一步,发现少了点什么,从而意识到萨迪为她付出了多少,尽管她总认为萨迪做得不够好。所以我给麦蒂发了消息,告诉她萨迪和我在一起,晚上不回去了。

韦斯特·麦克雷:

麦蒂没能收到那条短信。她把手机留在了房车里。第二天早上萨迪发现她不见了,她给妹妹疯狂地发了一连串短信,问她在哪里:

——对不起,麦蒂,我睡着了。

——你在哪里?

——我不是为了赌气才这样的,我向你保证。

——你吓死我了——告诉我你在哪里。

——别这样吓我。

梅·贝丝·福斯特：

我永远也忘不了那天早上。萨迪回到我家，告诉我麦蒂不见了。我说："我肯定她就在附近的某个地方，就是小小地赌一把气而已。"我就是这么说的。我从来都没有原谅过自己。萨迪看着我说："这次感觉不一样。"她是对的。

韦斯特·麦克雷：

我无须向你描述回忆这段经历给梅·贝丝的情绪造成了多大的影响，你能从声音中听出她无从安放的痛苦。但我还是想让你知道，讲述这些的时候，她就坐在她的桌旁，在我对面，眼睛盯着我看不见的什么东西，双手揉搓着桌布。

她并没有羞于展示自己的伤痛，她愿意与我分享这一切，这是我真正的荣幸。但她是如此努力地在控制，这让我明白我所目睹的痛苦只是冰山一角。坦白说，我不知道她是怎么熬过来的。她似乎也不知道自己是怎么熬过来的。

梅·贝丝·福斯特：

它每天都在折磨着我。如果连我都这样，你无法想象萨迪的痛苦有多深。她……她变成了过去的她的一具躯壳，她一天一天离我越来越远。

韦斯特·麦克雷：

这也就可以理解了，为什么梅·贝丝想要保护萨迪不受进一步的伤害。她对她一直瞒着我的信息很是害怕，她让我回到冷泉镇才肯告诉我。她说，她并不是不信任我，而是当着我的面说感觉会好一些。

我飞到那里后，关掉了麦克风，她告诉了我她所知道的。五天后，我找到了新的线索，让她确信了如果我们找到萨迪，她告诉我的信息并不会给她带来任何麻烦。梅·贝丝答应了在播客中再对我讲述一遍。

梅·贝丝·福斯特：

一旦我说出来，大家就会理解为什么我不信任法菲尔德警察局。因为如果他们的搜查真像他们说的那样彻底，如果他们真的做了自己能力范围内的所有事去找出萨迪身上到底发生了什么，他们肯定会找到这个，会沿着这条线索追查下去。它就在她汽车的副驾驶座下面。

韦斯特·麦克雷：

"它"是一张信用卡。萨迪住在冷泉镇的时候并没有信用卡，这张卡也不是她的。这张卡的主人是一个叫凯特·马瑟的女人。

找到她倒并不算费劲。

萨　迪

我梦到小小的、破碎的身体。

脸朝下倒在那儿，受了伤，在一个黑暗的空间里，整齐而神圣地摆在那儿。他们的眼睛里是一种我完全不理解的表情，写满了痛苦和虚空。他们有时直勾勾地盯着我的眼睛，有时凝视着不远处的某个地方。我什么也做不了。一切都太迟了。

我梦到麦蒂的脸。

我猛地惊醒，头的一侧撞上了挡风玻璃。鼻子的抽动几乎让人无法忍受——但还可以忍受。

可以忍受，我这么告诉自己。

我发动汽车，瞥了一眼时钟，才发现自己已经睡了一个多小时。我觉得比之前更累了，我的骨头隐隐作痛，让我想念我的床，想念家的感觉。房车已经不再给我那种感觉了。我离开的时候，它没有给我这种感觉。如果里面只有我一个人，那就不是家。

我打了个哈欠。我是被身边窸窸窣窣的声音吵醒的，我想那是凯特在到处乱翻。可我睁开眼睛的时候，她却一动不动地坐在我身旁，眼睛盯着窗外的路。我跟着她的目光看过去，雨停了，一定是刚停的。午后的太阳探出头，照得人行道发出点点金光。

凯特看起来不太对劲，她摆在仪表盘上的东西全都不见了，应该是收进包里去了。一小时应该还不够晾干那些东西。

"你……你怎……怎么了？"我问。

"什么？没什么。我只是在等你睡醒。"

"我……我醒了。"我清了清喉咙，"你想……想上……上路吗？"

"听起来不错。"

我将车开回到路上，凯特在我身边坐着，整个人特别僵硬。接下来的一小时，谁也没有说话。她现在跟之前不一样了。我想不明白这是为什么——我只是睡了一觉而已。我摇下车窗，深吸了一口气。空气厚重得我都能看得见，那是雨后的阴霾。

"喂，喂。"凯特一只手拍拍我的胳膊，另一只手指向左边——路边出现了一个小小的加油站。这里大概是荒郊野外，却可能快到什么重要地方了，因为这加油站人多得让人吃惊。加油站最前面有两个油泵，后面则可能是世界上最脏的厕所。我开了进去。油泵旁边的牌子上写着："自助服务（只收现金，里面付费）。"

这是最差情况下的最优解了，要说的话只比一个店员在那儿等着你告诉他你需要什么的情况少一点点。但我觉得我做不到。如果麦蒂在这儿，我会让她负责说话。她喜欢竭尽所能地把自己塑造成一个管事的形象，好让我不用忍受人们异样的眼光。但世界上还有比是"奇"不是"琪"的贝奇更糟糕的人——贝奇，想想她吧，那还只是冰山一角。我见过太多这样的人了，我发誓。世界上有太多的人愿意用别人的声音来换取自己好过。

凯特解开安全带，把几张皱巴巴的钞票塞到我手里。

"应该够了。"她快速地说。一个黄色的卡车在我们后面停了下来。"呃，我得伸伸胳膊动动腿……去个洗手间。"

"好的。"

她下了车。

我看着她在车站绕了一圈，又在一边坐了一分钟。可能比一分钟还要长吧，因为紧接着就有一个年纪挺大的男人用指关节敲我的车窗，我吓了一跳，脑袋差点撞到车顶。我摇下车窗，盯着他。他一头白发，眉毛浓密，脸被晒得黝黑，已经很难看出年龄了。四十？六十？我不知道。

"哇！我不是故意要吓你。"他的声音里有一种苍老的味道，"但这里是自助式的，你在这里坐这么久，我以为你没看见那个牌子呢。我们都在你后面排着，所以……"

"……"当然，我又卡壳了。我能感觉到那个词在我的口中挣扎，拼了命地想要破壳而出。它终于成功地挤了出来，听起来却是这样的："对对对对对对不起。"

我听起来像是喝醉了酒。

"你喝酒了吗？"那男人问我。我从来都不确定，别人问我是不是喝了酒，有没有比说我蠢要好一点。不过我猜，它们都指向同一件事：我一定是有什么问题，一旦你注意到了，你就想要摆脱我。

"如果你喝了酒的话，你知道我不能让你开车离开这里。"

"你阻……阻止不了我。我有……有，"我露出微笑，"有个好……好的开始。"

我刻意保持着那个微笑，尽管一股热流从脖子一直蔓延到了我的耳朵，在我的脸颊上绽放，让我的整张脸都红成了番茄色。那男人棕色眼睛旁边的皱纹柔和了下来，他可能是为我感到难过，也可能是为自己感到难堪。他不开口我是不会知道的。

他清了清嗓子，抛出了根橄榄枝："我来帮你加怎么样？"

"我去里……面付……付……付——"

我放弃了，朝着那栋建筑点点头。

我去里面付钱。

车站的空调很不舒服，让我的手臂和腿上汗毛直竖。我需要补充一点食物和水，但在这里囤货对我来说不算是个明智的选择，在这里，任何勉强算得上健康的食物都贵得离谱，那些垃圾食品也不便宜。我从冰箱里拿了一瓶水，又从最里面的货架上取下一瓶落满了灰尘的花生酱。我从咖啡柜台上拿起一个塑料勺子，盯着一个旧的金属咖啡壶看了老半天，咖啡七十五美分一杯，我还是决定把钱花在食物上。好吧，没有咖啡喝。但那金属壶面上映出我变了形的脸，那正是我希望别人看到的自己的样子：脸被拉得不合比例地长，眼睛懒洋洋地待在中间，鼻子是长长的一条，上面两个针孔似的鼻孔。我的整张脸奇怪地模糊着，像水彩泼在画布上，却没能成为什么成功的艺术作品。

门铃轻快地响起，宣告着那个老人也走了进来。我以为凯特会在他后面，但是她没有。我跟在他后面，拿着我的花生酱和水走到收银台，这点东西加上油钱，尽管凯特给了我一些钱，还是让我的钱包迅速瘪了下去。

钱是很不经花的。随着年龄的增长，这一点完全没有变得更容易接受，而若你很年轻的时候就知道了这一点，情况就更糟。童年之所以美好，正是由于还不太能理解生活的成本：食物会自己出现在冰箱里，因为所有人都有房子住所以你也有，电一定是某种魔法，就像《哈利·波特》里的魔法一样，因为，谁能给光定价呢？也许并不是因为你真的相信魔法，你只是以前从来没有想过这些。然后有一天，你突然发现自己一直都是在刀尖上行走。

"谢……谢谢。"我对他说。

从店里出来，我到处都找不到凯特，但我的车后面排着的队伍似乎已经非常不耐烦了。我钻进车里，开到一个停车位。这时我才发现副驾驶座上她的东西全都不见了。

"该死的。"我低声嘀咕。我回到车里，这里的人比之前更多了，全都在商店进进出出。

我伸手在嘴边环成喇叭状："凯……凯特？"

有几个人回头朝我看过来，但都不是她。我跑着绕过那商店，来到洗手间面前，门上挂着块牌子，写着去里面拿钥匙——但凯特并没有去拿钥匙。她下了车，绕到商店后面，现在，她……她不见了。

加油站的后面有个陡峭的下坡，下面是一片长满野花的荒地，一直延伸到一公里之外，连上一条高速公路。我一个人也看不到。我的胸口一紧——发生什么事了吗？她被人……

她被人带走了吗？

我回头看了看，心怦怦直跳，皮肤嗡嗡作响。我想象着凯特，这个我甚至并不认识的女孩，独自一人站在这里，试图打开门。她发现她需要钥匙。她需要钥匙，她正要去拿，但她身后有人，有人从她身后绕了上来——

不。快停下。

我还记得自己在冷泉镇，在最孤独、最空旷的地方笨拙地搜寻着麦蒂，我叫她的名字，叫得那么完美、完整，我那样坚持着，等待着口吃再出现的那一刻，因为那将意味着我不孤单，意味着她回来了。

那是我生命中唯一一次，希望自己口吃。

我不停地呼唤着她，不停地寻找。我不能让自己停止搜寻，也不能让自己哭泣。在我的生命中，我绝对不会冒险在麦蒂有可能看到的地方哭泣。因为对麦蒂来说，我应该是坚强的。

我还记得自己终于放弃的那一刻，终于失去力量去对抗现实的那一刻。那一刻我的泪水夺眶而出，那一刻我收到了梅·贝丝的短信。

"警察来了。你得回来。"

一个女人从我身边走过去，吓了我一跳。

"抱歉。"她边咕哝边打开了洗手间的门。她手上拿着钥匙。

凯特到底在哪里？我冲回加油站前面，一把推开商店的门冲了进去，身体仿佛失去了控制。门铃声疯狂大作，老人猛地抬起了头。

"你……你看到一个女、女孩了吗？"我问，"她……她是和我一……一起来的。我……我找……找不到她了。"他皱起了眉头。"她是金……金发，卷……卷发……"

他打了个响指说："不知道她是和你一起来的。我看到她了，她搭几个小伙子的顺风车走了，坐一辆黄色的卡车。你在店里的时候他们开走的。"

我退了一步。

"好……好吧。谢谢。"

"不客气。"

我往车的方向走去，内心的恐慌变成了困惑和难堪。

我将手指放到嘴唇上。

凯特弃我而去了。

我是说，我不在乎。

我们又不是——

我们没有……

回到车里时，我发现后座依然很乱，但和我接上她之前不太一样……

她翻了我的东西。她在找什么呢？

我拉开门，看到了血。那件藏在座位下染上血的上衣被翻了出来，此刻正在地垫上皱巴巴地团成一团，旁边就是那把弹簧刀。我使劲摔上了门，回到驾驶室。

我希望她碰上的人不会比我更坏了吧。

《女孩们》

第四集

（《女孩们》主题曲）

韦斯特·麦克雷：

凯特·马瑟住在堪萨斯州的托皮卡。

她曾经也是个失踪的少女。

我在谷歌上搜索她的名字时，找到的第一样东西就是她姨妈萨莉·奎恩在脸书上的公开发帖，征询自己外甥女的下落。这帖子大概是两年前发的，就在发布后没多久，萨莉通知她的朋友们不用再找了。凯特基本上算是和自己的家庭断绝了关系，不想再和家中任何人有什么联系，仅此而已。她就是离家出走了。

在很多方面，凯特就是我想象中萨迪的样子：焦躁不安、粗心鲁莽、戏剧化。

她自己的脸书个人主页上全是些她自己伸出舌头的照片，头发染成鲜艳大胆的颜色。她常穿印有无政府主义标志的衣服。至少那个时候她是这样的。那时候她还在脸书上分享状态，毫不避讳地诉说着自己的不快乐。一条写着："这个该死的家。"还有一条写的是："让这地球停下来，我想出去。"发完最后那条状态后，她就没再更新了。接下来的两年里，她到处跑来跑去，直到几个月前在一辆偷来的车里被捕。

现在她和萨莉住在一起，等待开庭。

起初凯特完全不想和我谈，她十分看重自己的隐私，也不想自己的犯罪历史被公之于众。我给凯特讲了萨迪的故事，告诉了她，我们是怎样在萨迪的车里找到她的信用卡，她才稍稍愿意开口。

凯特·马瑟：

是的，我那会儿是和她在一起，但时间非常短。她载了我一程。她有点吓到了吧，我也不知道该怎么说。

韦斯特·麦克雷：

凯特·马瑟现在的样子，是一个一脸朴素和低调的二十三岁白人少女，几乎完全看不出来她会让自己陷入这样的混乱局面之中。她的姨妈萨莉是一位友善的中年女性，褐色头发，我们走到客厅去见她外甥女的路上，她给我简单介绍了一下马瑟一家。

萨莉·奎恩：

她是我妹妹的女儿。她们已经很长时间不怎么说话了，家庭问题。很糟糕。凯特十九岁的时候离家出走，我一直希望这一切……这一切的不愉快能在某种程度上帮助她们和解。也许这真的会有帮助吧。我真心希望它会有帮助，因为凯特的爸爸——

凯特·马瑟：

喂，萨莉，留点话给我来说吧？

萨莉·奎恩：

（笑声）好吧。这就是她。

祝你好运。

韦斯特·麦克雷：

萨莉一走，凯特便马上跟我立下了一条规矩。

凯特·马瑟：

我们是来谈萨迪的，仅此而已，明白了吗？

韦斯特·麦克雷：

没问题。

刚联系上你的时候，我特别注意到了一件事：我问你认不认识萨迪的时候，你马上就说认识。她给别人的都是假名，但你俩见面的时候她却对你坦诚。她告诉了你她的真名。

凯特·马瑟：

她都告诉别人她叫什么？

韦斯特·麦克雷：

莱拉。你的信用卡为什么会在她车上呢？

凯特·马瑟：

卡本来在我包里的。我带它是为了应付紧急情况，平常我喜欢用现金。肯定是和她在一起的时候从我包里掉出来了。

韦斯特·麦克雷：

她并没有用它。

凯特·马瑟：

她想用也用不了。我刚丢了卡没多久就发现了，把卡给取消了。

韦斯特·麦克雷：

和我说说你们是怎么认识的吧。

凯特·马瑟:

我们都要离开蒙哥马利，在同一个时间。我在路边搭便车，她载了我。

韦斯特·麦克雷:

你知道她在蒙哥马利做什么吗?

凯特·马瑟:

不知道。

韦斯特·麦克雷（在录音棚）:

蒙哥马利是一个明信片小镇。

它其实是个城市，但那个词是丹尼用来称呼某个特定地方的。你懂的——就是让你希望你也在那里的那种。记得我说过冷泉镇不是一个让美国人梦寐以求的地方吗?但蒙哥马利是。这是一座美丽、风景如画的大学城，在大量的学生人口和由于想让自己的退休生活沐浴在年轻的光芒中而狂生娃的富人们的影响下，经济蓬勃发展。如果你还没来过，你一定要来。如果对你来说来一趟实在是太远，那么你可以去看看以下几部电影：《爱你所爱》（ *Love the One You're With* ）、《一个美好的秋日》（ *A Fine Autumn Day* ）、《最后一支舞》（ *Our Last Dance* ）它们都是在这儿拍的。

凯特·马瑟:

她想离开那里。我能看出来，因为我也是。像那样的一个地方，看起来过于完美，甚至看起来都不真实的地方——你能想象到最坏的事情通常都是发生在那样的地方。你看到新闻了吗?

韦斯特·麦克雷（在录音棚）:

最近，在蒙哥马利一位社区支柱般的人物身上，发生了一起骇人听闻的丑闻。

塞拉斯·贝克，是——或者说，曾经是——一位受人尊敬的当地商人，在蒙哥马利的经济发展中起到了一定作用。他在大麻合法化的热潮中投资赚了一大笔钱，随后再回到家乡进行投资。他开了几家百货商店，一家叫库帕的酒吧，并在当地其他几家成功的企业持有股份。因为这些，塞拉斯六年前被授予蒙哥马利市杰出公民奖。

几个月前他被逮捕了，罪名是在过去七年执教少年棒球队期间性侵队里的孩子们。受害者最小的五岁，最大的八岁。

凯特·马瑟:

我想她大概是同情我吧，因为当时雨下得特别可怕，大到你把两只脚伸到我面前我甚至都会看不清，而且我全身都湿透了。她从我身边经过的时候放慢了速度，然后停了车。那是一辆黑色的车——大概是雪佛兰吧？

韦斯特·麦克雷:

是的，她开的就是这辆车。

凯特·马瑟:

嗯。她问我是不是精神病，我也问她是不是，聊完这个话题后我就上了车。她有些口吃。她看起来一团糟，不过不是因为口吃，我不是那个意思。

韦斯特·麦克雷:

那你是什么意思呢？

凯特·马瑟:

她的脸看起来像是被人打了。她的鼻子肿了，眼睛有点青，下巴有擦伤。我想那一定就是当天的事，因为我和她待得越久，她的脸看起来就越糟。

韦斯特·麦克雷:

她告诉你怎么回事了吗?

凯特·马瑟:

她说她摔倒了,但那显然是胡扯。

韦斯特·麦克雷:

所以你们聊过天喽?

凯特·马瑟:

嗯,是的。坐上一个陌生人的车已经够尴尬了,你总得想办法打破一下沉默。她说她在公路旅行,而且要去接她妹妹和她一起。

韦斯特·麦克雷:

她的妹妹叫麦蒂,八个月前被谋杀了。

凯特·马瑟:

我要是知道的话,可能就不会上她的车了,因为我觉得那听起来才精神病呢。不过反正我跟她在一起也没待多久。

韦斯特·麦克雷:

她是怎么说麦蒂的?

凯特·马瑟:

就是……她说她们是姐妹,麦蒂比她小,很难应付,大概就这些。不过我能感觉到聊这个话题让她不开心。我以为这是因为她们疏远了,现在试图要和好,我从没想过那女孩居然死了。

梅·贝丝·福斯特（电话里）：

她说话的口气像是麦蒂还活着？

韦斯特·麦克雷（电话里）：

凯特是这么说的。

梅·贝丝·福斯特（电话里）：

你确定吗？那女孩是这么说的？
萨迪说到麦蒂的语气像是她还活着？她是认真的吗？萨迪真是这么认为的吗？

韦斯特·麦克雷（电话里）：

可能是，也可能不是。
她也有可能跟谁都是这么说的吧。不是每个人都会和陌生人分享他们的生活的，梅·贝丝。

梅·贝丝·福斯特（电话里）：

可如果她真的这么认为呢？

凯特·马瑟：

我们在开车，天气越来越差，我们的车就打滑了——

韦斯特·麦克雷：

你们的车打滑了？

凯特·马瑟：

我们碰上了大雨，车最后停在了路中间。我们没事，但是天气并没有变好的迹象，所以我们决定靠边停一会儿等天放晴，然后，呃，她连眼睛都睁不开了。就——好像是突然之间的事情，啪的一下，就那样了。我以为她可能是嗑了药之类的。

韦斯特·麦克雷：

好吧，你说她的脸看起来像是被人揍了，她没法控制她的车，最后连眼睛都睁不开——你没想过她可能是受伤了吗？脑震荡什么的？

凯特·马瑟：

不，没有，我只是……我以为她嗑药了。她刚睡过去，我就开始在车里四下搜索，我只是想确保……你懂的——

韦斯特·麦克雷：

你在找她车里的毒品？

凯特·马瑟：

是的，我在找她车里的毒品。我想知道我自己被卷进了什么。别那样看着我。

韦斯特·麦克雷：

我没有用什么特殊的眼神看着你，凯特。

凯特·马瑟：

我不是要偷她的东西，好吗？我经常搭便车，你必须做好准备应付各种情况，你非这样不可。

有一次我上了一个男人的车，我就感觉到有点不对劲。他中间停了一下，我把他的车搜了个遍，在他的座位下发现了一根绳子和一个螺丝刀，那螺丝刀上看起来还有干掉的血迹。我刚刚坐上一个人的车的时候没办法知道他是个什么样的人，但一旦有了机会找到答案，我一定会去做的。

韦斯特·麦克雷:

那你找到了什么呢?

凯特·马瑟:

她有件衣服,上面全是血。那衣服是塞在后座的。地上还有一把弹簧刀,肯定是车打滑的时候从前座下面滑出来的。

韦斯特·麦克雷:

你确定你看到的那件衣服上面是血吗?

凯特·马瑟:

我知道血是什么样子的!那就是——那可能是她的血,也可能是别人的血。但还有一把刀呢?那把刀是被她藏起来的,好像她在隐藏些什么似的,这才是问题所在。所以我开始觉得我有麻烦了。

韦斯特·麦克雷:

你没问她吗?

凯特·马瑟:

这个问题真是蠢啊。

只是……她看起来人很好的,你知道吧?我从她身上没有感觉到上次那个男人身上的那种气场——但那件衣服……如果你见到了你就会明白的,那衣服整个被血浸透了。

我待在车里,一直觉得该离开,一直在犹犹豫豫,然后她就醒了。她大概睡了一小时。我继续坐她的车,我们一直开到了一个加油站。我要去的地方是个叫马凯特的镇子,加油站离那里还很远,但我没办法——即使她人不错,我也无法在完全不确定的情况下冒这个险。我有点不好意思,但为了活下去,你总得做你该做的事情。

韦斯特·麦克雷：

你是不是也不太可能知道她是要去哪里？

凯特·马瑟：

实际上，是的，我还真知道。她让我在我的手机上帮她查路线，我还帮她写下来了，这地址一直都在我脑子里记着。

韦斯特·麦克雷（电话里）：

她在找她的父亲。

丹尼·吉尔克里斯特（电话里）：

是吗？

韦斯特·麦克雷（电话里）：

已经有两个毫不相干的目击者说她有弹簧刀了。卡迪说萨迪用刀子威胁他来着，凯特在她车里看到了刀。

丹尼·吉尔克里斯特（电话里）：

你说过她受了伤。

韦斯特·麦克雷（电话里）：

是的，她在蒙哥马利受了伤。所以，在那里到底发生了什么呢？她父亲身上到底藏了什么秘密，让她来到这些地方？她为什么要带着武器？为什么会被打断鼻子、打肿眼睛？（停顿）和凯特会面让我有种感觉……

丹尼·吉尔克里斯特（电话里）：

什么感觉呢？

韦斯特·麦克雷（在录音棚）：

　　我很难向丹尼解释明白我当时的感受。我无法控制地一直在想凯特——我想，如果我在找的女孩是她，如果是她的姨妈找到我寻求帮助，那么这个故事到这里就结束了：我和她在客厅里，坐在彼此对面，她拒绝交谈。但实际上，故事又远远没有结束，因为也是这个凯特，为了逃离家中给她带来的痛苦的一切，坐进了陌生男人的车里，那男人还有一把沾了血的螺丝刀。还有萨迪，在她自己的车里，脸被打肿、瘀青。这一切让我觉得如此真实，那感觉如此突然，却又来得太迟。这些女孩所经历的一切，在失踪的女孩身上可能发生的故事。我不喜欢这样的感觉。但在当时，我无法对他大声清楚地说出来这种感觉。我换了个话题。

韦斯特·麦克雷（电话里）：

　　没什么。好吧，现在我知道了她没在蒙哥马利停留。我也知道她最后去了哪里。你觉得我应该先去哪里呢？蒙哥马利还是朗福德——等等，又有一个电话进来了。

　　你好？

梅·贝丝·福斯特（电话里）：

　　克莱尔回来了。

萨 迪

我到了朗福德。凌晨四点到的。

首先映入眼帘的是一家二十四小时自助洗衣店，我想这一定是一个标志。我把车开了进去。我实在是累坏了，但我需要这个，让我还能觉得自己有点人样。我的脸疼得厉害，一直这么疼着，疼得几乎让人想吐。照镜子的时候，我在想自己是不是该去药妆店买点化妆品往脸上涂一涂，省得吓到别人。麦蒂比我更会化妆。她十一岁的时候，有一次我在浴室抓到她化妆，她用黑色眼线液给自己化了个完美的猫眼妆。我对她说，在她十三岁之前，我不想在她脸上看到这些玩意儿。我也不知道我为什么会定下这么一条规矩。化妆对她真的那么不好吗？我强迫自己说出这种话，不过是因为这像是父母通常会说的，而我心里真正的想法是，问问她这妆是怎么化的，以及她能不能给我眼皮上也化上那么线条完美的眼线。

我走进洗衣店。柜台后面有一个老妇人，看起来全凭意志力才活下来。我递给她一张钞票，她伸出一只手递过来找零和洗衣粉。她咳嗽咳到差点没把自己的肺给咳出来的时候，用来捂住嘴的也是那只手。

洗衣机都很旧了。我投了个二十五美分的硬币，衣服根本懒得整理便直接扔了进去。我坐在一张硬硬的塑料椅子上，听着洗衣机转动的声音，瞥了一眼那老妇人。她也在盯着我。这也难怪，毕竟我现在的样子看起来很吓人。

"你能……能告……告诉我川……川宁街451号是什……什么吗?"

她的头歪向一边,思考了一会儿,说:"那是'蓝鸟',不是吗?"我并不知道蓝鸟是什么,她拿出手机,做了个手势叫我过去,给我看了一张模糊的照片。那是一家汽车旅馆,下面有一堆不好不坏的点评。

我妈最后的男朋友之一叫保罗。他足足有一米九,整个人看起来很壮,四肢简直像老树桩,手掌大到我都握不住。我没那么讨厌保罗,因为他并不怎么搭理我和麦蒂。如果我们非得和他挤在一辆房车里,那就挤着吧。他不会表现得像是我们妨碍了他,即使我们真的妨碍了他也无所谓。没有多少事情能让保罗生气,这大概就是我妈那么久都没和他分手的原因吧,我想。总之,保罗的话不多,不是因为他不能说,而是因为他不想说。我和保罗在一起的时候,总会全神贯注地观察他,看他怎样让周围的人不停地说话,完全不指望能从他这里得到什么回应。他们看他的表情——错不了,他们尊敬他。保罗让我知道,一个人如果坚持保持沉默,就意味着重要,意味着力量——只要他是男人。如果你是女孩,这可就行不通了,除非你想让别人觉得你是个婊子。

我多希望接下来的事情不需要我说话就能完成。

我把车停在离洗衣房几公里开外的蓝鸟外面,坐在车里,刚洗好、烘干的衣服晾在后座降温。我的手指在方向盘上敲着。蓝鸟。视线所及之处,一只鸟也没有,房前倒是竖着块牌子,上书:"入住优惠:三十九美元一晚,不含Wi-Fi。"

这地方破旧不堪,急需新的护墙板、新的屋顶……新的一切。我的车就停在前厅对面,我能透过落地窗看到里面。里面有一个老头儿,背对着我,在看挂墙电视里放着的黑白电影。

我把头靠在方向盘上休息。

基斯,你在哪里呢?

我把包挎在肩上,下了车。面朝蓝鸟的时候,桌子旁那个男人终于把眼睛从电视上挪开了。他转向窗户,看着我,那眼神让我怀疑他是不是认出了我。说不定几个月前的某一天，他在浏览着电视节目打发时间，我的脸在新闻里闪过，从此印在他脑海不曾忘怀，而现在，我出现在了这里。

我穿过停车场，走了进去。他马上说道："想了挺久的嘛。"

近看他显得年轻多了。大概就是头发白得比较早吧，但是年龄不会超过五十岁。他的皮肤是浅棕色，手臂和腿上上下下都有文身，在蓝色短裤边缘若隐若现。他的声音很刻意，有着刻意假装我们是朋友的那种热情。

"我要……要住两晚。"

他打了个哈欠："没问题。"

我把目光从他身上移开，看向他脑后那台电视。那是台十分老式的电视机了，换台还是旋钮式的。屏幕上播放的是贝蒂·戴维斯（Bette Davis）的电影，她美丽的小脸和圆圆的大眼睛几乎占满了整个屏幕。是《黑暗的胜利》（*Dark Victory*）吧，我想。我喜欢这部电影。我和麦蒂过去常常同梅·贝丝一起过周末，我们就在她仅有的三个电视频道上看经典电影。贝蒂·戴维斯的电影是我的最爱。贝蒂·戴维斯是我的最爱。

在她的墓志铭上，写着这么一句话："她勤勤恳恳、步履维艰地走了一条属于她自己的道路。"

"证件给我看看，我给你安排房间。"

我从电影画面中回过神来，把注意力转向他。"什……什么？"

"年龄。你要是年龄没到，我不能让你住。"

"可……可我不——"

"给我看看证件就好了，"他微笑着说，"要不然我们就要在这里僵持一整晚了。"

我恨他。

"这是政策。"他补充。这时电视屏幕闪了几下，出现了雪花点，还时不时发出电流的剧烈刺啦声，响得让人难受。"噢，该死——"

他在说完最后一个字前及时收住了，抬起手，眼神落到自己张开的手掌上。我则盯着他脑袋后方，在想他是不是有可能认识基斯，如果基斯在这里也叫基斯的话。也许他在这里是达伦，也许这里是一个让他觉得自己足够安全、可以用真名的地方——也许他是杰克。

"你……你认识达……达伦·马……马歇尔吗？"

他惊讶地转过头来说："认识。"

有时候我很幸运。

"好……好棒，"我停顿了一会儿，又说，"他是我父……父母的朋友。他……他叫我到……到了附……附近的话一……一定要来见……见他。"

"好吧，真巧啊……嗯，没错，达伦是我特别好的朋友。你说你想要什么房间来着？"他问，"你说住两晚对吧？单人间还是双人间？"

"单人间。"

"我给你打个九五折。达伦的朋友都有——"

"他……他在附近吗？好……好久没见他了。"

"不，现在不在，不过，我肯定你很快就会再见到他，"他说，"你懂的。"但我不懂。他又打了个哈欠，让我在开房单上签了个字——莱拉·霍尔顿——收了我的钱，扔给我一张房卡。

"房间号12，"他说，"走廊倒数第二间。"

"谢……谢谢。"

"知道吗，在我爷爷那个年代，修女们认为可以把这个从你身体里打出去。"

他大笑了几声。他说的是我的口吃。我盯着他，直到他的脸涨得通红，笨拙地想找点什么话出来找补，但事已至此，说什么都没用了。

他最后说："晚安。"

这样的汽车旅馆，能让你感受到自己的每一个秘密。住宿的代价是你愿意和你自己相处的程度，也就是差不多八十美元。我关上门，拉上窗帘，上了锁。做完这些，我把头靠在了门上，因为身边有四面墙的感觉终于让我那精疲力竭的、酸痛的肌肉的紧张感得到了释放。我任由自己在身体的伤痛中迷失，但只有一秒钟。

然后我转过身，适应着这个新环境。

房间里有股化学药品的味道，却依然掩盖不了闷热阻滞的气息。墙上是沉闷的米色壁纸，上面脏兮兮的，还有些重复的花卉图案，那是个试图让房间变得温馨的尝试，却失败了。床上铺着的毯子绿得毫无生气，房里还有个老旧的旋钮式电视机，放电视的木桌子边缘有明显缺口。此外还有一张小小的红桌子和一把塑料椅。地毯是酒红色的，上面有荧光紫的斑点，有些地方起了毛，有些地方已经破旧不堪。我脱下脚上的运动鞋，穿着袜子蜷在沙砾般粗糙的地毯上。从这里，我能看到浴室里浅海蓝色的瓷砖和淋浴间的一部分。

可还是没有蓝鸟。

可是能洗个澡也很好。我拿了一套换洗衣服走进逼仄的浴室，脱得光光，打开花洒。水不够热，我一边洗澡一边发抖。但干净，或者说，尽可能干净的感觉还是比之前好太多了。瓷砖上有霉斑，浴缸四周也有污渍。我用这旅馆提供的劣质肥皂擦满全身，还弄到了头发上。这感觉太好了，让我想哭。这并不算完美，但感觉已经很好了。洗完澡，我穿上件T恤，站在水池边的镜子前。我用手指压着脸上脆弱的皮肤，镜中的人影发出噼啪声，重重的黑眼圈，鼻子也肿了起来。

我关上浴室的灯，跌跌撞撞地走到床上，盖上被子。被子分量很重，下面的床单很粗糙。我闭上眼睛，感觉到周围的虚空，我终于可以任由自己陷落。但我内心的一小部分就是不想放手。

不知睡了多久，我听到一扇门被轻轻打开的咔嗒声。我慢慢感受到了威胁，可即使这样，我也无法让自己醒来。接着便是有人在房间里走动，那种轻柔的拖着脚步走路的声音。我感觉到床垫轻轻地往下压了一下。

他的手碰到了我的脚踝。

"萨迪。萨迪，姑娘……我只是来看看你祷告了没有。"那声音轻柔而悦耳，既不像耳语也不像摇篮曲。我没有睁开眼睛，保持着呼吸的平稳。"噢，你睡着了。嗯，那好吧。"他重重地叹了口气，"看来我得去看看麦蒂有没有祷告了。"

我睁开了眼睛。

《女孩们》

第五集

（《女孩们》主题曲）

播音员：

　　这里是麦克米伦出版公司为您带来的《女孩们》。

韦斯特·麦克雷：

　　我是凌晨时分到的冷泉镇，天还没有亮。我可没指望在这么一个不太令人愉快的时间见到她——毕竟，早上九点前打扰别人是很不礼貌的，但我刚把包放下，梅·贝丝就给我打来电话，叫我去见她。她是这么说的："现在到我这里来。"我还没走到房车前就听见她俩在里面争执不休。

　　（隐约传来两个女人争论的声音）

韦斯特·麦克雷（在录音棚）：

　　克莱尔回来了这件事对我来说实在有点难以想象。我想和她谈谈，听听她怎么说。关于她的故事我还只听了一面之词，这一面之词还是来自一个不怎么喜欢她的人。但克莱尔——

　　（门开了，然后又砰一声关上）

梅·贝丝·福斯特：

她不想和你说话。她一点也没变。

韦斯特·麦克雷：

这是什么意思呢？

梅·贝丝·福斯特：

自私得不得了。

韦斯特·麦克雷：

我真的很想和她谈谈，梅·贝丝。这可能是我们找到关于达伦线索的机会。

梅·贝丝·福斯特：

我一会儿就得进去。她现在在抽烟。

韦斯特·麦克雷（在录音棚）：

梅·贝丝告诉我，她正准备上床睡觉的时候，朝窗外看了看，发现麦蒂的房间亮起了灯。她首先想到的是萨迪回来了。那不是萨迪。那是克莱尔，蜷缩在麦蒂的床上。她是撬锁进去的。梅·贝丝进去做第二次尝试的时候，我只听到零星响起的几次大声争吵。那是个寒冷的夜晚，闪光河地产上方的夜空群星闪烁，很是壮观。这样的景象在纽约是很少见的，至于冷泉镇的居民，我想这对他们大概很常见，以至于也都视而不见了。我等了将近两小时克莱尔才出来。

克莱尔·萨瑟恩：

你就是梅·贝丝一直说的那个记者？

韦斯特·麦克雷（在录音棚）：

克莱尔·萨瑟恩和我想象的不太一样。

首先，她戒毒了。这也是她自己告诉我的事。乍看上去，这还真可能是真的。她看起来和我之前见到的照片上不一样了。她变丰满了一些——实际上，变丰满了挺多。她面色红润，眼睛也很有神。她的头发很长，长过肩膀，发色莹润。她不停地抽烟——这个恶习她戒不掉。她不愿意回到梅·贝丝的房车里，坐在桌边谈话，只想站在夜色中，思考着我提出的问题，以及如果我足够幸运的话，回答这些问题。梅·贝丝在纱门那儿徘徊，不时出现在我们的视线里，听着我们俩说话。不过我想她应该不知道我们能看见。

克莱尔·萨瑟恩：

我答应和你谈的唯一原因是，我算是想明白了：梅·贝丝不想让我和你谈。如果你只从她那里听过我的事，那么，我都能想到她都和你说了些什么难听的话。

韦斯特·麦克雷：

梅·贝丝知道的最后一件事是，你是个瘾君子，而且你一走了之了。

克莱尔·萨瑟恩：

我听说麦蒂……去年十月，我听说麦蒂死了的时候，我试过自杀。我试过通过吸毒过量来自杀。我只想和我的小女儿在一起。但我没成功。我把这当成一个征兆。一个朋友帮我找了个戒毒所——那种短期戒毒所。那不算是个最合适的戒毒的地方，但还是管用了。到现在为止，我也没复吸。

韦斯特·麦克雷：

梅·贝丝说她是在麦蒂的房间里找到你的。

克莱尔·萨瑟恩：

我有权利。

韦斯特·麦克雷：

你是怎么知道麦蒂死了的？

克莱尔·萨瑟恩：

在新闻上看到的。一个……一个朋友叫我看电视。

韦斯特·麦克雷：

你知道萨迪失踪了吗？

克莱尔·萨瑟恩：

今晚才知道的。

韦斯特·麦克雷：

既然你知道麦蒂已经死了，只有萨迪一个人，你为什么现在回来呢？

韦斯特·麦克雷（在录音棚）：

就在这时候，克莱尔让我大吃一惊。她开始哭，看起来似乎耗尽了身上的每一丝力气，才让自己保持了站在原地。

她看起来像是想要逃跑。她没有逃跑，但一直过了很久，她才重新开口说话。

克莱尔·萨瑟恩：

你觉得我是为什么戒毒的呢？你自己说了——麦蒂死了。我知道只剩萨迪一个人了，我想要陪着她。

韦斯特·麦克雷:

你爱你的女儿吗?

克莱尔·萨瑟恩:

(短暂的停顿)萨迪比你更应该听到这个问题的答案。你没有权利这么问我。

韦斯特·麦克雷:

她的车——

克莱尔·萨瑟恩:

她给自己弄了辆车?

韦斯特·麦克雷:

她离开冷泉镇之前买的,也就是六月。一个月后,这辆车被人在法菲尔德找到了,里面没有人,只有她的私人物品。萨迪到现在还没找到。
法菲尔德对你有什么特殊意义吗?

克莱尔·萨瑟恩:

没有。

韦斯特·麦克雷:

我们在试着弄明白它有什么特殊意义。梅·贝丝找到我来帮忙。我一直在想办法找到你的女儿。

克莱尔·萨瑟恩:

为什么?

韦斯特·麦克雷：

什么为什么？

克莱尔·萨瑟恩：

为什么你要找她？

（开门声）

韦斯特·麦克雷：

我的老天啊，克莱尔！

克莱尔·萨瑟恩：

我就知道你非搅和进来不可。（对韦斯特说）为什么你要找她？

韦斯特·麦克雷（在录音棚）：

我还没来得及回答，梅·贝丝就冲到了克莱尔面前，手中挥舞着克莱尔从洛杉矶寄回来的那张明信片。

梅·贝丝·福斯特：

你如果根本没打算回来，为什么还要寄这张明信片？为什么？

韦斯特·麦克雷（在录音棚）：

克莱尔接过明信片，在黑暗中眯着眼睛看了一会儿。过了很长时间，她的整张脸好像都塌陷了下去。她又开始哭了。

梅·贝丝·福斯特：

你知道你走后麦蒂成了什么样吗？她为你哭了——

克莱尔·萨瑟恩：

不，不，不，你已经说得够多了，现在是我说话的时间——

梅·贝丝·福斯特：

她为你哭了。她每天每夜都在为你哭。她不肯吃饭，睡不着觉——每晚都做噩梦……她收到那张明信片的时候，那就像是一道光——就像是一道射进她生活的光。她终于有了活下去的理由。但她还是想要见到你。他们认为麦蒂上了一辆卡车，卡车里的人杀了她。她上那辆卡车是为了去找你。

克莱尔·萨瑟恩（对韦斯特说）：

给我把她赶走……

韦斯特·麦克雷（在录音棚）：

我费了好大的劲才说服梅·贝丝回房车里去。克莱尔很激动，拒绝说话，直到抽完两根烟才好了一些。眼泪无声地顺着她的脸颊流下来。

克莱尔·萨瑟恩：

你知道关于我，大家通常会忘记的是哪一点吗？

我还只是个孩子。我经历这一切的时候还只是个孩子。我吸毒上瘾的时候还是个孩子。我生萨迪的时候还是个孩子。还有我妈妈——我妈妈去世。那时候我也还是个孩子。我是个孤儿。我不是在找借口，但我不明白，为什么我让萨迪这么小年纪就经历了这一切，而我……我经历这些的时候就足够大了？她一出生，梅·贝丝就把她从我怀里夺走了，还教她讨厌我。这伤透了我的心。我就毫无反抗地这么下去了，因为我还只是个孩子，我自己也是一团糟，我不知道我还能怎么做。我妈去世了，我只有孤身一人。萨迪恨我，而我唯一能做的就是让她恨我。后来我有了麦蒂，而麦蒂——她爱我。

韦斯特·麦克雷：

克莱尔，你认不认识一个达伦·马——？

克莱尔·萨瑟恩：

什么？

韦斯特·麦克雷：

我沿着萨迪走过的路走了很远，从冷泉镇一直到法菲尔德——我还没找到她，但还是有一些进展的——就目前的情况来看，她似乎在找一个她声称是她父亲的人。她跟人说那人名字叫达伦。那个人是存在的，但我也暂时没能找到他。

克莱尔·萨瑟恩：

那你到底厉害在哪儿？

韦斯特·麦克雷：

如果不是达伦的话，萨迪的父亲是谁？

克莱尔·萨瑟恩：

我不知道。

（停顿）

我想今晚就到此为止吧。

韦斯特·麦克雷（在录音棚）：

克莱尔再次说要结束访谈，她钻进了梅·贝丝的客用卧室。短时间内，我是无法从她那里得到更多信息了。过了一会儿，梅·贝丝到外面来找我。她哭过，却尽力掩饰着这一点。

韦斯特·麦克雷:

麦蒂失踪后，萨迪怎么样了？

梅·贝丝·福斯特:

什么？……你觉得还能怎么样？整个人都疯了。

韦斯特·麦克雷:

我是说之后。麦蒂的尸体被发现以后。

梅·贝丝·福斯特:

知道这个消息前，她都不肯回她的房车。她待在我这里的时候，大概有一半的时间我都发现她在外面，就在我们现在站的这个地方。我觉得……我觉得她就再也没睡过觉。警察过来告诉我们这个消息的时候，她在外面找麦蒂。我甚至都没法描述她走上来的样子……向他们走过来的样子。两位警官，就在那儿等着。他们告诉她的时候，她就……对不起。

韦斯特·麦克雷:

没关系。

梅·贝丝·福斯特:

她就那么倒了下去。听起来很戏剧化，但实际上并没有。她没有尖叫也没有哀号，只是她的身体好像无法承受它的重量了。那景象就像是眼睁睁地看着一个人被拖下水面，完全身不由己。后来她待在自己的房车里不肯离开，而我就是个懦夫。我就让她一个人那么待在那儿……待了好几天，因为我不想看到她脸上的神情。我不知道我能不能承受得住。

当我终于鼓起勇气去看她，她就那么躺在沙发上。我给她弄了些吃的，帮她洗了脸、梳了头，把她送到床上。她醒来的时候，她只是……一具躯壳。她内心的某一部分已经不在了。我没法看到她的内心。自从那天之后的每一天，我都看不透她。

韦斯特·麦克雷（在录音棚）：

你能听到她回忆里的绝望，但现在，我想让你想象对着宇宙倾诉这样的绝望，对着我们头顶上数百万颗寂静的星星诉说这样的绝望。

梅·贝丝·福斯特：

我恨克莱尔。我知道这对我来说太不符合基督徒的作风了，但我真的恨她。

韦斯特·麦克雷：

我得请你让她留下来。等到她愿意的时候，我还有更多事情要问她。有什么进展随时给我打电话。能为我做到这些吗？

梅·贝丝·福斯特：

应该能的吧，但愿上帝帮助我们。

你接下来要去哪儿？

韦斯特·麦克雷：

一个叫朗福德的地方。

梅·贝丝·福斯特：

你觉得你能在那儿找到什么？

萨 迪

微弱的光透过窗帘射进来，房间在我眼前慢慢聚焦。

之前我日复一日地从汽车后座上醒来，从没有过如此奇怪、孤独的感觉。至少那样我知道我起床之后要做什么：爬回到驾驶座上，开车，寻找基斯。但像现在这样醒来，头枕着柔软的枕头，身下是有弹性但不算太舒服的床垫，身上毯子的重量让人安心，让我感觉像是回到了家里，让我想起所有那些我现在没有在做，也永远不可能再做的事情——蹑手蹑脚溜进麦蒂的房间，轻轻将她摇醒。十分钟后，如果她依然没从床上爬起来，就毫不客气地把毯子从她身上扯下来。每次等她来到餐桌前的时候，炒鸡蛋都冷得跟橡胶似的了，她还总要抱怨。但过了一段时间我才发现，她就是个喜欢这么吃的怪胎……

那是我的早晨。

是他从我身边夺走了这一切。

我的鼻子不由自主地开始抽动起来，让我很是费了些力气才忍住。我强迫自己从被窝里钻出来，套上一条牛仔裤。这时我瞟了一眼床头柜上的钟，时间显示下午五点。我的老天！

我光着脚溜出房间。地面很凉，我的脚趾都没了知觉，我真希望我的脸也能没了知觉。停车场已不似昨晚那般空空荡荡，除了我的车，最远端的车位上还停了一辆，比我的车漆要亮一些，看起来新一些。一个女清洁工正从一间空房间走出来，我从她身边经过。她很高，这是我首先注意到的一点——又高又壮，浅茶色的波浪卷发。我经过的时候她盯着我看了许久，眉头紧锁，像是在表达担心。我低下头。我也不知道自己的脸现在看起来什么样，只能想象。我觉得有些不好意思，真想转身告诉她我没事。

我没事。

我从制冰机取了一桶冰，回到房间，把它们倒在毛巾上，包起来，紧紧贴在自己脸上，直到整张脸都失去了知觉。冰开始融化，透心凉的水从指缝间流下。午后暗淡的光线让这房间显得更难看了。我把湿毛巾扔进浴室，换了件上衣，穿上鞋，拉开百叶窗后才开始继续捯饬自己。对这鼻子我已经做不了什么了——我想我大概只能等它自己恢复了吧。但我梳了头发，我的头发在洗过之后变得更软也更卷了，我用手抚摸着它们。我享受这种感觉。我把头发向后拢成马尾，东西全都塞进包里，往肩上一甩。我还要在这里住一晚，但经过蒙哥马利的事后，我想最好还是时刻做好逃跑的准备。

走进前厅的时候，昨晚见到的那男人已经不在了，我这才想起来我还不知道他的名字。换他班的是一个男孩，二十几岁，一张娃娃脸，看起来和那健美紧实的身体不太协调。他脸上有酒窝，棕色卷发，皮肤晒得有点黑，尽管夏天才刚开始，他却像是已经在户外运动上花了老长时间。他穿着制服，那上面也和这里的其他地方一样，完全不见蓝鸟的踪影。他把一串钥匙套在手指上转着——或者说，试图转着。钥匙掉了出来，铛一声砸在地上。他弯腰去捡，直起身来的时候，整张脸涨得通红。他把钥匙重新扣回腰带上，目光扫过我伤痕累累的脸，一路向下来到我的胸口。我没穿内衣。我也盯着他，看着他从无聊的好奇心中回过神来，终于反应过来自己不该那样看着，终于想起来该问我需要什么帮助。他的声音很刺耳，让我感觉呼吸都困难起来。我清了清嗓子，走了上去，靠在柜台上。他身上别着名牌：埃利斯。他身后的电视机开着，但今天的节目是晚间新闻。

"达……达伦在吗？"

听到我的口吃，他眨了眨眼，很快便恢复了过来——在他自己的想象里。你都让别人感觉自己是个怪胎，你还怎么能恢复呢？你只能指望被你带去这种感觉的那个人足够宽宏大量，你根本不配得到的那种宽宏大量。

我冲他挤出一个他不配得到的微笑。

"什么？他回来了？我没见到他，乔也没说……"他的目光看向我身后，像是在等着基斯走进来，"他要来的话通常会打招呼。"

"他告……告诉我他……他有时候会在这里。"

"你是怎么认识达伦的？"

"爸……爸妈的老朋友，"我停顿了一会儿，又说，"他只是有……有时候在这……这里？这……这是怎……怎么个情况？"

"这里有间房间是固定给他的。他和乔是多年的老朋友了。他住10号房间，所有的东西也都放在这儿，所以那间房我们不对外出租。"

"听……听起来对乔可不……不怎么划……划算。"

"不不，达伦是个好人，他救过乔的命呢。"他说这话的时候分外骄傲，倒好像救人命的是他似的，"但据我所知他现在应该不在，除非你知道些什么我不知道的事情。"

"还……还真不巧。"

"你在这里住多久？"

"还有一……一天。"

"我想他中间随时回来也不是没可能吧。不过，如果你想留个便条什么的，我可以帮他收下，到时候转交。"

我咬了一下嘴唇："你……你不能让……让我进他的房间，是吧？我……我想给他的，可……可以说是个……是个惊、惊喜。"

"你可以把这个惊喜留在这儿，我们会转交的。"

该死的。

"你知道他……他在哪……哪里吗？如果够近的话，我可……可以自己过……过去，当……当面给……给他。"

埃利斯盯着我看了好半天，问："你叫什么名字来着？"

"呃。"我抽抽鼻子，皱了皱眉，伸出一只手盖在鼻子上，"啊！"

"介意我问问发生什么事了吗？"

"车……车祸。"

"看起来很疼啊。"

"是……是很疼。"

我看向他的皮带环，看着挂在上面的那串钥匙。真希望我能就那么把它们从他身上顺走，让这一切变得简单点儿。

"需要帮你做点儿什么吗？"埃利斯问。

我抬眼看着他的脸，问："这……这是家什……什么样的汽车旅馆？"

"这么说吧，"他耸耸肩，不自觉地搔着头说，"要是有人看起来需要帮助，我就问问他是不是需要帮助，就这样。"

我不喜欢这种感觉。我从来不知道该如何面对别人的善意和体贴——除非想把自己的皮给剥了算是种正常的反应。我清清嗓子，又把话题换到了我需要的方向上："话说，你……你和达……达伦有多熟呢？"

"多亏了他我才能得到这份工作，"他说，"我们是以前在网上认识的，那时候我处境艰难，他帮我走了出来——让乔给了我这份工作。乔让我在这里做事，直到存够钱买自己的房子。他真是个好人。"

我退后一步，想知道基斯是不是又把我带到了另一场噩梦的边缘，就像塞拉斯·贝克那样。在网上认识的。该死的这是什么意思呢？如果它的意思是——

如果它是我想的那个意思的话，这次我还会犹豫吗？

"网……网上？"

"嗯。"

"怎么认识的？"

"我们有一样的兴趣爱好，仅此而已。"

"是什……什么爱……爱好呢？"

他皱起眉头："你都没告诉我你的名字。"

"你说……说得对，我确……确实没有。"

电视画面又开始闪动起来，变成了雪花点。他转过身去的时候，我也走开了。我的手指尖生疼，努力想要压制住自己的恐慌。出了前厅后，我沿着这排房间一直往下走，一直走到10号房间的门前。我试了试门，打不开。我好不容易才忍住踢门的冲动。我伸出手指摩挲起自己的头发，我不知道为什么这一切这么难，难道我经历的一切还不够吗？这应该很容易才对，这本来就应该很容易才对。这些藏在漂亮房子里丑陋变态的烂事，我怎么也没办法将它们从我脑海中抹去。蒙哥马利和我之间相隔的每一公里，都是一个我没能救下的孩子，而我的妹妹死了。她死了。我不知道为什么这一切还不够。

我用我破了皮的指关节拼命敲门，死命地敲，随后便赶紧跑开了。我经过了我自己的房间，没有停下来，继续一路往前，一直跑到这汽车旅馆的尽头。一定有办法能进基斯的房间。我死死盯着这房子后面的高速公路，盯着零零星星的房子，有的离得近一点，有的互相离得很远。朗福德是个小地方，但它的某些感觉让我想起冷泉镇：烟雾升起来，直冲天际，有人在自家后院里生火。我想我能看出那火光周围的模糊人影，还有空气里飘浮着的乡村音乐和欢声笑语。

我在楼里走来走去，绕到了旅馆的后面。这一侧是长长的一列窗户，你可以清楚地看到这地方的边界：窄窄的一线割过的草坪，到了这里突然长到没过了我的腰。

我踮起脚尖，小心翼翼地挪到第一扇窗下。窗户都比我宽，还比我高一些。我紧抓住那快散架了的木质窗台，扒着它往上跳，可碎木头扎进了我的手，痛得我一下子摔了下来。真该死。从掌心把木屑挑出来后，我又试着扒住窗沿往上跳了跳，终于看清楚了里面——果然和我想的一样，是浴室。

我能钻过去的。会有点小，但我可以钻过去。我使劲推了推玻璃，能感觉到它稍微动了动，却还没到能碎掉的程度。我跳回地面，数着屋子往回走，走过了自己那间，站到了基斯房间的后面。也许这是简单的部分。

打碎玻璃应该很容易。

我仔仔细细地在地上搜寻，想找到个足够重的东西。这花了我挺长时间。我钻到高高的草丛里才好不容易找到一块够大的石头。把它握在手里的感觉，让我仿佛一下子闪回到蒙哥马利的那所房子里，仿佛手中握着的是那个带锁的盒子⋯⋯

我不知道自己还能不能再承受一次。

外面的天色慢慢黑了，我又回到基斯房间的窗下，扒着窗沿跳起来。我必须成功，而且动作要快。我不知道埃利斯在前台能不能听到这声音，但肯定是让玻璃碎得越干脆越好。我挥舞着手臂，使劲把石头朝玻璃扔了过去。

石头穿过了玻璃。

"噢，该死！该死！该死——"

我跳回地面上。我的胳膊看起来血淋淋的像是自杀未遂来着，红色、红色、红色，皮开肉绽。疼痛剧烈袭来。我真蠢，真蠢，真蠢，真蠢⋯⋯

"噢，该死的⋯⋯"

我强忍住抽泣，忍受着脑袋里砰砰的声响，聆听着周围的动静。胳膊被玻璃扎得皮开肉绽很痛，但万一被埃利斯听到了，那麻烦可远比这要大得多。我等了一会儿，什么动静也没有。我想我安全了。我甚至没听到玻璃碎掉的声音是什么样，有没有很大。我只知道我的手伸了出去，紧接着下一秒，我便陷进了这血腥的境地。

"好了，"我低声对自己说，"没事，没事，没事⋯⋯"

多残酷啊，唯一一个有机会能听到我坚定连贯声音的，却是最无法被这声音安慰的那个人。

我只是需要——我只是需要进那个房间。

我用那块石头把窗框上剩下的玻璃清理干净，把包扔了进去，然后开始艰难的部分：在忍住不因胳膊的疼痛尖叫起来的情况下把我自己弄进去。撕裂的皮肤暴露在空气里，任何一个细小的动作都疼得厉害。我还得尽量不去在意那黏糊糊的血弄得到处都是。

我来到了淋浴间里。房间里很暗，我能闻到毛巾发霉的味道。我走出淋浴间，眯着眼适应了一会儿这昏暗的光线，便看到了一大堆毛巾——在水池里。我随手拿起一条，裹在胳膊上。一想到这毛巾是先碰到基斯再碰到我的身体，胃里便是一阵恶心的抽搐。我悄悄走动，打开浴室的门，尽量不去理会我胳膊里传来剧烈的悸动和毛巾慢慢变红的样子。

基斯的房间和我的一样，同样毫无特点的墙纸，同样的桌子和椅子。他房间里多出来个冰箱，但我想那一定是他自己的。这地方……是有人住过的样子。床没有铺，毯子就那么散在一边好多天了；房间里到处都是衣服，有的扔在椅背上，有的扔在床边的地板上，还有的搭在梳妆镜上，我都不知道该从哪儿开始找起。我用一只手开始翻找起来，把放衣服的抽屉开了又关，将那只没受伤的手伸进散落的裤子的口袋里，寻找着什么，任何东西，能告诉我他现在可能会在哪里的东西。

放马过来吧，你这浑蛋。

我检查了一下冰箱——食物的腐臭气息扑面而来时我赶紧捂住了鼻子——然后把毯子从床上扯下来扔到地板上，拆下枕套。当你少了一只胳膊，这些事都变得太花时间。我尽我所能地把这地方搜了个遍，等我感觉搜得差不多了时，早已气喘吁吁，却依然两手空空。床头柜上的一个火柴盒这时候吸引了我的目光，那上面的标志是"库帕"酒吧。

我哈哈大笑起来。

我在床上坐下，拼命忍住想要尖叫的冲动。

够了。

够了，萨迪。

我站了起来，翻过桌子，倒过椅子，试着把梳妆台从墙上拆下来，但没有成功。我扭动着身体钻到床下，被灰尘呛得喘不过气，却什么也没找到。我又爬了回去，直到视线对上床垫边缘。床垫边缘。我抬起床垫，看到床架中央整齐地摆着一个小信封，一声胜利的呼号传遍全身。我伸出左手，那是我受伤的手，毛巾软塌塌地搭在胳膊上，毫无意外，血滴滴答答直往地板上落。我拿过信封。床垫重重落了回去，砰一声。我坐在地板上盯着那信封，右臂抱在胸前。那信封就和塞拉斯的盒子一样轻，一种似曾相识的恶心感传遍我全身。我闭上眼睛，指尖轻轻敲打着它，感受着里面的气泡膜。

请让我强大，我对着虚空乞求。

请让我足够强大，来面对这一切。

我把信封翻了过来。

我的心怦怦直跳。我生怕自己还没来得及确定手中的东西是什么，整个身体就会失去力气。我闭上眼，强迫自己深吸一口气，打开了它。展现在眼前的是一堆身份证件和参差不齐的布条。没有照片。谢天谢地，没有照片。我仔细查看着那些身份证件，当我的眼光投向这第一样真正的……关于基斯的证明，关于他在别人的生活中进进出出的证明时，我的喉头紧了起来。

全都是驾驶证。它们看起来够真，算是做得非常不错的假证件。每一张上都有他的照片，这些照片让我热血沸腾，我恨不得把浴室里所有的碎玻璃都吞下去，好让自己解脱。他现在看起来不一样了，时间让他变得和多年以前、在我还是个小女孩的时候出现在我们生活里的怪物不太一样。他眼角的线条更加明显，皮肤蜡黄，紧紧贴着头骨。几乎所有的证件上都有"×"形状的标记，那是他从生命里划掉的、再也不会回去的地点和身份。他用过好多名字：格雷格、康纳、亚当……托比、唐……基斯。我拿起"基斯"的那一张，捧在自己颤抖的手指尖。

这就是我认识的那个男人。

那个"×"横过他的眼睛，遮住了他的大半张脸，但我依然能够想象这"×"之下他的样子。我能看见他在早餐桌上坐在我的对面；我能看见他坐在客厅的沙发上，先是目不转睛地盯着电视，然后才转向我；我能看见在房子外面，他安然惬意地坐在草坪的椅子上等我们放学回家，这总算是好过麦蒂生病的时候，那样的日子里他会去学校接上我，到家之前把车停在路边……我把那驾驶证正面朝下放在粗糙的地板上，去看那些碎片。我拿起一块粉红色的布条，它摸起来软软的，边缘有棱纹，像是……像是反面有个标签。它在指尖扎人的触感让我明白过来我手里拿着的是什么。那是从衬衫领子上剪下来的一块。我把它翻过来，上面用黑色记号笔写了

196

一个名字。

凯西。

我抓过下一块布料。

精致的花卉图案，粉红色花蕾。

我把它翻过来。

安娜。

下一块是纯蓝色的。

乔尔。

接下来是块格纹的。

杰西卡。

接下来，最后一块，是柔桃粉色。

萨迪。

我扔下那标签，翻遍了自己的背包，直到找到那样东西——那张照片。那张他、麦蒂、妈妈和我的照片。就是那件衬衫，在我身上。我穿着的那件衬衫。

我穿着的那件衬衫。

我慢慢站起来，眼神死死盯着照片上自己那张小小的脸，直到我终于再也无法直视，任由它从我手中飘落。我蹲下来，去捡那些标签、那些驾驶证。我不能把这些女孩这样孤独地留在这里，而那些证件，它们完美地列出了他去过的地方，我可以跟着它们去，一个一个地方地去，去问那里的人们有没有见过他，让他们告诉我他去了哪里。就在这时候，我身后的门开了，砰一声撞到了墙上。见鬼。

我转过去，心中隐隐期盼着那是他，基斯，期盼着我终于能找到他。并不是他。

是埃利斯。

他站在门口，下巴都要掉到地上了。

他一句"什么——"还没来得及说出口，便被我逼到了门边的墙角，摁在那儿，我的身体压在他身上。我用我血淋淋的胳膊死死抵住他的胸膛，那条毛巾滑落到了我们中间的地板上。他的反应速度根本比不上我的，这么点时间已足够我拿出弹簧刀，抵在他的喉咙上。我们的呼吸声充斥了整个房间。我的手往刀上使了更多的力，我不知道他什么时候会死，这让我有了种感觉，让人眩晕的感觉——像这样控制着一个人，并且知道，知道如果他给你一个理由……

如果他给我一个理由。

"你……你和……和他一样吗？"我问。他满头大汗，浑身发抖。我也是。我握紧刀柄，臀部朝他压得更紧了些。他吓得叫了起来。"你……你和……和他一样吗？"

"什么？谁？"

"基……基——"不，不，不是基斯，"达……达伦？"

"我——"

"你……你也强奸小女孩吗？"

"什么？不！不——"他差点要摇头，却被刀子抵住了。他咽了一下口水，喉结在抽搐："我不知道你在说什么。"

"你……你们在网、网上是怎么认识的？什么变……变态色情网……网站吗？"我把刀又往前推了推，埃利斯呻吟着，我给他带来的恐惧让他无法正常思考。"该……该死的什么网站？"

"是——是——"他深深吸了一口气，"是《守望先锋》（Counterwatch），那是——是个游戏，是个……是个——是个网络游戏！我们是队友。我不……"他的目光在房间里疯狂地搜索着，即使是在这样的一片混乱里，即使是在有把刀抵在他喉咙的情况下，他也发现了地板上的身份证件和零星散落着的标签。他说："我不知道你在说些什么。"

我能感觉到自己的身体在颤抖，我的手在他的喉咙上颤抖。我不知道我是不是能以这种方式，不小心杀死他。

他说话的方式，那种"我不知道你在说什么"的感觉，在我身上起了作用。我一点也不喜欢这样，因为我能轻易分辨出谎言，而埃利斯……

埃利斯没有说谎。

"你受伤了。"他说。我摇摇头，因为我不想他这么做——不想他像对待一头野生的小兽一样和我说话，仿佛他可以用声音里的温柔让我平静下来。

"不——不。"我说。

"你要杀了我吗？"

我抿紧嘴唇，感觉泪水要从眼眶里溢出来。

我很危险的，我想告诉他。我可有把刀呢……

失败的感觉沉重地打击了我。

我一时不能呼吸。

"我相信你也不想这么做。"他说。

"别这样。"我向他恳求。因为我害怕我拿开手之后他会做的事情。他会报警的。他会报警，而我所做的一切就毫无意义了。"不……不要——"

"听着，"埃利斯说，"放下——放下你的刀。你受伤了，我们来处理一下你的伤，好吗？我们处理一下你的胳膊，然后你告诉我……你告诉我达伦的事，好吗？"

"不——不。"我又把刀向前推了推，像是对自己的承诺：我能做到的。如果有必要的话，我能做到，我会做到。"你是他的朋……朋友。你会报……报警，然后——"不，不，不。"必……必须我来。必……必须由我、我来——"

"让我来帮你，"他看起来像是马上要哭出来，"求求你。"

《女孩们》

第五集

（《女孩们》主题曲）

韦斯特·麦克雷：

　　朗福德是个前不着村后不着店的地方。实际上，你要是开车经过，根本都不会觉得这是个小镇。这里只有几栋零星的房子、几家零星的商店，没有什么真正的秩序，不过是个沿途停靠地。凯特·马瑟给我的那个地址——也就是萨迪要去的那地方——原来是一家叫"蓝鸟"的汽车旅馆。对于这旅馆，我能给出的最外交辞令的描述是质朴。但实际上，它简直是危在旦夕，楼正在一点一点垮掉。墙板脏得要命，屋顶实在是该直接换了，最不济也得赶紧修修。我还发现好几处窗户都碎了。这地方实在没有一点跟鸟扯得上关系的美感，好让它当得起这个名字。而在六十天后，它的主人——乔·帕金斯，将把钥匙交给马库斯·丹福斯，他将启动拆除工程。乔将对这个五十多年来一直被他称作是家的地方做最后的告别。所以我想，我来得还算幸运吧。

乔·帕金斯：

　　在我接手前，这地方原本叫"帕金斯旅店"。这地方是从我曾祖父母，到我祖父母，再到我父母，这样一代一代传下来的。它在我们家族里传承了这么久，但到现在，它已经超出了我能承受的极限。它开始离我而去。想听我说实话吗？它可能已经存在得比我希望的还要久了。它就是这么被传到我手里来的，你知道吗？那时我还只是个孩子。

韦斯特·麦克雷：

你从来都不知道自己真正想做什么？

乔·帕金斯：

就是这个意思，伙计！

我甚至从来没有机会去想这件事情。我不想让人觉得我不知好歹……我知道我很幸运，这辈子就几乎没为工作发过愁。我高中刚毕业，就拥有了这么个产业，我希望我父母——上帝保佑他们的灵魂安息，但我希望我父母至少问过我是不是想要它。我倒不是介意，但这从来就不是我的计划。

韦斯特·麦克雷：

乔·帕金斯五十五岁。他有一头浓密的白发，一张饱经风霜的脸，手臂和腿上都有文身。他告诉我，每个文身都有它们的含义，但这是他的秘密。

乔·帕金斯：

我倒是可以告诉你这里的这个……

韦斯特·麦克雷：

那是他左臂肱二头肌上的一只小小蓝鸟。

乔·帕金斯：

这是我的第一个文身，也是这地方新名字的由来。人们总会问我："鸟在哪儿呢？"我就会回答说就在这儿哪。（大笑）

韦斯特·麦克雷:

我对乔说我想聊聊一个五个月前可能在他的汽车旅馆里住过的女孩时,他说他会尽力,但那些在他这里过夜的人只不过是他生活里一个模糊的影子。没人会住足够长的时间,给他留下什么真正的印象。不过,当我给他看萨迪的照片的时候,他一下子就记起来了。

乔·帕金斯:

噢,是的,她来过。她说话有一点滑稽。她在找我的一个朋友。就因为这两点,所以我记得她。

韦斯特·麦克雷:

这个朋友是达伦吗?

乔·帕金斯:

是的,达伦。她跑来这里,问我他在不在,但那时候他不在。我不知道她找他是要干什么,我想她从来也没提。不过我只见了她一面。我记得她只住了一晚……可能付了两晚的钱,我不记得了。我们把这里卖出去以后我就把记录都销毁了。

韦斯特·麦克雷:

和我说说达伦的事吧。

乔·帕金斯:

他救过我的命。

韦斯特·麦克雷:

真的吗?

乔·帕金斯：

是的。我从高速公路上开车回来，回这个地方。我被一个醉酒的浑蛋撞了，车滚了好几圈，最后掉进沟里。那醉鬼就那么开走了。我至今不知道肇事者是谁，但希望那浑蛋没什么好下场。达伦当时在我后面，看到了整个过程。他停了车……我当时失去了知觉，大腿被割破了。总之，医院后来告诉我，是他确保了我在救护车来之前不至于失血过多。我们从那之后就成了朋友。后来我说，哥们儿，你只要需要房间，随时过来。

韦斯特·麦克雷：

他现在在哪里？

乔·帕金斯：

我不知道。他最后接受了我的房间。10号房间，那是给他留的。那间房我没让其他任何人住，他可以自由来去。他也是这么做的。他每次待在这里的时间很少超过几周。

韦斯特·麦克雷：

你真是太慷慨了。

乔·帕金斯：

我的命总比一个房间更值钱。反正呢，他会离开一段时间，但他总会回来。他是个好人，只是从来没把他自己的日子活明白。就是这么样的一个人，你明白吗？这是我最长时间没有他消息的一次了……我一直在找他，想告诉他旅馆被卖掉了，我不能让他再住下去了。

韦斯特·麦克雷：

你有他的电话吗？

乔·帕金斯：

有啊，可以给你，但已经打不通了。

韦斯特·麦克雷：

他说得没错。

我试着打了，打不通。

乔·帕金斯：

老实说，我对此有种不太好的感觉。

你打电话给我要和我谈的时候这种感觉更强烈了。一个女孩在找他，他失踪了。你在找她，她也不见了。（短暂的停顿）话说回来，这个女孩是谁呢？

韦斯特·麦克雷：

她说她是他女儿。

乔·帕金斯：

（哈哈大笑）我认识达伦这么长时间，他可从来没提过他还有个什么女儿。

韦斯特·麦克雷：

她自己是这么说的。

乔·帕金斯：

我就是不……（笑）要是他有女儿，他应该和她在一起，因为他不是那种人……他不会背叛他的家人。他救了我的命呢。

天啊，你告诉我越多，我的感觉就越糟。

韦斯特·麦克雷:

你能带我去看看达伦的房间吗?

乔·帕金斯:

我不知道啊,伙计。我说,我是得打包了……我一直在拖着。但除非我确定已经别无选择,我不想进去。他唯一的要求就是当他不在的时候我们不要进去,我尊重这一点,可是……你真的认为他有麻烦了?

韦斯特·麦克雷:

我不能肯定。我只知道我在找萨迪,她却在找他,而正如你所说——现在他们都失踪了。

乔·帕金斯:

他的房间又能给你什么信息呢?

韦斯特·麦克雷:

我得看到了才会知道。

乔·帕金斯:

(叹气声)

萨 迪

"这可能得到医院才能处理……缝针之类的。"

我们在主办公室里，外面的窗户看不见我们。我的胳膊伸平摆在一张桌子上，底下垫着一块毛巾，在头顶日光灯的照耀下，丑陋，皮开肉绽，还在流着血。我盯着它看的时间长了就会觉得恶心。在基斯房间里的时候它看起来还没这么糟。而在这儿，它看起来真的很糟。埃利斯和我中间放着一个看起来很古老的急救箱。他抬眼看着我，等待着某种确认，像是，好的，去医院吧。

"不——不。"

我没能杀了他。

没能杀了他这件事让我感觉很恶心，因为现在他是我和基斯之间唯一的阻碍。这一刻的心软，或者不管这是什么吧，让我冒了太大的风险，让我不由得担心我是不是太饿了、太支离破碎，以至于无法做出正确的事。我知道事实就是这样，我只是以为至少有这么一次，我本可以做得好一点。我把眼睛闭上了一会儿。

我们旁边有部电话。埃利斯还没采取任何行动。

那些标签和证件在我面前整齐地排成一排。

"还是不想去啊。"他说。

我把刀子从他脖子上移开时，他哭了。这是让我聊以自慰的一点。在他的眼里，我看起来还是能够下手的。当我放下手的时候，他感觉那是他捡回的一条命。我是危险的。我可有把刀呢。

我们回到办公室时，他在桌子底下翻来翻去，找到了一瓶占边威士忌。他自己喝了一大口，却没有给我。我想问他，他从中能得到什么好处。他会让我为他做些什么，才能让我完成我已经开始做的这件事。

"它自己会长好的。"

"长好了也会很难看。"

可大多数事情都是这样。

他拧开一瓶异丙醇，对我说："会很痛。"然后把那液体倒在我的胳膊上，那动作有点报复的意味。一瞬间我的皮肤就像是着了火，我整个人就像是着了火。我紧咬着双唇，尖叫声便从其中挤出来，眼前金星直冒。恍惚中我似乎听到埃利斯在说："放松，放松，放松。"我倒抽了一口气——之前我甚至都没注意到自己屏住了呼吸。皮肤上烧灼的感觉一点一点淡了下去，却依然强烈得让我无法忽视。

"好些了吗？"他问。

他并没有等我的回答，便又在工具箱里翻来翻去。我感觉他只是想找些他自己觉得有意义的东西，而他其实也不知道他到底在做什么。过了好一会儿，他终于找到了一些蝶形绷带，放到他觉得合适的地方，然后尽可能把我崩开的皮肤拉到一起。

这时候，他拿起一根绷带。

"把胳膊抬起来。"他说。

我抬起胳膊，他用绷带在上面缠了一圈又一圈。他做这事儿的动作比消毒时轻柔了那么一点点，但也只有那么一点点。等他终于弄完了，我感觉舒服了。

我们就那么盯着对方。

"我……"埃利斯停顿了一会儿，又说，"我不知道现在该怎么做。"

"你说你……你会帮……帮助我的。"

"我刚刚帮助了你。该死的，你都把刀架到我脖子上了——"

"你说……说过你是他的朋……朋友！"

"我……"他停了下来，不知该如何继续。他抬手按住额头："听着，我现在没有报警的唯一原因是……"他又停了一会儿，说，"是因为你认为基斯伤害……小孩。而且你以为我和这件事有关系。"

"我知……知道他做了，"我说，"你说你……你是……是他的朋友！你说……说你们在网……网上认识的！我还……还能怎……怎么想？"

"那就是个蠢得要死的网游！那不是——不是——"他挥着手，像是溺水的人在垂死挣扎，"那和你说的这种事情没有任何关系。那不是我认识的那个人。那不是帮我找到这份工作的那个人。你——你知道你看起来有多疯狂吗？你擅闯了他的房间，把里面搞得一团糟！你平静下来后我没报警的唯一原因是，从你嘴里说出来的那些话，它们听起来那么可怕……我不知道。我真的不知道！"他一只手使劲挠着头，又伸出手指在那些证件上戳了戳，说，"这倒确实是他，但这不是他的名字……"

我找到写着基斯的那一张，推到他面前。

"他……他在我面前叫……叫这个名……名字。"

他指向那些布条，问："这些是……这些是什么？"

"战……战利品。他……他伤害过的孩……孩子。"

埃利斯脸色苍白，他的手飘向那些做过记号的布条，那是被伤害的女孩们，却在指尖触到它们之前停了下来。我看着他无声地念出每一个名字，念出这些名字时嘴唇画出的弧线。念到我的名字时，我转过脸去。

"你是怎么知道的？"

"……"我闭了一会儿眼睛，双手紧紧握在一起，"他对……对我……我妹妹下……下了手。"

"那你难道不是该告诉警察吗？"

"见……见到他以后，我……我会的。"

"不，"埃利斯坚定地说，"你得现在报警，让他们来——"

我重重地拍了一下桌子，那力道顺着我受伤且疼痛的手臂向上爬。他被这一下吓得不轻，在他的椅子上往后弹了一下。

"不——不！"

沉默。埃利斯抓过那瓶占边，站了起来，喝了一大口。接着，他走到窗前，看着外面的停车场，大笑起来。

"达伦，基斯——该死的管他是谁——他给了我这份工作。他实实在在地帮助了我。他救了乔的命。他对我一直都很好。我不……我无法相信。"

"那就告……告诉我，我在说……说谎。"

他什么也没说。

"你……你知道他……他在哪……哪儿吗？"

他紧张起来。这就是我要找的答案。

我是如此接近成功……

我慢慢地、小心翼翼地站起来。他警惕地看了我一眼。

"埃利斯，我不……不认识你，我也很抱……抱歉刚才那房……房间里发……发生的事，但我需……需要你……你告……告诉我，他在哪……哪里。"

"好让你去毁了一个人的生活吗？"

"或……或者说把……把一个变……变态送去他该……该去的地、地方。"

"可如果你对我撒了谎——"

"那……那你又有什么损……损失呢？你要拿……拿某个女……女孩的命来赌吗？你要……要用这……这个来赌吗？"我真希望自己之前坚决地下了手，真希望自己把他的心挖开。我一个一个拿起那些布条，"凯……凯西。安娜。乔……乔尔。杰西卡……萨……萨迪。"

"那就让我报警！"

"我得……得亲自看……看到。我必……必须这么做。"

"我……"

"拜……拜托了。"

这让我的胃直疼，在这样的时刻，我却怎么也无法让那个词完美地从我嘴里说出来，好说服他。当我需要的时候，我却无法用我自己希望的方式来交流，我无法描述这样的感觉有多糟。我的眼睛火辣辣的，眼泪顺着脸颊流了下来。我甚至无法想象自己看起来有多可怜。一个女孩，脸蛋被打伤，胳膊被撕烂，乞求着一个能够拯救其他女孩的机会。为什么这样的机会竟需要我如此乞求？

"如果你……你知道他……他对我的妹妹都做了些什么，你就不……不会这样对……对我。你必……必须让……让我走，告诉他他在哪里，假……假装我从……从没来过这里。"

他的肩膀垂了下去，慢慢地呼气。他眯起眼睛，捏了捏鼻梁。过了一会儿我才发现，他也在哭。

我屏住呼吸。

我看着他瞬间变老。

《女孩们》
第五集

（《女孩们》主题曲）

乔·帕金斯：

我的天啊！

韦斯特·麦克雷：

哇！

韦斯特·麦克雷（在录音棚）：

达伦·马歇尔的房间就好像……爆炸了——我实在找不到什么别的词来形容了。空气浑浊憋闷，足以说明他已经很长时间没来过这儿了。但上次来的时候他显然是把这地方翻了个底朝天：床上、地板上、所有东西上都散落着衣服，床上的被褥全都被掀开，家具翻倒在地，远离了墙面。屋里所有的抽屉都是开着的，除了冰箱。乔首先走了过去，冰箱打开的时候，食物腐坏变质的味道顿时填满了整个房间。

乔·帕金斯：

我的老天爷……

（门砰一声关上的声音）

韦斯特·麦克雷：

怎么回事，乔？

乔·帕金斯：

这里看起来简直像犯罪现场……天哪……（门打开的声音，玻璃嘎吱作响）噢，老天，别进来！该死的，这浴室的窗户破了。

韦斯特·麦克雷：

你之前都没发现吗？

乔·帕金斯：

你也看到这地方什么样了不是吗？多了一块烂玻璃我怎么可能不注意到？老天。

韦斯特·麦克雷：

达伦平常不是这样的？

乔·帕金斯：

我希望不是……但我还真的不知道。他说不需要打扫服务，我相信他自己会打理好这地方，我也没理由怀疑这一点，你知道吧？但这……这看起来不对劲。这里看起来像是有人打过一架之类的……那是血吗？

韦斯特·麦克雷：

地板上有几处可疑的污渍，但很难说到底是什么。我小心翼翼地在房间里走动，用手机拍了些照片。首先引起我注意的是个火柴盒，平平整整地放在床头柜上。我把它拿起来是因为它看起来很熟悉，但在那一瞬间我并不确定为什么。火柴盒的正面写着"库帕"。还没来得及细想，我又看到了另一样东西：

地板上有一张照片，一半被压在了床下。

我知道照片上的那个地方。我认识照片里的人。照片上有四个人，我第一个认出来的是克莱尔。她看起来比现在要年轻，更病态的样子。她站在一个男人身边，那男人怀里抱着一个小小的孩子——麦蒂。照片的右边，角落的位置，是萨迪。她大概十一岁的样子。

韦斯特·麦克雷（对乔说）：

喂，乔，这是达伦吗？

乔·帕金斯：

那是什么？……嗯，真该死。那就是他。那这个是——
这不会就是你在找的那个女孩吧？

韦斯特·麦克雷：

就是她。

乔·帕金斯：

该死的，这到底怎么回事？

韦斯特·麦克雷：

失陪一会儿，乔……我马上回来。

韦斯特·麦克雷：

我出了房间，用手机把照片发给了梅·贝丝。她的电话马上就打了过来。

梅·贝丝·福斯特（电话里）：

我的上帝啊，就是那张照片。你在哪里找到的？

韦斯特·麦克雷（电话里）：

什么？

梅·贝丝·福斯特（电话里）：

那就是我影集里不见了的那张照片……你还记得吗？我给你看女孩们的照片的时候，里面有一页什么也没有。有张照片不见了。这就是那张本该放在那一页的照片。女孩们，她们的妈妈，还有——

韦斯特·麦克雷（电话里）：

达伦。

梅·贝丝·福斯特（电话里）：

什么？

韦斯特·麦克雷（电话里）：

那是达伦。

梅·贝丝·福斯特（电话里）：

不，不是。那是基斯。

萨 迪

我七岁的时候，麦蒂一岁。她轻声地叫出了我的名字。

我的名字是她开口说的第一个词。

麦蒂出生第七天的时候，我六岁。我站在她的婴儿床前，听着她的呼吸，看着她小小的胸膛起起伏伏。我把手掌按下去，透过她感觉到了自己。那时她还在呼吸，还活着。

我也是。

我已经离朗福德很远了，马上就要到一个叫法菲尔德的地方。基斯就在那里。那是埃利斯告诉我的。"我上一次听到他的消息时，他就在那里。"我不知道在我离开后他有没有报警，有没有通知基斯，但我自己已经失去了任何线索。我发现自己把照片落在了基斯的房间时，就已经失去了一切线索。我的胃开始翻腾，连续不断地翻腾，我赶忙把车匆匆停到路边，冲出车外便跪在那儿狂吐起来，连着胆汁一起吐到泥土上。

我重新蹲下来，用袖子擦了擦嘴，从包里翻出那些证件和布条，在路边坐下，将它们摊放在一边。把这些东西放在一起感觉不太对。我把他的脸和她们的名字分开。

我不想带着它们。

带着它们实在是太沉重了。

我十一岁、麦蒂五岁的时候，我整整一年都没法好好睡觉。基斯和妈妈总是很晚才从酒吧回来——他是清醒的，妈妈则烂醉如泥。他俩总会弄出很大动静，尤其是她。我听着她拖着脚步走进卧室，听着基斯收拾厨房的咔嗒声。当这些声音都归于平静时，我知道接下来将要发生什么，我知道如果我拒绝，又将发生什么。要是我不行，他就会去找麦蒂。除非我说：等……等等……

等等。

直到有一天晚上，我没能说出口。

那天晚上，我把刀藏在了枕头下，用手指紧紧握住。我没有做到我应该做的，而是把他送到了她的身边。第二天早上，基斯走了，软弱的耻辱感笼罩了我的全身。我想麦蒂大概也多少有所察觉，我身上有一部分放弃了她，我无法保护她。

为了证明我是错的，我把她看得更紧了。

我感受着她的呼吸，那时她还活着。

我也是。

麦蒂十岁、我十六岁的时候，妈妈离开了，也带走了麦蒂的心。麦蒂每天晚上都会哭醒。可是麦蒂，就我们两个在一起，真的有那么糟吗？

然后是那张明信片——

麦蒂回来了，把她的心捧在手里，就在那里，呼吸着，还活着……

我也是。

我十九岁、麦蒂十三岁的时候，基斯回来了。

"猜猜我看见谁了！"她大声说，依然很生气。她总是为我不能为妈妈做更多而生气，却从来看不见我为她做了多少。"我和他说了妈妈的事，他说他会带我去洛杉矶，去找她。"我问她，她觉得是谁把她养到这么大，因为在那一刻，她肯定没觉得是我。

在麦蒂十三岁、我十九岁的时候，她悄无声息地走进夜色中，来到一辆停在冷泉镇某个街角路灯下的卡车旁，爬上了副驾驶座。我不知道接下来会发生什么。或许，当那个苹果园出现在地平线，标志着我们之间越来越远，她终于意识到了这距离，并且改变了主意。或许基斯不允许她改变主意，他拖住了她，她边踢边尖叫，她被拉下车，拉到林间，他在那里占有了她，那时她还在呼吸，还活着。直到她死去。

而我也死去了。

我要去杀了一个男人。

"我会的。"我对着大地低语，一遍又一遍。

我会的，我会的，我会的。

我必须。

我会杀了那个杀了我妹妹的男人。

直到我可以让自己相信这一点，我不会离开这个路边。

我坐在地上，感觉到碎石压进牛仔裤。风很大，风把盖在我脸上的头发吹了起来。我聆听着身边的世界被风拂过，路边的那些树木，树叶在风里沙沙作响，轻柔的歌声飘散在夜空。我仰望头顶的夜空，看着天上的星，这些身边的小小奇迹。

看星星就是看过去。我读到过一次。不记得是在哪里了，我也不太了解这理论，但是想到天上的星星是来自一个距离我和麦蒂如此遥远的年代，来自一个距离麦蒂的死亡如此遥远的年代，那种感觉就很奇怪。

来自我马上要做的事情。

《女孩们》

第六集

（《女孩们》主题曲）

播音员：

这里是麦克米伦出版公司为您带来的《女孩们》。

韦斯特·麦克雷：

基斯就是达伦。我给鲁比看了这张照片，她说这和萨迪去雷氏餐厅时给她看的、说要去寻找她父亲时的那张一模一样。

鲁比·洛克伍德（电话里）：

就是它，就是这张。

韦斯特·麦克雷（电话里）：

你还是怀疑她？

鲁比·洛克伍德（电话里）：

我怀疑错了吗？

韦斯特·麦克雷（与梅·贝丝通话）：

基斯完全没有可能是萨迪的生父吗？

梅·贝丝·福斯特（电话里）：

克莱尔回来后我可以问她。但我觉得可能性不大。

丹尼·吉尔克里斯特（电话里）：

说说看你都找到了些什么。

韦斯特·麦克雷（电话里）：

萨迪在找一个她童年时就认识的人——她妈妈过去的男朋友。她知道他的名字是基斯，但所有其他我找到过的人都叫他达伦，所以我一直没把这两人联系起来。萨迪和别人说那是她父亲，但实际情况好像并不是这样。

丹尼·吉尔克里斯特（电话里）：

好吧。那他是谁？

韦斯特·麦克雷（电话里）：

用这两个名字都找不到什么线索。我让我的团队继续找。不过，听听这件事：在朗福德，那家叫蓝鸟的汽车旅馆，基斯的房间被翻了个底朝天……等我一下，我给你发照片……

（敲键盘的声音，点击鼠标的声音）

丹尼·吉尔克里斯特（电话里）：

（口哨声）哇！

韦斯特·麦克雷（电话里）：

没错。萨迪一直带在身边的那张照片就是在那个房间里找到的。那照片原本是梅·贝丝放在女孩们照片的影集里——萨迪把它带走了。所以我猜她也去过那个房间。

我不知道那房间是在她去之前就变成那样，还是离开之后，还是她把它弄成那样的。根据乔的说法，她去的时候基斯不在，所以我认为他们没见过面。

丹尼·吉尔克里斯特（电话里）：

她闯进了他的房间。

韦斯特·麦克雷（电话里）：

我也是这么想的，可是……等等……

丹尼·吉尔克里斯特（电话里）：

什么？

韦斯特·麦克雷（电话里）：

我忘了——我被这张照片分散了注意力。房间里还有个火柴盒，是库帕酒吧的。那就是蒙哥马利城外的一家酒吧。

丹尼·吉尔克里斯特（电话里）：

蒙哥马利……就是萨迪在去朗福德的路上经过的那个地方。

韦斯特·麦克雷（电话里）：

（停顿）等等。

丹尼·吉尔克里斯特（电话里）：

什么？

韦斯特·麦克雷（电话里）：

那酒吧的所有人是塞拉斯·贝克。

韦斯特·麦克雷：

塞拉斯·贝克，就是被控对他执教的少年棒球队的孩子们实施性犯罪的那个男人。起初，我觉得这是巧合，但深入调查了一下他的案件情况后，我发现了一段贝克家人接受访问的新闻剪辑，我发现玛丽·辛格是他的妹妹。

她不肯接我的电话。

韦斯特·麦克雷（电话里）：

真见鬼，我应该先调查蒙哥马利的。

丹尼·吉尔克里斯特（电话里）：

那你就再回去呗。

韦斯特·麦克雷（电话里）：

不，不是——我有种不好的感觉，丹尼。

丹尼·吉尔克里斯特（电话里）：

这也是你得追查下去的线索。

韦斯特·麦克雷：

塞拉斯·贝克的罪行是被一个当地的男孩揭露的——十八岁的哈维·克鲁兹。他拨打911报警，声称在距离镇外二十五公里的一所废弃房子里发现了尸体。蒙哥马利警长带队到达现场时，他们并没有发现尸体，倒是发现了一系列儿童色情照片，其中一名警察认出了里面的孩子。在那之后，一切都乱了套。

我回到蒙哥马利去找哈维。他是个有意思的人。他身高将近一米九，瘦削，浅棕色皮肤。他从出生就一直住在蒙哥马利。这是他高中的最后一年。马上就要上大学了，这一年他本该尽情狂欢，但在塞拉斯·贝克被捕一事中扮演的角色让他的生活状态骤然转变。这是个艰难的转变，至少在社交层面。哈维恰好是贝克家双胞胎孩子诺亚和肯德尔的最好朋友，小时候还在塞拉斯的少年棒球队。他说他从未受到侵犯。

哈维·克鲁兹：

现在所有人都恨我。

韦斯特·麦克雷：

一定很不好过吧。

哈维·克鲁兹：

倒也不是所有人。而且，和那些孩子相比，我并没有那么糟糕。但我失去了很多朋友。我们这儿依然有很多贝克的忠实拥护者。你看到那些关于他的报道下面的评论了吗？

韦斯特·麦克雷：

至少可以说，它们很两极化。

哈维·克鲁兹：

这个城市没法再和从前一样了。

韦斯特·麦克雷：

你之前都不知道塞拉斯的事吗？你在他队里的时候，从来没有经历过任何不愉快的或者是性侵犯的行为……

哈维·克鲁兹：

没有！老天，没有。那是少年棒球。我们只是……打棒球。我不知道他是个变态。我根本不知道那所房子的存在，直到——我告诉过你，是那个女孩。

韦斯特·麦克雷（在录音棚）：

萨迪。

萨迪在蒙哥马利短暂停留的时间里，哈维遇上了她。

哈维·克鲁兹：

她告诉我，她的名字叫莱拉。

韦斯特·麦克雷：

说说你俩是怎么认识的吧。

哈维·克鲁兹：

我在库帕酒吧玩，和诺亚、肯德尔，还有另外一个朋友——她不想让我提她的名字，她现在还能算得上是我的朋友，所以如果你不介意的话，我就不提她的名字了。

韦斯特·麦克雷：

没问题。

哈维·克鲁兹：

我们在喝酒。我们在库帕酒吧买酒从来不是问题，因为那是贝克先生的产业。我知道这是不对的，但你总不可能告诉我，你在达到合法饮酒年龄前从没喝过酒。夏天的蒙哥马利，我们就是这么打发时间的。那一晚和其他时候并没有什么不同，后来……她来了。

她……你一定会觉得这很蠢。

韦斯特·麦克雷：

说说看。

哈维·克鲁兹：

这很难解释。当时乐队在中场休息，所以放了些录制好的音乐，而莱拉——萨迪——她……一个人在酒吧中央跳舞，我觉得她特别漂亮，你明白吗？我只是想认识她。你遇见过这样一个人吗？你满脑子想的都是和他或者她在一起？就像……小行星环绕着它的恒星？

韦斯特·麦克雷：

遇见过。我们结婚了。

哈维·克鲁兹：

是吧？我就是这个意思。我必须说——她跳舞跳得并不怎么样。（笑声）她只是毫不在意，而就是这种感觉让我觉得她很美。我不是……诺亚管我叫——曾经管我叫——板凳队员。

韦斯特·麦克雷：

那是什么意思呢？

哈维·克鲁兹：

那就是——那就是我们这帮人里的一个大笑话。说的是……我看着他们做这做那，但从来不参与。但那一天我站了起来，邀请她一起跳舞。

我们一起跳了舞。

韦斯特·麦克雷：

接下来发生了什么呢？

哈维·克鲁兹：

我带她回了我们的座位。

我朋友——不愿意透露名字的那个。她以为萨迪是刚搬到镇上的某个家庭的孩子，而萨迪就顺着她的话这样接下去了。她和肯德尔有点……我不知道。

肯德尔不喜欢她。

韦斯特·麦克雷：

为什么呢？

哈维·克鲁兹：

因为当那样一个独自跳舞的疯狂女孩，成为人群中关注的焦点，是肯德尔的专利。她觉得萨迪很诡异，因为萨迪在社交网站上跟踪肯德尔，她就像是特意在那上面找到了肯德尔，然后因为知道了我们会来库帕，才来的这里。

韦斯特·麦克雷（在录音棚）：

对于玛丽·辛格坚称没有和萨迪说过话这件事，我似乎越来越有理由怀疑。我相信萨迪和玛丽谈过，而玛丽认识基斯。她找到了玛丽的哥哥塞拉斯·贝克以及他在蒙哥马利的家人。这说明，塞拉斯也认识基斯。

哈维·克鲁兹：

她跟我们说，她们家搬到镇上来是因为她妹妹死了。

韦斯特·麦克雷：

她有详细解释吗？

哈维·克鲁兹：

没有。但我看得出她真是很伤心。你告诉我她妹妹真的死了的时候，我一点也不惊讶。总之……我给了她我的号码，她说她早上会打给我——我们说好一起去贝克家。后来她给我打了电话，约我在这里见面。

韦斯特·麦克雷:

"这里"是莉莉咖啡馆,是蒙哥马利主街的角落里一家小小的咖啡馆,给人一种温馨的家的感觉。哈维说这里早上会疯狂爆满,挤满了排队买莉莉家有名的冷泡咖啡和糖霜甜甜圈的人。现在这里倒是很安静。

哈维·克鲁兹:

我给她买了早饭,一起吃了。我马上感觉到有什么不对劲。很难描述清楚,但她特别安静,而且看上去……不太好。我问她怎么回事,但她没告诉我。

她带我去看了。

韦斯特·麦克雷:

萨迪带哈维去了距蒙哥马利二十五公里的那所房子,给他看了那些照片。哈维向我讲述这一部分时,他明显在发抖。

哈维·克鲁兹:

我记得我尖叫着从那房子里跑了出来。因为我认识——我认识那些孩子。而那些照片……我……我现在还会梦到它们,这让我想把自己的脑子挖出来,我……我说不下去了。

对不起……我很抱歉——

韦斯特·麦克雷:

没关系,慢慢来。

哈维·克鲁兹:

(长吁了一口气)我问她是怎么知道的,她怎么知道那里有这些东西。她说她整晚都把车停在贝克家房子外面,一大早就看到塞拉斯从房子里出来,她觉得很奇怪,就跟了上去,一路跟到了那房子……她说她藏了起来，一直到他走了才进去搜寻，这就是她找到的东西。我不知道那是不是真的，但她想让我报警。

我也很想说我马上就做了该做的事，我很想这么告诉你，但是……

韦斯特·麦克雷：

眼前发生的这一切让哈维不知所措，心烦意乱，无法很好地做出判断。萨迪却要求他马上行动。

韦斯特·麦克雷（对哈维说）：

萨迪愿意报警吗？

哈维·克鲁兹：

这就是问题！她不愿意自己报警。她说她太害怕了。

韦斯特·麦克雷：

你不觉得奇怪吗？她整晚都把车停在贝克家门外？你没让她解释解释这一点？听起来她可能一开始就预感到会发生什么事情。

哈维·克鲁兹：

看到那些照片的时候，我没法思考别的事情。它们从心理上摧毁了我。我现在还在接受心理治疗。这也是为什么我一开始没法报警……肯德尔和诺亚是我最好的朋友，而贝克先生——我很小的时候就认识贝克先生了，事情并没有——这一切都说不过去。我们开回了城里，她一直告诉我，我必须这么做，因为如果我不……

韦斯特·麦克雷：

如果你不做，就会怎么样？

哈维·克鲁兹：

我不知道。我们开车回了城，她把车停在罗斯玛特——路边的一家便利店。那里有付费电话……她说如果我不能直接报警，就打电话给警察，说发现了一具尸体，不要给出自己的身份就挂掉电话，让警察自己去发现这些。

韦斯特·麦克雷：

起初你拒绝了。

哈维·克鲁兹：

我没法正常思考，我给吓坏了。

韦斯特·麦克雷：

你这么跟萨迪说了之后，她是什么反应？

哈维·克鲁兹：

她把我留在那儿了。

韦斯特·麦克雷：

但你之后没过多久就打了那个电话。

911接线员（电话里）：

911调度中心。你有什么紧急情况？

哈维·克鲁兹（电话里）：

呃，我发现了一具尸体。

韦斯特·麦克雷：

哈维按照萨迪说的做了：他向警方提供了房子的地址，之后没有给出自己的身份就挂断了电话。

　　找到那些色情照片后，蒙哥马利警察局从罗斯玛特外调取了安全监控录像，找到了这位神秘报案人。

　　我看到了那段录像。哈维打电话时，萨迪没有和他在一起。电话是在她开走之后打的。他站在电话前，来回踱了十分钟步，才终于拿起了听筒。他打完电话之后就回了家，把自己关在房间里，不跟任何人说话，直到警察找上门来。

　　萨迪却去了塞拉斯·贝克家。

哈维·克鲁兹：
　　肯德尔和诺亚把我的电话都给打爆了。他们发过来的信息我一条都没回，但是……

韦斯特·麦克雷（在录音棚）：
　　贝克一家不接受任何媒体采访的请求。

哈维·克鲁兹：
　　他们说萨迪出现在他们家是因为我让她在那儿等我，这是假的。诺亚试着联系我，但我没回信息。

　　暂时看起来一切还好，但后来贝克先生回家了。他们告诉我，萨迪不是她自己声称的那个人，说我真是个傻子才会喜欢上她。他们说她偷了贝克先生的手机，还袭击了他——

韦斯特·麦克雷：
　　袭击了他？

哈维·克鲁兹：
　　是的，用一把刀。在他们家的车道上。

他们说她上了自己的车，在任何人还没来得及采取任何行动前就离开了，而贝克先生并不想告她，因为她显然"受到了干扰"。

在发生这些事情的时间里，警察正好在那所房子里。

韦斯特·麦克雷：

所以肯德尔和诺亚说贝克先生和萨迪之间发生了肢体暴力。他们有提到他弄伤了她吗？

哈维·克鲁兹：

他们没说。

但这不意味着他没做，只不过是他们知道即使他做了也不要让这事流传出来吧。

韦斯特·麦克雷：

你前一天晚上在库帕酒吧见到萨迪的时候，和那天早上在莉莉见到她的时候，她都没有受伤，对吧？

哈维·克鲁兹：

受伤……怎么个受伤法？

韦斯特·麦克雷：

据一位萨迪离开蒙哥马利时见过她的年轻女士说，萨迪受了伤。她的脸上全是瘀青，鼻骨断了，下巴也有擦伤。

即使她不是在贝克家受伤的，也是在离开那儿的不久后。

哈维·克鲁兹：

上帝啊。

韦斯特·麦克雷：

她有向你提过一个叫达伦或者基斯的男人吗？

哈维·克鲁兹：

没……没有，至少我不记得有过。

你认为她没事吗？

韦斯特·麦克雷：

这正是我想弄清楚的。

哈维·克鲁兹：

但你认为呢？你认为她没事吗？

自动答录机的女声（电话里）：

已为您转接到语音信箱——

玛丽·辛格（电话里）：

玛丽·辛格——

自动答录机的女声（电话里）：

请在"嘀"声后留言。

韦斯特·麦克雷（电话里）：

玛丽，我是韦斯特·麦克雷。

听着，我知道你不想我一直给你打电话，但事情是这样的——我有越来越多的证据表明你见过萨迪，你让她找到了你哥哥塞拉斯的家。你认识达伦。我认为塞拉斯很可能也认识他。如果你能和我聊聊这件事，我将不胜感激。我只是想把一个女孩带回思念着她的家人身边。

请给我回个电话。

韦斯特·麦克雷（电话里）：

喂，梅·贝丝，克莱尔在吗？

梅·贝丝·福斯特（电话里）：

不，她还……她没再回来过。

韦斯特·麦克雷（电话里）：

自从我上次打电话之后？你开玩笑的吧！

梅·贝丝·福斯特（电话里）：

不。我不知道——我想说，她还有些东西在这里，我想她不会不带这些东西就离开的，可是……

韦斯特·麦克雷（电话里）：

我要回冷泉镇了。如果她在这段时间出现了，给我打电话。

梅·贝丝·福斯特（电话里）：

怎么了？你发现什么了？

韦斯特·麦克雷（电话里）：

我也不知道。

萨 迪

科罗拉多州，法菲尔德。

每开出一公里，我就感觉皮肤被割了一刀。这是我开得最艰难的一条道路。那种疼痛，那种丑陋。一连几小时保持着同一个姿势的痛苦，手指关节由于紧紧握住方向盘而僵硬，我知道当我最后把车停下来时，我的手还是会保持那感觉。

当那带地名的标志牌终于出现在我视野中的时候，我没有感觉到一丝宽慰。

在我去过的所有地方里，法菲尔德算是个平庸之地。看着它，你不会被贫穷的景象困扰，也不会像看着蒙哥马利那样被它的光芒所刺痛。在这里，有些地方一片凌乱，有些地方只是运气不那么好，其他地方则可以让你看出经济情况呈梯度上升：还不错，更好一点，最好。基斯住的地方在这城市运气不那么好的一边，试图亲吻向"更好"，却对错了方向。这是一幢普通的两层小楼，破旧的壁板上是斑驳的白漆。

我在街对面停了车。

我的心还在跳着，血在血管里奔腾，一切都在正常运转。我朝向那房子看了好长时间，就像我在塞拉斯家外面那样，在我做出任何行动之前，我需要为最终必须见到他的那一刻鼓起勇气。

我所要做的就是撑过那一刻，这样我才能做接下来的事情。

我很热，不停地出汗。我把头靠在车座上，眯了一小会儿眼睛。也许不止一小会儿吧，因为当我睁开眼，前面的门廊上出现了一个小女孩。她身边全是纸，她在纸上乱涂乱画。但画了一会儿却放弃了，转而去看手里一本十分破旧的书。她看起来太像诺曼·洛克威尔（Norman Rockwell）画中的人物，像到我都不敢相信她是个真人。她很小，大概十岁吧，穿着粉色牛仔短裤，条纹上衣，棕色头发扎成马尾，那辫子太歪了，我猜是她自己扎的。她手中的书是平装的，被她死死地握在手里，仿佛抓的是根救命稻草。她是如此接近结局。她两侧的膝盖上都有创可贴。

我无法忍受这样出乎意料地见到她。我不知道为什么我没想到看到她出现。我不想去感觉，但我无法控制自己不去感觉这一切。

我把自己红色连帽衫的袖子放下来。这样穿实在是太热了，但不这样我没别的办法来遮住那些绷带。自从去朗福德以来我的胳膊就一直很疼，纱布上透出红色的小点，但我不想去想它。我在镜子里看了看自己的脸，它的颜色已经发生了变化，我只能把它比作碰伤的水果：紫色、棕色、淡淡的黄色。我讨厌看到它，因为它让我想到塞拉斯·贝克，他还逍遥法外呢。

但也许解决完基斯后，我可以回去。

这一次可以把事情办到位。

我下了车，我身体的每一个部位都在对这个简单的动作做抗议。

我走近的时候，女孩抬头看了看我。我越靠近，便越觉出她的脆弱，和一点点的野性。她的皮肤像牛奶一样白，布满雀斑。她的脸很尖，鼻子长长的，棕色的眼睛小小的。我盯着她看，她也盯着我看。她合上书本——那是一本《保姆俱乐部》（The Baby-Sitters Club）。我朝她微微一笑，她却警觉地看了我一眼。我不怪她。我看起来很吓人，很恐怖。

"你……你好呀。"

"你讲话很滑稽。"她马上说。她看起来比我想象中还要年纪小，她的声音甚至比麦蒂的还要细。

"我口……口吃。"

"你的脸怎么啦？"

"我太……太笨……笨手笨脚了。"

我弯下腰，直到和她的高度差不多齐平，指着那本《保姆俱乐部》。在它被磨出毛边了的封面上，史黛西正张开双臂，跑向俱乐部的其他成员。我还记得这书，记得这个感觉很奇怪。我有时会忘记，我曾经也是个孩子，我也干过孩子干的那些事。我会忘记我也曾在书上读过那些我梦想成为的女孩；我会忘记我也曾经玩过泥巴，用烂泥做蛋糕，也曾给我自己画像，在夏天去抓萤火虫。

"我……我最喜欢的就是史……史黛西。但我总想……想穿成克……克劳迪娅那样。"

"我讨厌史黛西。"

这听众不好应付。"你最……最喜欢谁呢？"

"马洛里。"过了好一会儿，她才回答说，"还有杰西。我差不多和她们一样大。我喜欢读关于……和我一样大的女孩的故事。"

她的眼睛垂了下去。我能感觉到她认为自己有多大年纪，因为我那时候也是这么感觉的。那是没有其他人能够看得到的，长在我身上的年岁，我渴望成年人能以对待一个小孩应有的样子对待我。我不知道基斯是不是已经拿到了她的标签，准备好带着她的那一部分离开。我太希望能及时赶到这里，但如果他已经在了，那就意味着我来晚了。

小女孩突然兴奋了起来，说："有人把她的整套《保姆俱乐部》都卖给了市中心的书店。我想赶在别人之前把它们都买下来，但我没有那么多钱。"

我捡起一张画。我认为，她画得远远超过她这个年纪应有的水准。画中忧郁的风景和悲伤的小女孩看起来都有点过于像她。当那样的痛苦如此明显时，真是让人痛苦啊。我敢打赌她的妈妈会骄傲地把这些画贴在冰箱上，看着它们，却从来没有真正地看到过。所有画上都签着一个名字：内尔。

我能看到你，内尔。

"内……内尔，"我说，"那……那是你吧。"

"我不应该和陌生人说话。"她说。

"我不……不是陌生——不是陌生人。我认识你妈妈的男……男朋友。"

"你认识克里斯托弗?"

她问我这个问题时听起来的感觉,让我想要毁掉这个世界。她眼中突然闪过的恐惧的光芒告诉了我,我想知道的一切。我看着她的手颤抖,看着她紧紧抓住手中的书好止住这颤抖,好隐藏这一切。

她才十岁,却已经在和自己的呼救做斗争了。

我多希望我能告诉她,过不了多久,她就不用担心这件事了。我多希望能告诉她接下来要发生什么,一切都会好起来。我敢肯定,她从来没有听到过这些话,就像我从来没听到过一样。我知道她也和那时的我一样,是那么渴望听到这些话。

"他……他在吗?"

我朝房子走近了几步,她说:"不!"我转向她,"他在睡觉,现在是安静时间。不管出什么事我都不能把他吵醒,不然他会生气的。"

"你……你就是因……因为这个才跑……跑到这外……外面来的吗?"

"等他醒来的时候,我几乎可以读完一整本书。"说这句话的时候,她是自豪的。

"真……真是厉……厉害呀!"她笑得格外灿烂,"你……你妈妈呢,内尔?"

"她在猎鹰工作。"

"那……那是什么?"

"一个酒吧。"

果然如此。我站了起来。我的膝盖咔嗒响了一下。

"她什么时候回……回来?"

"我睡了以后。"

这真是太完美了。我可以自己进他家的房子,找到正在沙发或者床上趴着睡觉的他。我可以站在他身边，手里拿着他的弹簧刀，稳稳地停在他跳动的心脏上，一刀扎下去，把他结束掉。我想象着他突然睁大的眼睛，所以我将是他临死前看到的最后一个人。我会将整个房间用鲜血染红，然后离开。当他们问内尔有没有看到什么的时候，她会说没有，我在外面，在安静时间我不应该待在家里……

这想法、这让人兴奋的刺激引着我来到门口，把手放在了门把手上，旋转起来。她却惊慌失措起来。内尔跑向我，用她小小的手掌握住我的手腕。她的手和当年麦蒂的手一样小。她不是麦蒂，我对自己说，但我的心却想带我去她所在的地方。她不是麦蒂，她不是麦蒂，她不是麦蒂，她不是麦蒂……可她的手好小……好温暖……

"你不能进去。"她急切地说。

她是如此鲜活。

"跟……跟我走。"我对她说。她目瞪口呆地盯着我。但如果她真的跟我走了呢？如果我就这么带她走，如果我能把她从这扇门后的生活带走呢？

"内……内尔，跟我走。"她放开了我的手，离我远了一些。我去够她，她又往后退了一步。我再去够她。因为我无法阻止自己，因为我们都知道这里面是什么。当我内心的绝望越来越强烈时，我能感觉到口吃的力量在增强。"我……我觉得你应该跟……跟我走。这……这里不……这里不——"

安全。

所以跟我走吧，求求你。"我妈很快就会回来了。"她摇着头对我说，忘了她刚刚告诉我她妈妈在上班，要很晚才到家。"我妈妈——"她一定很不喜欢我的动作，因为她大张着嘴巴尖叫了起来，"妈妈！"

这把我从幻想中拉了出来，强迫我的灵魂回到身体，我那酸痛、瘀青、疲惫的身体。我疲惫的心。我摇摇晃晃地走开了一步，她被吓坏了。

"我很——我很抱歉。"我掏了掏口袋，拿出钱包，掏出二十块钱给她，说，"等……等等。这里。拿……拿着这……这个。"

她闭上了嘴，怀疑地看了我一眼。我则在街上东张西望。即使有人听到了小女孩的尖叫，他们也没有过来。我咽了口唾沫，在她眼前挥舞着那张钞票。拿着钱吧，内尔。她肯定理解钱的意义。我在她这么大的时候是理解的。

"你可……可以用这个买……买好多《保姆俱乐部》的书。"

她犹豫着走上前，并不想太过靠近这个满脸疮疤的怪物女孩。她从我手里抢走那二十块，头也不回地沿着街跑走了。我眨了眨眼睛，忍住就要夺眶而出的眼泪，对着她远去的背影许了个愿。

我会结束这一切。

我面朝着房子。

我走了进去。

这里很安静，只有电流的低沉嗡嗡声和时钟的嘀嗒声。我站在一个小走廊里，走廊通向房子后面的一扇门。左侧是厨房，右侧是通往二楼的楼梯。我轻轻关上身后的门，靠在门上，强迫自己深呼吸，均匀地吸气和呼气。厨房桌上有一杯牛奶和一个吃了一半的三明治。碗碟架上摆着正待沥干的盘子。厨房后面有一个房间，那就是我接下来要去的地方。我惊讶于自己身体的安静，它简直是为这一刻而生的。那是客厅，时钟就是在这里，还有电视，我想象中基斯躺着的那个沙发，他一条腿搭在沙发外，睡觉的时候嘴巴张得大大的。

但他不在那里。

那么就在楼上吧。

一切都那么容易，直到我的右脚迈出第一步。那楼梯很有些年岁了，它在我身体的重压下发出的大声呻吟向我宣告了这一点。每次这声音响起，那感觉就像是开车经过山坡上的一个弯道，那种奇怪的紧张感在我的胃里翻腾，忽上忽下。

终于走完这些台阶时，我长吁了一口气。直到我抓住扶手的那一刻，看到自己颤抖的手指，我才发现自己抖得有多厉害。

二楼有三扇门，离我最近的那一扇是开着的，那是浴室。所以还有两个房间。我打开第一扇门，发现那是内尔的卧室。

我想应该是吧。

我真希望这不是。

她的房间很整洁，就像我把我的房间弄得很整洁一样，所有的东西都由一双小小的、不太确定的手放到它们该在的位置上。墙上贴着褪了色的粉红墙纸，接缝处都发黄了，我想它们在这里的时间应该比她在这里的时间要长了吧。一张小床上面铺着薄荷绿色的被子，二手货，一点蓬松的感觉都没有。我跨过门槛，走到她床对面的小书桌前。这里就是她创作那些优秀画作的地方，上面放着一个速写本和一些彩色铅笔，上面贴着一元店的贴纸。我来到她床边的衣柜，打开门，扑面而来的是婴儿柔性洗衣液的味道，和内尔那些小得不得了的衣服。

我也曾经这么小。

但那仿佛已经是上辈子的事情了。

我几乎是无意识地开始在衣服中翻找。这不是我原本打算做的事情，可我现在却在这么做了，我无法停下来，因为我知道。我知道我会找到我根本不想找到的东西。它就在那儿，在衣柜靠里面的位置。一件标签被剪掉的上衣。我把它从衣架上取下来，贴在脸上，一阵剧烈的几乎让我无法忍受的悲痛随之而来。我会救你的，内尔，我会救你的。但在那之后的一切，我想，都无法挽救了。我能阻止基斯，却无法撤销他已经做过的一切。你要如何原谅那些本该保护你的人？有时候，我不知道自己更想念的是什么，是我已经失去的一切，还是我从未拥有过的一切？

"我一直在想是否有一天你会这样出现在我的门口。"

我蹒跚着向前迈了一步，然后稳住自己。他平静的、无处不在的声音让我变得渺小，就像那样，让我变成了一个小女孩，因为知道自己没把事情做好而感到难过的小女孩。我没做好，因为当我转过身时，基斯就站在我的面前。

我希望他的黑暗面是表露在外的，因为你得知道它在那儿，才能看到它。他就像那些真正的恶魔，隐藏在芸芸众生中。他很高。他一直很高。他穿着牛仔裤，裤脚处又脏又破，线头拖在他的光脚上。他的腿一直向上延伸，直到他的躯干。他的胳膊紧实，肌肉发达，我记得我小时候它们还不是这样的。他的脸和从前一样尖利，满是胡楂，需要刮了。他眼角的皱纹从前就刺眼，而现在它们远比我十一岁的时候还要更深。八年，我已经八年没见过他了，但我感觉中间的这段时间消失了。我不是小孩了，我不是小孩了，我不是小孩了……他脚下的地板嘎吱作响。他靠在门框上，挡住了我出去的路。我把内尔的衣服紧紧贴在脸上，手上的皮肤绷得紧紧的，包裹住指关节。我闭上眼睛，听着他的呼吸声，回想着他在深夜里的呼吸。我记得……我不是小孩了……

他身体重量的移动让地板嘎吱作响。

我睁开眼，抬起头。

他不见了。

要不是我听到他在屋子里跑动，又从我身边跑开，我会以为他从来都不曾出现。我感觉自己快崩溃了，极力想要弄明白刚才发生了什么，我让什么发生了。我放下内尔的衬衫，离开她的房间，匆匆冲下楼，这回弄出了不小的动静。因为如果他在那儿，并且知道我来了，再保持安静也就没什么必要了。我来到楼下，后门开了，那里通向后院，以及后面的树林。

我朝那里跑去。我踏过门槛。刚一出门，外面的世界猛然在我面前铺展开来，那是一大片美丽的漆黑夜空，闪烁着我这辈子都没见过的那么多的星星。我看着它们在我眼前一闪一闪，它们是那么明亮，由白色转成红色，随后开始逐渐消失，直到我眼前只剩下一片漆黑。我的头盖骨感觉像是要裂开了，在某种未知力量的打击下一跳一跳的。他打了我——我模模糊糊地意识到……

接着，我看到了一束光，一个星星重新出现在地平线，与我的心跳保持同步，它微弱地跳动，却鲜活。我想伸手去够，胳膊却怎么也动不了。我朝向那个方向坠落下去，感觉身体触碰到了地面。我倒在了地上，一个又一个念头在我脑海中轮番闪过，却无法串联起来。所有的这些念头都是关于麦蒂的……

这些念头似乎永远没有穷尽。

《女孩们》

第六集

（《女孩们》主题曲）

韦斯特·麦克雷：

我终于回到冷泉镇时，克莱尔还没有回来。

已经好几天了。

梅·贝丝·福斯特：

我给方圆二十五公里以内的所有酒吧都打过电话，没人见过她。我不知道这算不算得上什么。她还有钱在这里……可能她在某个我不知道的什么地方喝多了，让别人给她埋单吧。

韦斯特·麦克雷：

人们很容易相信回到冷泉镇是对克莱尔戒酒计划的破坏，但她回来是因为悲伤，而不是为了自我毁灭。这种悲伤应该让我们想到，克莱尔·萨瑟恩这个人不仅仅是由她的种种失败构成的。她不是一个完美的人，但她还是一个人，是一个母亲。

我在麦蒂尸体被发现的果园里找到了她。

（脚步声，远处的汽车声）

韦斯特·麦克雷：

克莱尔？

（漫长的停顿）

克莱尔·萨瑟恩：

你在录吗？

韦斯特·麦克雷：

如果你不介意的话。

克莱尔·萨瑟恩：

我开车到处转……一遍又一遍在同样的路上开着。我也不知道自己在做什么。我几小时前就到这里来了，然后就怎么也没法离开。

好像我没法让自己从这里走开。

韦斯特·麦克雷：

我对你的损失深表遗憾。

克莱尔·萨瑟恩：

这还是第一次有人对我这么说。

韦斯特·麦克雷：

对此我也深表遗憾。

克莱尔·萨瑟恩：

当你以为某个人永远都会在的时候，事情是很不一样的。你以为你总会有足够的时间去弥补。

韦斯特·麦克雷：

你认为你还能弥补你和萨迪之间的关系吗？

克莱尔·萨瑟恩：

我很怀疑。这只是种心理安慰罢了，知道自己还有选择的机会。

你有孩子吗？

韦斯特·麦克雷：

有。

克莱尔·萨瑟恩：

有几个？

韦斯特·麦克雷：

只有一个。一个女儿。

克莱尔·萨瑟恩：

多大了？

韦斯特·麦克雷：

五岁。

克莱尔·萨瑟恩：

正是好年纪呀。

韦斯特·麦克雷：

是吗？

克莱尔·萨瑟恩：

是呀。那个年纪他们已经开始成人了，却又还像小婴儿一样黏人。萨迪——萨迪也曾经有过那样的时候。

韦斯特·麦克雷：

是吗？

克莱尔·萨瑟恩：

她根本就不记得了。我还记得大概也是个奇迹吧。但她也曾经有过那样一个阶段。那时候她是那么希望我在晚上给她掖好被子，哄她睡觉，她恳求我这么做。还有一次……她抬头看着我说，是你创造了我。而我——我说，是的，是的，宝贝，是我创造了你。

韦斯特·麦克雷：

你爱你的女儿。

克莱尔·萨瑟恩：

我的女儿恨我。

我再告诉你些关于萨迪的事吧。她很聪明。七岁的时候她就在她自己的许可单上签了名，等到再长大些，她还会签麦蒂的。梅·贝丝买来的圣诞礼物、生日礼物，萨迪会在卡片上签我的名字，麦蒂从来都看不出区别。

还有，你知道吗？我……我离开以后，一直都住在哈丁格鲁夫，过去三年都在那里。哈丁格鲁夫离冷泉镇不过三小时的车程。

韦斯特·麦克雷（在录音棚）：

克莱尔，在某个深夜消失，抛下麦蒂和萨迪去往天使之城，还给她们寄了张上面画着棕榈树的明信片，一句悲伤的"做我的乖女孩"草草写在背面，那是给麦蒂的，而给她大女儿的，却像往常一样什么也没有。自我开始层层深入地调查萨迪的故事以来，这似乎是最肯定的一件事了。

而麦蒂，把这句话当成了救命稻草紧紧抓住不放，最后上了一辆卡车的副驾驶座，那是一辆陌生人开的卡车，那司机最后杀了她。

坦白讲，到那时为止，克莱尔在果园里告诉我的事情有多可怕，我到那时都还没有意识到：

她从来没有去过洛杉矶。

是萨迪寄出的那张明信片。

韦斯特·麦克雷：

我的天！

韦斯特·麦克雷（在录音棚）：

萨迪的处境，让她不得不常常找些补偿。克莱尔离开时，萨迪眼见麦蒂陷入了一种无法触及的深深伤痛中不能自拔，便扔出了一根绝望的救命稻草——以母亲的字迹写下的一张明信片——而它奏效了。但同时，也正是这张明信片让她们之间出现了裂痕，她们的关系变得永远无法回到从前。因为那张明信片——尽管这无论怎么说也不是萨迪的错，但麦蒂出走了，被谋杀了……而萨迪，在她妹妹死后的每一刻，都清楚地知道这一点。

她是不是觉得这是自己的责任？那样程度的罪恶感，我无法想象。

克莱尔·萨瑟恩：

我爱我的母亲，她从未放弃我，不管我多不争气她都一如既往地爱着我。也许那对我来说不是最好的，但老天啊，当我想到她，我就会想到那份爱。可当她去世，那份爱也就随她而去了。梅·贝丝……她对我没有任何感情。所以我想萨迪——我以为萨迪对我会有的。我们都知道这件事最后结果如何。

那太让我痛苦了，在这件事上她恨我。我无法忍受。我必须把她推开，否则我会想要得到她。我好不容易才接受了这一切。而麦蒂——麦蒂比她容易得多。她们俩——她们俩谁都不该被这样对待。

韦斯特·麦克雷：

我们还可以找到萨迪。

克莱尔·萨瑟恩：

等你找到的时候，我可能已经在很远、很远的地方了。

韦斯特·麦克雷：

克莱尔……

克莱尔·萨瑟恩：

麦蒂的事情让我痛不欲生，我只能承受这么多了。

韦斯特·麦克雷：

这世界不是这样运转的。

克莱尔·萨瑟恩：

反正我就是这样运转的。（停顿）你应该和你的女儿在一起，你不陪着她，反倒在这里找我女儿干什么？

韦斯特·麦克雷：

没有其他人在找了。

克莱尔·萨瑟恩：

那不是理由。

韦斯特·麦克雷：

好吧……有了自己的女儿让我——

克莱尔·萨瑟恩：

别再说了。

韦斯特·麦克雷：

克莱尔——

克莱尔·萨瑟恩：

你这样做是因为你的女儿让你张开了眼睛，是这样吗？自己家有一个小女孩让你意识到，怎么，外面有一个又大又坏又肮脏的世界？所以现在你要试着把我的女儿从那世界里救出来，然后自我感觉良好，因为你让这世界比从前干净了一点？

韦斯特·麦克雷：

不是这样的。（停顿）

克莱尔·萨瑟恩：

你要知道，我不是个白痴。有时候，我看着梅·贝丝说话的时候，你看着她的样子，就好像我们是那么可怜渺小的傻子。你以为你能拿走我们的痛苦，把它变成什么对你有价值的东西。一个节目。一个节目……

我一生都在被男人利用。你如果想听我说实话——我不认为你会有什么不一样。

韦斯特·麦克雷：

克莱尔，如果你想听我说实话，我根本没想接下这个故事。而我知道得越多，我就越不想，因为我不认为它会有个好结果。但我现在正在做这件事，所以我必须坚持到底。

克莱尔·萨瑟恩：

这还真是让我感觉好多了。

韦斯特·麦克雷：

我不知道我是不是快要接近萨迪了，但我知道了一些事。我需要你告诉我关于基斯的事情。

克莱尔·萨瑟恩：

基斯？

韦斯特·麦克雷：

萨迪在找的那个人，她管他叫达伦的那个人。我们发现达伦其实就是基斯。关于他，你有什么告诉我的吗？

韦斯特·麦克雷（在录音棚）：

她问我们能不能回房车那儿去。梅·贝丝还在那儿等着。梅·贝丝不怎么高兴，但她看了克莱尔一眼，去烧上了水。

克莱尔·萨瑟恩：

我需要喝一杯。

梅·贝丝·福斯特：

你要是喝酒的话，最好是马上从这里滚出去。

克莱尔·萨瑟恩：

老天，梅·贝丝，我只是说我想喝，并不意味着我真的会喝。

韦斯特·麦克雷：

等你准备好了我们就开始。

梅·贝丝·福斯特：

准备好什么？

韦斯特·麦克雷：

聊聊关于基斯的事。

克莱尔·萨瑟恩：

基斯就是个错误。

梅·贝丝·福斯特：

他尽了最大的努力帮助你，你却抛弃了他，就像你抛弃任何其他事情一样。

克莱尔·萨瑟恩：

能让她离开吗？

韦斯特·麦克雷：

梅·贝丝，如果你不能让克莱尔按她的记忆把事情说出来，我只能请你给我们一些独处的时间。

梅·贝丝·福斯特：

你开什么玩笑？这是我家。

韦斯特·麦克雷：

这不是关于你或者她，这是为了萨迪。

梅·贝丝·福斯特：

好吧。你们在这儿聊。我才不在乎。

（门打开又关上的声音）

克莱尔·萨瑟恩：

我们赶紧把这事聊完吧。

韦斯特·麦克雷：

跟我说说基斯是怎么进入你的生活的。

克莱尔·萨瑟恩：

我和他是在酒吧认识的，一家叫乔尔的酒吧。我不太记得了，但他跟着我回了家，就像……像条清醒的小狗。他不喝酒。我认识他的时候他从不喝酒。

韦斯特·麦克雷：

那他为什么会在酒吧？

克莱尔·萨瑟恩：

这就是问题。他在找像我这样的人。

韦斯特·麦克雷：

和我说说这是什么意思。

克莱尔·萨瑟恩：

迷失了方向，病恹恹的……我因为我的毒瘾而病恹恹的。他帮助我保持在了这种状态，他总是给我钱，确保我总是喝醉……

他从来没有向我要求过任何东西。他总是不断地付出，而我很乐意接受，只要他还愿意给我就愿意要。他一直这样对我是因为……

韦斯特·麦克雷：

因为什么？

克莱尔·萨瑟恩：

萨迪恨他，你知道吧。

韦斯特·麦克雷：

梅·贝丝提到过。她说萨迪觉得基斯对她有威胁。

克莱尔·萨瑟恩：

我带回家的人她全都不喜欢。你得明白，即使他们是好人，她也不喜欢。他们不全是坏人的。

韦斯特·麦克雷：

那基斯是坏人吗？

克莱尔·萨瑟恩：

我最后把他赶出去了。

韦斯特·麦克雷：

为什么？

克莱尔·萨瑟恩：

和他对女孩们的态度有关系。他总是……太感兴趣了，你明白吗？大多数男人，你告诉他们你有孩子，他们就不想跟你扯上任何关系，所以你得向他们保证，他们永远在你心里排第一。基斯却从来不那样。

我不喜欢他看麦蒂时的样子。

韦斯特·麦克雷：

这是什么意思呢？

克莱尔·萨瑟恩：

就是我说的那个意思。

韦斯特·麦克雷：

克莱尔？

克莱尔·萨瑟恩：

我发现——有一天晚上我发现他在她的房间里。最后一晚。

韦斯特·麦克雷：

在做什么呢？

克莱尔·萨瑟恩：

没什么。不，我不知道……

那不对劲。我一看到就知道那不对劲。他没理由在那里，没有。有时候，当我想起这件事的时候，我记得他的裤裆是开的，但我……我喝醉了，我不知道。那天晚上我把他赶出了家门，第二天早上麦蒂起床问基斯在哪里……而且每次提到他的名字，她都没什么事，所以我不觉得——我想我一定是及时赶到了。

韦斯特·麦克雷（在录音棚）：

你很难单凭声音来理解克莱尔。她诉说这些事情的方式是平淡的、疏离的，像是要把自己从这些事情中割离开来。你得看看她说话时的样子，她每说出一个词身体就缩得更小一点，她不停地摆弄手中的香烟却怎么也点不燃的样子。她的手在发抖。诉说这件事情让她非常难过。

韦斯特·麦克雷：

克莱尔，我还有一件事要问你。

克莱尔·萨瑟恩：

不要。

韦斯特·麦克雷：

萨迪有没有告诉过你——

克莱尔·萨瑟恩：

不要。

我不知道。

韦斯特·麦克雷：

基斯欺负过萨迪吗？

克莱尔·萨瑟恩：

（哭声）我不知道。

韦斯特·麦克雷（在录音棚）：

很明显，萨迪和基斯的事还没了结。是这样吗，还是他成功地伤害了麦蒂？克莱尔在那个晚上或许是救了她女儿一次，但基斯和她们共同生活了一年。

梅·贝丝·福斯特：

我真是不敢相信……我不敢相信你说的关于他的事情。

克莱尔·萨瑟恩：

我说的是事实。

梅·贝丝·福斯特：

萨迪每次见到我都告诉我，她有多恨他。我没听进去。我以为她只是孩子气，可是……她从来都不止是个孩子。

克莱尔·萨瑟恩：

别跟我说这些，梅·贝丝。

梅·贝丝·福斯特：

我没有，克莱尔。谢天谢地……谢天谢地你阻止了他。

韦斯特·麦克雷：

听起来，萨迪在找基斯，是因为她还有事情要解决。

梅·贝丝·福斯特：

我不明白为什么她现在要去找他，在过了这么长时间以后。

韦斯特·麦克雷：

还有些事情。基斯曾经和一名女子交往，她的哥哥最近刚刚因为性侵儿童被捕了。他是因为萨迪被捕的。我晚点再和你们细说这件事情，但如果不是萨迪，他肯定还在逍遥法外地侵犯小孩子。我不知道那个男人和基斯的关系有多深，但从克莱尔告诉我的情况来看，他俩似乎有共同的嗜好。

克莱尔·萨瑟恩：

那么，那个妹妹怎么说呢？

韦斯特·麦克雷：

她不肯和我说话。

克莱尔·萨瑟恩：

这就足够证明了，不是吗？（停顿）真的是萨迪让他被捕的吗？

（手机铃声）

韦斯特·麦克雷：

抱歉，我得接这个电话。我是韦斯特·麦克雷。

乔·帕金斯（电话里）：

喂，我是蓝鸟的乔·帕金斯。非常抱歉这么晚打给你，但你告诉我一旦有什么情况就联系你……

韦斯特·麦克雷（电话里）：

没关系的，乔。你要告诉我些什么？

乔·帕金斯（电话里）：

我和一个以前在汽车旅馆工作的男孩聊了聊……我把旅馆卖了以后就打发他走了，他叫埃利斯·雅各布斯。我和他说了你来过，问了些问题，他说你得尽快回这里来，听听他的故事。是关于你要找的那个女孩的。

《女孩们》

第七集

（《女孩们》主题曲）

播音员：

这里是麦克米伦出版公司为您带来的《女孩们》。

韦斯特·麦克雷：

埃利斯·雅各布斯今年二十五岁，是一名白人男性。一张娃娃脸让他看上去比实际年龄小个五六岁。他的生活过得不容易，他会第一时间告诉你这一点。十七岁的时候，他就被赶出了家门。他坚称这并不是因为他是个坏孩子，只是他母亲那时的男朋友不喜欢他。

埃利斯·雅各布斯：

据我所知，他们现在可能结婚了吧。他是个虐待狂，把我打得屁滚尿流。我想有时候事情就是这样。

韦斯特·麦克雷：

他一直无家可归，直到快二十四岁的时候。

埃利斯·雅各布斯：

对我来说这事并不像有些人经历的那么糟。我常去别人家做沙发客，我有很多好朋友。但我一直无法自立。

韦斯特·麦克雷：

后来他遇到了基斯。

但在埃利斯面前他叫达伦。

埃利斯·雅各布斯：

事情是这样的，我住在一个朋友家的时候，开始玩一个网游。那是个大型多人在线游戏。你玩的时候可以跟别人聊天，我就是在那上面认识达伦的。这个过程没什么见不得人的，我们就这么建立了友谊。他告诉我他理解那种感觉，那种漂泊不定的感觉，他想帮助我。

韦斯特·麦克雷：

就这样？你们几乎都不认识，他却主动说要帮你？

埃利斯·雅各布斯：

我只是给你说得比较简单而已，说得简单了很多。我们在那个游戏里一起玩了一千多个小时。这已经是足够长的时间让你去了解一个人，至少让你感觉你了解了。

韦斯特·麦克雷：

他是怎么向你描述他自己的？

埃利斯·雅各布斯：

嗯，就像我刚才说的——他说他也是个漂泊不定的人，他这辈子大部分时间也都和家人疏远。他还说他爸爸过去常常打他……

现在我很怀疑这里面到底有没有实话，但我不知道。他在我最需要的时候帮我找到了蓝鸟的这份工作。他从来没有让我有任何理由认为他是……坏人。他对我来说是个好人。

看在上帝的分儿上,他救了乔的命啊。

乔说起达伦就像说起一个兄弟,就像他是那种只要你开口就会为你做任何事,却永远不知道怎么让自己的生活走上正轨的人。你能明白吗?

韦斯特·麦克雷:

和我说说见到萨迪的事吧。

埃利斯·雅各布斯:

那天我值夜班。我和乔换班的时候完全没有听他提起她。她很晚的时候来到办公室,脸上全是伤。她看起来状况不太好。她一上来就是问达伦的事。

韦斯特·麦克雷:

但达伦那周末并不在。

埃利斯·雅各布斯:

不在。在那之前他已很久没来过了。我们从来没这么久没见到过他。一直到现在我们也没见到他。

韦斯特·麦克雷:

达伦有没有刻意向你隐瞒他的行踪?

埃利斯·雅各布斯:

他没有向乔隐藏,也没有向我隐藏。但我们理解……你知道,我们理解不管他去了哪里,都不要去打扰他,也不告诉任何问到的人。反正乔是这么跟我说的。

韦斯特·麦克雷：

那萨迪又怎么样了呢？

埃利斯·雅各布斯：

她说达伦是她父母的朋友。她问了很多关于他的问题，当时让我印象最深刻的是她真的很执着。我提出如果有什么东西我可以帮她转交时，她拒绝了。她问我能不能在他房间里留点东西，我说不行。她问我知不知道他在哪里，我也没告诉她。后来她就放弃了。至少我以为她放弃了。

韦斯特·麦克雷（在录音棚）：

记得房间浴室那扇被打破的窗户吗？
萨迪。

韦斯特·麦克雷（对埃利斯）：

你没听到打破窗户的声音吗？

埃利斯·雅各布斯：

如果我待在这里面，电视还开着……我没听见。

韦斯特·麦克雷：

是什么让你决定去检查这个房间？

埃利斯·雅各布斯：

是她让我产生这个念头的。她的行为太怪异了……我无法不去想它。所以大约一小时后，我想应该是吧，我就起身去查看了。我的直觉让我这么做的。从汽车旅馆的前面看起来，不像有任何事情发生的样子，但我直接去了窗户那儿往里看。窗帘是拉上的，但我能看出里面有……有什么东西在移动。

我打开了门，她在里面。

韦斯特·麦克雷：

把你记得的都告诉我。

埃利斯·雅各布斯：

那场景……信息量很大。那地方被翻得乱七八糟，是她干的。她的胳膊流了好多血——

韦斯特·麦克雷：

流血？

埃利斯·雅各布斯：

她打破了浴室的窗户，自己也没落着什么好。她的胳膊被割伤了。

韦斯特·麦克雷：

你没对乔说那窗户的事，也没对乔说所有这些事，直到他告诉你我找过他。

埃利斯·雅各布斯：

是的，没错。

你要知道，达伦的房间是禁止入内的，我担心如果乔知道了，我可能会丢掉工作。我的感觉是，在这里工作没有什么规则，除了那一条，而这已经是世界上最容易守住的规则了，所以……我就没管它。我不知道要过多久乔才会把它卖掉，而我需要这份工资，需要在那之前一直都能拿到这份工资。他一把蓝鸟卖掉，就让我走了，而我……反正他们也要把这地方拆了，再提这事好像也就没什么意义了。

韦斯特·麦克雷：

好吧，那让我们继续从她打破窗户、割伤手臂，然后你发现她开始说。

埃利斯·雅各布斯：

她伤得挺厉害的，需要缝针。她没有缝针，但那伤口看起来够深，需要缝。我也是看到这情况，才意识到她是多么想要进他的房间。所以我走进去了，我看到她，她也看到了我，她拿出一把弹簧刀，架到我的喉咙上，然后问我——她问我……上帝啊，这真是很难说出口。

韦斯特·麦克雷：

她问了你什么，埃利斯？

埃利斯·雅各布斯：

她问我是不是和他一样。

韦斯特·麦克雷：

和达伦一样？

埃利斯·雅各布斯：

是的。

韦斯特·麦克雷：

她这话是什么意思呢？

埃利斯·雅各布斯：

她想知道我是不是……我是不是……她的说法是……老天，这太恶心了。

她问我有没有强奸小女孩。

韦斯特·麦克雷：

这是她的原话吗？

埃利斯·雅各布斯：

这就是她的原话。她用刀抵着我的喉咙，问我是不是……像达伦一样，她的话就是这个意思。我想过各种她可能说出的话，但是这——这是我最不可能想到的一种。

韦斯特·麦克雷：

你是怎么做的呢？

埃利斯·雅各布斯：

我对她说我不知道……我不知道达伦的这一面。我告诉她，我是在网络游戏里认识他的之类的。她……好吧，我说过我父母把我赶出家门，我不得不依靠别人的帮助，你知道我的意思吗？

韦斯特·麦克雷：

帮我解释一下吧。

埃利斯·雅各布斯：

嗯，比如我太骄傲或者太生气的时候……我总会伪装自己，让别人无法给我我所需要的。我会伤害他们。不——不是在身体上伤害他们，我只是会把我的痛苦发泄在他们身上，因为我不知道该如何寻求帮助。所以在面对其他人的时候，我总是会试着记住这一点。我总是试图去看穿他们，在我认为自己可以的时候给他们提供帮助。

韦斯特·麦克雷：

所以你决定帮助她？

埃利斯·雅各布斯：

一定程度上吧。我——更主要的是我被吓坏了，有把刀架在我喉咙上呢，我真的以为我会死啊，哥们儿。她很疯狂。她看起来……看起来眼神很狂野……而这是我唯一可以打的牌，所以我就这么做了。

韦斯特·麦克雷：

你让她平静了下来。

埃利斯·雅各布斯：

我想是的吧。

韦斯特·麦克雷：

说具体一点，你是怎么做到的呢？

埃利斯·雅各布斯：

我说她受伤了，我能帮助她，她可以告诉我关于达伦的事，因为我不知道。

我能看出来她……她很疲惫。她看起来真的像是要不行了，所以我就那么说了。我想那大概也是她最终放下刀的一部分原因吧。但同时，我猜——好吧，在那一刻，我真的以为我会死。我真的相信她会杀了我。但在她走后……我不知道。算是事后诸葛亮吧，但我在事后想起来，我不觉得她真的能做到。但她放开我的时候，我还是哭得跟个婴儿似的。

韦斯特·麦克雷：

和我说说接下来发生了什么。

埃利斯·雅各布斯：

我们回到主办公室，我帮她处理了一下她的胳膊。她告诉了我……她告诉了我关于达伦的事。

韦斯特·麦克雷：

不管怎么说，达伦对你来说都是一个非常好的朋友。我知道你提出愿意听她细说是为了自我保护，但是不是仅此而已呢？你相信她吗？

埃利斯·雅各布斯：

当有人拿刀指着你，又不是为了问你要钱之类的，从他们嘴里吐出来的第一句话还是问你是不是对小孩子下手……这其中一定有原因，对吧？而且即使我……我发誓我从来不知道达伦还有她向我说的这一面，但她找到了——她在他房间里找到了一些东西。

韦斯特·麦克雷：

什么东西呢？

埃利斯·雅各布斯：

她找到了一大堆假身份证，都是……都是达伦的，那些证件上的照片。但名字都不一样，而且没有一个用的是达伦这个名字。

韦斯特·麦克雷：

你还记得那些名字吗？

埃利斯·雅各布斯：

我只记得基斯，就是你提到过的那个。她说她认识达伦的时候他叫基斯。然后她从他房间里找到的其他东西是……呃，是一些标签。

韦斯特·麦克雷：

标签？

埃利斯·雅各布斯：

标签，就是……从衣服上剪下来的……上面还有名字——女孩的名字——他把女孩的名字写在了上面。

我问她那是什么意思……她说那些是他的战利品……他侵犯小孩后的战利品。

其中有萨迪的名字。

韦斯特·麦克雷：

嗯。

埃利斯·雅各布斯：

但她没说她就是萨迪，我也没往这方面想过。直到你告诉我她叫萨迪，我才想起来。

韦斯特·麦克雷：

好吧。接下来发生了什么呢？

埃利斯·雅各布斯：

你还好吗？

韦斯特·麦克雷：

嗯，只是——那……

那接下来发生了什么呢？

埃利斯·雅各布斯：

她说达伦对她的妹妹"下了手"，而且他伤害小孩子，那就是她在找他的原因。

韦斯特·麦克雷:

她这是什么意思呢?

埃利斯·雅各布斯:

她没有说。我对她说,如果他真的那么坏的话……她应该报警,让警察来处理。我们在这问题上还争执过。

韦斯特·麦克雷:

她不想报吗?

埃利斯·雅各布斯:

她不想报。她表现得好像她想先确定他在那里,然后再报警……但她必须在那里,因为在他让她经历了这么多以后,她需要亲眼见证这一切。

韦斯特·麦克雷:

那你做了什么呢?

埃利斯·雅各布斯:

我包扎了她的胳膊……我尽我所能地包扎了她的胳膊,但我包得并不怎么样。后来我就让她走了。

韦斯特·麦克雷:

你让她去找他了。
你知道他在哪里。

埃利斯·雅各布斯:

嗯。

韦斯特·麦克雷：

请告诉我，你在她走后就报警了。

埃利斯·雅各布斯：

我没有。

韦斯特·麦克雷：

你为什么没有报警？为什么跟我谈，而不是跟警察谈呢？

埃利斯·雅各布斯：

因为我……因为我也不知道！因为我如果让警察去找达伦，而她错了，我就背叛了一个对我好的朋友！一切可就都回不去了！

但如果她自己去报警，如果他真的有罪，那不管怎样一切都会得到解决。我不……我不知道！这一切都感觉太不真实了，你明白我的意思吗？我只想忘了它。然后乔告诉我，你在找一个叫萨迪的失踪女孩时，我想起了那些标签……

我不知道。

韦斯特·麦克雷：

我的天哪，埃利斯！

韦斯特·麦克雷（在录音棚）：

科罗拉多州的法菲尔德，距离朗福德一天的车程。和埃利斯聊完后，我准备开车去那里，但想到萨迪，我停了下来。她就那么无情地从一个地方去到另一个地方，极度悲伤、内疚、疲惫，还受了伤。想到这样一个如此脆弱和孤单的人，让人很难过。

想到她让人很难过，她是如此脆弱，如此孤单。

韦斯特·麦克雷（在电话里）：

我觉得我做不到。

丹尼·吉尔克里斯特（在电话里）：

你可以的。

韦斯特·麦克雷（在电话里）：

当基斯出现在她们生命里的时候，麦蒂和我的……和我的女儿差不多大，萨迪也只有十一岁。他对她们下手，她们只是……她们只是孩子，你知道吗？

什么样的人会对孩子做那种事？

丹尼·吉尔克里斯特（在电话里）：

你有睡觉吗？

韦斯特·麦克雷（在电话里）：

嗯。

丹尼·吉尔克里斯特（在电话里）：

撒谎。

韦斯特·麦克雷：

我到法菲尔德的时候是早上七点。埃利斯告诉了我，他所知道的基斯最后出现的地方，这也是他给萨迪的地址。我在那所房子前停下车后，没等到九点就去敲了它的门。

（脚步声，敲门声）

（开门的声音）

一个女人的声音：

请问你找谁？

韦斯特·麦克雷：

你好，我是韦斯特·麦克雷。我是WNRK的一名记者，我在找一个失踪的女孩。我有理由相信她曾经出现在这片区域，确切地说，在你家。如果你能给我一点时间，让我问你几个问题，我将感激不尽。

一个女人的声音：

我可不知道什么失踪的女孩。

韦斯特·麦克雷：

那应该是几个月前的事情了——

一个女人的声音：

呃，听着，我刚下班，我很累，而且现在这么早……也许你可以——

韦斯特·麦克雷：

等等，我只需要——只需要——你认识这个男人吗？

韦斯特·麦克雷（在录音棚）：

我给她看了基斯——达伦的照片。

一个女人的声音：

噢，天哪！

韦斯特·麦克雷：

你认识他吗？他现在在这里吗？之前在这里吗？

一个女人的声音：

不。是的。我是说……他之前在。但是——

韦斯特·麦克雷：

他现在在哪里？

一个女人的声音：

呃，他——

他死了。

小女孩的声音：

妈妈？

《女孩们》

第八集

（《女孩们》主题曲）

播音员：

这里是麦克米伦出版公司为您带来的《女孩们》。

韦斯特·麦克雷：

此刻，距我出现在阿曼达家门口、被她告知基斯已经死了的消息，已经过去一年了。当时我脱口而出的一句话是："我想我们应该报警。"自那以来，我一直在收集所有遗漏的线索，试着拼凑出一个我能理解的真相。阿曼达同意和我面谈，聊聊那天发生的事。她是白人，三十岁，有一个孩子。她要求我不要透露她的姓氏。

阿曼达：

我不知该从何开始。

韦斯特·麦克雷：

你和他是怎么认识的？

阿曼达：

他来到我当时工作的地方。

韦斯特·麦克雷（在录音棚）：

阿曼达已经不在法菲尔德住了，她搬到了另外一个州，另外一个城市。她试图抛下和克里斯托弗——当时基斯使用的化名——的过去，重新开始。这并不容易。之前发生的事一直让她内心不得安宁，她觉得很难面对。

韦斯特·麦克雷：

当时你在一家酒吧工作。

阿曼达：

是的。他一再光顾那家酒吧。他人很好，很细心。他并不喝酒，只在那里点吃的。他经常来店里。他身上有种气质——我感觉我可以和他聊天，我感觉无论我说什么，他都能理解。我是个单身妈妈，很难找到人。我发现很难找到愿意倾听我说话的人。

韦斯特·麦克雷：

你有一个女儿。

阿曼达：

（停顿）是的。

韦斯特·麦克雷：

那时候她多大？

阿曼达：

刚满十岁。

韦斯特·麦克雷：

他是在你们认识多久后搬来和你们同住的？

阿曼达：

大概一个半月。我每次上班、每次休息他都在。还有我的假日。我……我认为我爱上他了。我记得我当时觉得很可笑，但与此同时我也在想，为什么就不能有好事发生在我身上呢？

要是我早知道把他带回家……要是我早知道我带回家的是什么……我女儿从来没有对我说过一个字。她从没告诉过我事情不对劲。你肯定会认为，我是她的妈妈，我应该知道的。你肯定会认为我——

韦斯特·麦克雷：

他的目标就是带着小女孩的单身妈妈，那些孤单的、需要独自承受太多的女性。他像追猎她们的孩子一样追猎她们。你不能责怪你自己。

阿曼达：

我知道，可知道——

知道一件事和打从心里相信一件事，完全是两回事。（停顿）他没有工作。换作平常任何时候，那对我来说都是个危险信号，但他对我女儿很好，也很擅长照顾她。我以为，有个人一直在身边，有个她当时看起来似乎是很喜欢的人在身边——我以为那对她有好处。

韦斯特·麦克雷（在录音棚）：

阿曼达的女儿现在在接受每周两次的心理治疗。

阿曼达：

所以，我工作的时候他就会在家。和她在一起。

韦斯特·麦克雷：

和我说说他是怎么死的吧。

阿曼达：

酒吧的一个女孩要和我换班，所以我比平时去得早一点，也比平时回家早了一点。到家的时候，我的女儿在家，他不在。她说她去书店了，回来的时候他就不在了。

我当时非常非常生气，因为我不想让她一个人在家，因为我不认为那是……（哈哈大笑）我不认为那是——

对不起。

韦斯特·麦克雷：

没关系，你慢慢来。

阿曼达：

那天晚上，他大概九点回的家。他看上去情况很糟糕，他……身上很脏，非常脏。他脸色苍白，浑身发抖，身子向左倾斜。我吓坏了，不敢相信自己的眼睛。

韦斯特·麦克雷：

他和你说了是怎么回事吗？

阿曼达：

他告诉我他他被抢劫了。他说，他是怎么说的来着……"我被突然袭击了，他们拿走了我所有的钱，还开车拉了我一段。"但他一直没说这个"他们"是谁，我问他的时候他就含糊其词。但他很难受，而且他确实是出了事——这是千真万确的。

韦斯特·麦克雷：

你没有报警。

阿曼达：

我想报警，我求他报警。但他拒绝了。我说我们至少应该去医院做个检查，因为他显然受了伤，但他坚持说他没事，只是有点痛，睡一觉就好了。像是为了证明这一点，然后他坐下来和我吃了一顿很晚的晚餐。之后他去洗了个澡，上了床，那时他还活着。第二天早上，我看了看他的情况，他说他没事，只是想睡觉。我就让他睡觉了。我把我的女儿送到一个朋友家，让她在他们家待一天一晚，这样就没人打扰他了。之后我就去上班了。大概到了午夜，我回到家里，他还躺在床上，已经没有反应了。我打了911。

韦斯特·麦克雷：

他曾试图自己处理身体左侧的刀伤，但没有成功。伤口感染了。几天后，他死在了医院，败血症。

阿曼达：

他死后，我悲痛欲绝，完全不知道该怎么办。我不知道该联系谁，我也付不起葬礼的费用。他没怎么提到过自己的家人……所以我去翻了他的东西。

我找到了……在他的钱包里——那里面有钱。这让我很意外，因为他和我说"他们"把钱抢走了——他口中的那些抢劫犯。在他的车里，我找到了一份证件，上面显示的是另外一个名字，不是克里斯托弗。

韦斯特·麦克雷：

杰克·赫什？

阿曼达：

我完全不明白是怎么回事，但我想办法联系上了他的父母——马西娅和泰勒。从克里斯——杰克，十八岁起，他们就疏远了。他们来到这里，在警方允许后认领了尸体，只剩下我……为这个我自以为我了解的人而悲伤，为我原来根本不了解的这个人而震惊。

韦斯特·麦克雷（在录音棚）：

在杰克·赫什成为基斯、达伦和克里斯托弗前，他住在堪萨斯州的艾伦斯伯格。和很多其他人一样，高中毕业后他就离开了家乡。那里的人从此再也没有见过他，但他们记得这个人。

艾伦斯伯格的居民说杰克是个独行侠，是个怪人。他的父母是虔诚的基督徒，通常不与人来往。不过，也有传言说，杰克家里的情况不太好，说杰克的父亲酗酒，脾气粗暴。

他的父母拒绝与我谈话。

杰克十二岁的时候，发生了一件事：在小学里他在一群小女孩面前裸露了自己的身体。

玛丽·辛格十岁的时候，她的哥哥塞拉斯·贝克和杰克成了最好的朋友。那时他们都是十七岁。事情发生得很突然，似乎没有任何解释。

玛丽·辛格（电话里）：

我想，大概是他们在对方身上看到了自己吧。

韦斯特·麦克雷：

玛丽终于同意和我对话了。

韦斯特·麦克雷（在录音棚）：

你和杰克谈恋爱之前很久就认识他了。你把萨迪送去找你哥哥，去找这个人的路，你是知道的，至少是怀疑他们俩都有同样的嗜好的，对吧？玛丽，我现在唯一的问题是，为什么？为什么你要把她送上这条路？为什么你要对我撒谎？

276

玛丽·辛格（电话里）：

因为，如果你看到她的眼神，你就会知道没有什么能阻止她。而我从来没有……我从来没能和我哥哥对抗过。你来的时候，我没有告诉你，是因为我很害怕，我怕失去我现在的一切。

（背景传来婴儿的哭声）

阿曼达：

杰克死后，我女儿——我感觉到她对此并不太难过，但我为此找的理由是，孩子们对这样的事情有不同的反应方式。但现在我明白了。

她是松了一口气。

韦斯特·麦克雷：

我来找过你之后，又发生了什么呢？

阿曼达：

我们报了警。

韦斯特·麦克雷：

在我们等待的时间里，以防你其实见过萨迪只是并不认识，我给你看了一张萨迪的照片。

阿曼达：

当时我女儿也在，在我们俩中间，她说："我看见她了。"

韦斯特·麦克雷（在录音棚）：

阿曼达的女儿告诉我们，她要是没记错的话，萨迪就是在杰克说自己被抢劫的同一天下午出现的。她对她们相遇过程的叙述令人不安。

阿曼达：

我女儿说萨迪想……带她走？她抓住我女儿的胳膊，想让她跟她走。我女儿不肯，萨迪就给了她钱去买书。我女儿那时读起书来如饥似渴，成天待在旧书店里。你说你觉得萨迪可能是想把我女儿从这个家里带走，想救她。

韦斯特·麦克雷：

我会选择这样相信。

阿曼达：

我问我女儿为什么不告诉我萨迪的事，她崩溃了。她说我需要担心的事已经够多了，她不想给我添乱。我后来才发现，为了让她保持沉默，杰克对她说了很多话，对她说如果她来找我，对我说有什么事不对劲之类的，我会对她大发雷霆……

我真庆幸他死了。

韦斯特·麦克雷（在录音棚）：

在阿曼达女儿的描述里，杰克·赫什被杀时，萨迪出现在了这片区域。那天晚上我给丹尼打了电话。

丹尼·吉尔克里斯特（电话里）：

你还好吗？

韦斯特·麦克雷（电话里）：

我刚刚告诉一位母亲，她的女儿很有可能被她让进家门的那个男人性侵。她……她尖叫了起来，丹尼。我甚至无法向你描述那声音。

丹尼·吉尔克里斯特（电话里）：

真是遗憾。

韦斯特·麦克雷（电话里）：

我已经把我所知道的一切都告诉了法菲尔德警局。他们想查看我所有的资料——我还有备份，可是……

丹尼·吉尔克里斯特（电话里）：

他们要什么就给他们什么，你自己也慢慢来。

韦斯特·麦克雷（电话里）：

我只是——她在哪里，丹尼？如果他们见了面，而他逃脱了——至少最后他的报应还是来了——那她在哪里？

韦斯特·麦克雷（在录音棚）：

接受完法菲尔德警局的讯问后，我回到了冷泉镇，向梅·贝丝和克莱尔解释了发生的所有事情。我知道的一切，和我所不知道的一切。

克莱尔·萨瑟恩：

那她在哪儿？

韦斯特·麦克雷：

我不知道，克莱尔。

克莱尔·萨瑟恩：

这个答案可不够好。

韦斯特·麦克雷：

我不知道她来到杰克家后发生了什么。我不知道她去了哪里。她到的时候杰克在家，我想我们可以肯定的是他们见了面。我不知道在那之后发生了什么。他们一定是在什么时候离开了房子，杰克回来了，而萨迪没有。她的车是在一条土路上被发现的。他死了。她依然失踪。警察正在调查此事。我只知道这些。

克莱尔·萨瑟恩：

不！梅·贝丝说你会找到她的。梅·贝丝说这一切都是为了这个——你来这里就是为了找到她。你应该找到她的——

韦斯特·麦克雷：

我尽力了。

克莱尔·萨瑟恩：

这是什么意思？你就——你就这么放弃了？你不认为还有个大活人在等着你找到她，是吗？

韦斯特·麦克雷（在录音棚）：

就在那时，我脑海里不住地盘旋着阿曼达的描述中杰克回到家时的光景：很脏、很痛苦、受了伤，最后死了。我相信他和萨迪发生了冲突。
我很想相信萨迪活了下来。但我不能肯定。

韦斯特·麦克雷（对克莱尔说）：

我得重新复盘一下我手头的所有信息，看看还能不能有什么线索。我要回纽约了。

克莱尔·萨瑟恩：

你最好是赶快回去。

韦斯特·麦克雷（在录音棚）：

回城的旅途很沉重。

我整个周末都和自己的女儿待在一起。她能感觉到不太对劲。我不想让她离开自己的视线，但与此同时，我几乎无法直视她。我感受到的不安和鲁莽，和我想象中萨迪当时的状态一模一样。我感觉到必须向前跑，重新上路，直到实现我的目标。

我应该找到她的，应该把她带回家，带回梅·贝丝和她妈妈身边。我无法忍受就这样接受失败，就这样停下来，这样的行为看起来太像是种标志了，结束的意味太明显。

可是，现在的情况是，我唯一能做的就是重新审视我眼下已有的信息，等待着再发生些什么事情——任何事。

丹尼·吉尔克里斯特：

好吧，假设他们确实见到了对方，你认为他们之间发生了什么？

韦斯特·麦克雷：

我认为他们见面了。萨迪要揭露杰克的真面目，情况就失控了起来。根据阿曼达描述的杰克回到家时的样子，听起来他们像打了起来。我想他的伤口是来自萨迪的自卫。阿曼达并没提到房子里有任何不对劲的地方，没有暴力打斗的痕迹。我想这场打斗是在外面发生的，杰克是在这之后回的家。

丹尼·吉尔克里斯特：

也许是他们找到那辆车的地方？

韦斯特·麦克雷：

有可能。如果不是萨迪自己开过去的，那就可能是杰克开过去的。

丹尼·吉尔克里斯特：

如果是杰克开过去的，你觉得萨迪怎么样了呢？

韦斯特·麦克雷：

你这是在问我，是不是认为他杀了萨迪，把她的车扔在一条土路上，然后设法在死前赶回了家？

丹尼·吉尔克里斯特：

嗯，我想是的。

韦斯特·麦克雷：

那你还是问我点别的吧。

丹尼·吉尔克里斯特：

你认为是他杀了麦蒂，对吧？

韦斯特·麦克雷（在录音棚）：

如果说我对萨迪·亨特有了一些了解，我的了解就是，在她的生活里，她自己是次要的，她是为了麦蒂而活，为了爱、关心和保护她的小妹妹而活，她为了这些竭尽全力。

根据现在的情况来看，杰克很可能性侵了萨迪，但我很难接受仅凭这一点就会让她像这样决绝地去追寻他。我不知道她是如何发现杰克是杀死麦蒂的凶手的，但是，她在蓝鸟是这样对埃利斯说的：他对我妹妹下了手。

如果是这样的话，杰克为什么回到冷泉镇呢？那是他原本的计划吗？在离开多年以后，又回来找麦蒂，把她从自己的家人身边带走——永远带走？

这些问题让我夜不能寐。

（电话铃声）

韦斯特·麦克雷（电话里）：

我是韦斯特·麦克雷。

梅·贝丝·福斯特（电话里）：

是我，梅·贝丝。

韦斯特·麦克雷（电话里）：

听到你的声音很开心。怎么了？

梅·贝丝·福斯特（电话里）：

他们比对了犯罪现场的DNA，和杰克的吻合。

警探希拉·古铁雷斯：

法菲尔德警局与艾伦斯伯格警局进行协作，在联邦调查局的帮助下，将麦蒂被杀案犯罪现场的DNA证据与杰克的DNA样本进行了比对。杰克之前曾犯下盗窃的重罪，他的DNA样本在州数据库里有存档。诺拉·斯泰克特也证实了她看到麦蒂上了他的车。我们还在寻找亨特女士，调查依然在进行，所以如果有任何人知道任何关于杰克·赫什或萨迪·亨特的信息，请拨打以下电话联系我们：555-3592。

韦斯特·麦克雷（电话里）：

我马上去你们那儿。

梅·贝丝·福斯特（电话里）：

不……不。没关系。请不要来。

韦斯特·麦克雷（电话里）：

我很想和你谈谈——

梅・贝丝・福斯特（电话里）：

我相信我们会谈谈的，但现在——现在，我们需要一些时间。

韦斯特・麦克雷（在录音棚）：

于是，我给了她们时间。

很多时间。从冬天到春天，我都在制作这个节目，除此之外就是在继续做《城中漫步》。萨迪的故事开始逐渐整合到了一起，最后——嗯，这就是问题。我还是不知道这个故事最后的走向。

我问梅・贝丝，她和克莱尔是否愿意和我谈谈，来找出答案。那时已经是六月了。

她同意了。

在萨迪离开的一年后再回到冷泉镇，有那么一点诗意。当她从自己的房车里走出来，和没了麦蒂后生活里的一切告别时，一切看起来一定也就是这个样子。花坛里的鲜花盛开，而令人惊讶的是，克莱尔仍和梅・贝丝住在一起。她帮忙打理闪光河地产，来换取住宿，而且她也没再吸毒酗酒。

梅・贝丝・福斯特：

我不知道。这有时候也不太容易——有时候我会想……有时候，我就是无法忍受她，我也知道，有时候她也受不了我。但我觉得这是正确的做法。如果她想留下来，我大概也想让她留下来。

韦斯特・麦克雷：

你怎么样呢？

梅・贝丝・福斯特：

得看是什么时候吧。（停顿）我很生气。我对很多人都很生气，为了很多原因——但我最气的还是我自己，气我没看到的事情——有时候，这是唯一能让我从床上爬起来的动力。

韦斯特·麦克雷:

我很遗憾。

梅·贝丝·福斯特:

你的调查结束了？我想这事也就到这里了，对吧？

韦斯特·麦克雷:

也不完全是吧。但我想，如果不再出现什么新的进展，下一步就该是把萨迪的故事讲出来了。我希望整个世界都能有这个荣幸来认识她，就像你当初把她介绍给我一样。

韦斯特·麦克雷（在录音棚）:

梅·贝丝试着忍住眼泪，最终却还是失败了。

梅·贝丝·福斯特:

克莱尔在里面，她会和你聊聊。

韦斯特·麦克雷（在录音棚）:

梅·贝丝坚持要我留下来吃饭，她去了斯泰克特家的商店买东西，让克莱尔和我单独聊聊。

梅·贝丝家里看起来还和我第一次来的时候一模一样。那已经是好多个月以前的事了。走进这里就好像时光倒流，回到了我们第一次见面，翻阅着萨迪和麦蒂的相册，直到发现那张丢失的照片的场景。

克莱尔站在厨房的水池边，双臂交叉着，看起来比我们上次交谈时要显得更加不自信了。我们沉默了一会儿，像是都希望萨迪会奇迹般出现，就那么突然地冒出来，从车道上一路走过来，最终打破这个故事的轨迹。

韦斯特·麦克雷：

你认为她在哪儿呢？

克莱尔·萨瑟恩：

洛杉矶。

我开玩笑的。

韦斯特·麦克雷：

我很惊讶你留了下来。

克莱尔·萨瑟恩：

我也是。

但你知道我一直都在想什么吗？

韦斯特·麦克雷：

你在想什么呢？

克莱尔·萨瑟恩：

她把她的头发染成了金色。萨迪天生就是棕色头发。她长得特别像我妈妈，这让我很难受。这对我来说太难承受了。

有时候我想，我最希望的就是离开这个地方，我想如果她回来，这个世界上最不配见到她的人就是我了。但我又想，她把她的头发染成了金色，那是麦蒂头发的颜色，也是我头发的颜色啊。如果她这么做，哪怕有那么一点点是因为我，我觉得我都应该留在这里，以防万一。

万一她想回家来找我呢？万一她真的能回来呢？

韦斯特·麦克雷：

我希望……

韦斯特·麦克雷（在录音棚）：

我希望。

克莱尔·萨瑟恩：

你有想过要给这档节目取个什么名字吗？

韦斯特·麦克雷：

我想可能会是《萨迪与麦蒂》吧。你有什么别的想法吗？

克莱尔·萨瑟恩：

我觉得你应该管它叫《女孩们》。我觉得你应该取这个名字，为萨迪救下的每一个女孩。

你给它取名叫《女孩们》，你要让所有听到的人知道，你要让他们知道萨迪爱麦蒂，爱得倾尽所有。你要让他们知道萨迪爱麦蒂，这就是这份爱让她做到的事情。你要让他们知道。

韦斯特·麦克雷（在录音棚）：

我常常想起克莱尔在冷泉镇的苹果园里对我说过的话，当她问我为什么要找萨迪，我说我自己也有一个女儿，我觉得这是我当时能为她做的最好的事情。克莱尔当时对我很生气，那是有道理的，因为我把我自己的女儿作为理由，来窥视她的世界里的痛苦和折磨，也把我自己的女儿作为自己笨手笨脚试图帮她补救的借口。

但那时，我在说谎。

我告诉丹尼我不想接这个故事，是因为我不认为这里面有故事，那也是说谎。我不知道了解真相是不是会更好。女孩们总是失踪。无知是福。我不想接这个故事是因为我害怕。我害怕我找不到什么，也害怕我能找到什么。

时至今日，我依然害怕。

我与萨迪·亨特从未谋面，但我觉得在某种意义上，在某些细微但重要的层面上，我了解她。二十年前，她来到这个世界上，来到她母亲的怀抱里；六年后，她的妹妹麦蒂来到了她的怀抱里，她的整个世界鲜活了起来。

萨迪在麦蒂身上找到了一种使命感，找到了一个寄托爱的地方。但爱是复杂的，是混乱的。它能激发无私，激发自私，激发我们最伟大的成就和最可怕的错误。它让我们走到一起，也能同样容易地让我们分开。

它能驱动我们。

当萨迪失去麦蒂，它驱动了她离开冷泉镇的家，踏上这条孤独而痛苦的漫长旅程，只为找到杀害她妹妹的凶手，让这个世界重新变得好一点，哪怕她付出的代价可能是她自己。

我们也许永远不会知道，萨迪和杰克之间到底发生了什么，但我知道我想要相信什么。而在这之后，留下来填补这些空白的，是萨迪对麦蒂的爱，直到——如果有一天，萨迪自己回来，用她自己的话告诉我们到底发生了什么。

萨迪，如果你在那儿，请告诉我。

我不想看到再死一个女孩了。

致　谢

莎拉·古德曼（Sara Goodman）是文字的可能性和潜力方面的专家，你敏锐、聪慧，富有想法的编辑建议总能揭露我作品的核心，让我成为一名更好的作家。艾米·蒂普顿（Amy Tipton），你孜孜不倦的热情、无尽的耐心和完美的时间配合总能让我保证不走岔路，总能带给我极富创意的灵感。十年来你们一直支持着我的工作，你们不光是各个领域的佼佼者，也都是真正的好人。认识你们并与你们共事是我的快乐和荣幸。

还要感谢"周三图书"小组的全体成员，感谢他们从过去到现在所做的一切。他们为了这本书如此努力，这是我的荣幸。珍妮弗·埃德琳（Jennifer Enderlin）、约翰·萨金特（John Sargent）、安妮·玛丽·陶博格（Anne Marie Tallberg）、布兰特·詹伟（Brant Janeway）、布里塔尼·希尔斯（Brittani Hilles）、凯伦·马斯尼卡（Karen Masnica）、DJ·蒂斯迈特（DJ DeSmyter）和梅根·哈灵顿（Meghan Harrington）——你们真是个梦幻团队。感谢凯利·雷斯尼克（Kerri Resnick）和阿加塔·威尔兹彼卡（Agata Wierzbicka）为本书设计了漂亮的封面，安娜·高罗威（Anna Goroway）为本书设计的流畅的内页。感谢莉娜·谢克特（Lena Shekhter）、劳伦·霍根（Lauren Hougen）和娜娜·V.斯托佐（Naná V. Stoelzle）对细节的推敲关注。感谢塔利亚·舍勒（Talia Sherer）、安妮·斯皮思（Anne Spieth）及所有的图书营销人员。感谢销售团队、麦克米伦音频团队（Macmillan Audio）、创意服务团队

（Creative Services）、珍妮·康威（Jennie Conway）、艾莉西亚·阿德金斯-克兰西（Alicia Adkins-Clancy）、维姬·拉梅（Vicki Lame）、艾琳·罗斯柴尔德（Eileen Rothschild）、莉莎·玛丽·庞皮约（Lisa Marie Pompillo），你们对工作的热情和投入是无与伦比的。

感谢艾伦·佩帕斯（Ellen Pepus）和塔林·法格内斯（Taryn Fagerness）在幕后的出色工作。

达斯汀·威尔斯（Dustin Wells）的敏锐洞见为改进这部作品立下了汗马功劳，我很感激你抽出时间为我提出宝贵的反馈意见。

感谢洛里·迪贝尔（Lori Thibert）、艾米莉·海恩斯沃斯（Emily Hainsworth）、蒂芙尼·施密特（Tiffany Schmidt）和诺瓦·雷恩·苏马（Nova Ren Suma）对这本书抱有信念，感谢你们的反馈意见，还有最重要的——是你们的友谊支持我写完了这本书，支持我经历了许多。我很高兴我的生活中有你们。

感谢下面这些好心的人给我提出过的意见，给过我的支持、友谊、时间和善良：莱拉·奥斯丁（Leila Austen）、亚历克西斯·巴斯（Alexis Bass）、林赛·卡利（Lindsey Culli）、索迈亚·达乌德（Somaiya Daud）、劳里·德沃尔（Laurie Devore）、黛布拉·德里扎（Debra Driza）、莫雷内·古（Maurene Goo）、克里斯·霍尔布鲁克（Kris Halbrook）、凯特·哈特（Kate Hart）、科迪·凯普林格（Kody Keplinger）、米歇尔·克里斯（Michelle Krys）、斯蒂芬·库恩（Steph Kuehn）、艾米·卢卡维茨（Amy Lukavics）、萨曼莎·马布里（Samantha Mabry）、菲比·诺斯（Phoebe North）、维罗妮卡·罗斯（Veronica Roth）、斯蒂芬妮·辛克洪（Stephanie Sinkhorn）、卡拉·托马斯（Kara Thomas）和凯特琳·沃德（Kaitlin Ward）。还有布兰迪·科尔伯特（Brandy Colbert）、莎拉·艾尼（Sarah Enni）、克里斯汀·哈伯德（Kirsten Hubbard）、达蒙·福特（Damon Ford）（烟灰）、凯利·詹森（Kelly Jensen）（维罗尼）、惠特尼·克里斯佩尔（Whitney Crispell）、金·赫特·梅休（Kim Hutt Mayhew）、巴兹·拉

莫斯（Baz Ramos）和萨曼莎·西尔（Samantha Seals），以及卡洛琳·马丁（Carolyn Martin）、苏珊娜·霍普金斯和梅根·霍普金斯（Susanne and Meghan Hopkins）、梅瑞迪斯·加勒莫（Meredith Galemore）、布莱恩·威廉姆斯（Brian Williams）、威尔·克莱因和安妮卡·克莱因（Will and Annika Klein）。没有你们，我无法完成这部作品。

谢谢索迈亚·达乌德（Somaiya Daud）和维罗妮卡·罗斯（Veronica Roth），感谢你们智慧邪魅的幽默感。

感谢我的读者、书商、图书管理员、教育工作者、图书博主、视频博主和语法专家，感谢他们在心中和自己的书架上给了我的书一席之地。正是因为有了你们，我才得以去做我爱做的事情，也正是因为有了你们，我才如此热爱我所做的事。

感谢我一直以来最好的朋友洛里·迪贝尔（Lori Thibert），你是我认识的最优秀、最有才华的人之一。没有你多年的友谊，我无法想象今日的一切。我从你身上学到了很多，我渴望像你一样优雅、善良、幽默、慷慨而智慧地度过我的一生。

最后，但绝对不是最不重要的，我要感谢我的家人，不管是直系亲属还是远房亲戚，不管是身在加拿大的还是美国的，是你们无条件地爱我、鼓励我、相信我。感谢我的母亲苏珊·萨默斯（Susan Summers），你成为我的英雄，不仅仅是因为你的力量、独创性和惊奇之心；感谢我的外婆和奶奶玛丽安·拉瓦莉（Marion LaVallee）和露西·萨默斯（Lucy Summers），你们都是不可阻挡的爱与坚强的化身；我的姐姐梅根·冈特（Megan Gunter），你是最难啃的骨头，是我永远都不会停止仰望的对象；姐夫杰拉德·冈特（Jarrad Gunter），你是最犀利的人；我的侄女柯西玛，每一天我都能从你身上看到你父母最美好的特质。大卫·萨默斯（David Summers）、肯·拉瓦利（Ken LaVallee）、鲍勃·萨默斯（Bob Summers）和布鲁斯·冈特（Bruce Gunter），我爱你们，也想念你们，我从你们身上学到的一切，帮助我成为今天的我。

谢谢你们！